이 책은 '최근의' 전쟁 또는 그 부수적인 일들에 관해
여태 출간된 어떤 책과도 본질적으로 다르다.
저자와 같은 일을 겪은 사람들은 이 책의 진실성을 곧장 알아볼 터이니,
실제 벌어졌던 일들을 최대한도로 겪은 사람의 진술로서
다른 모든 독자에게도 권한다.

-『존 랜섬의 앤더슨빌 일기』*

---

* 존 랜섬(John Ransom, 1843-1919)은 미시간주 잭슨에서 인쇄 일을 하던 젊은이로 남북전쟁 발발 시 북군으로 참전해 스무 살인 1863년 악명 높은 앤더슨빌 감옥에 포로로 수용되었다. 『존 랜섬의 앤더슨빌 일기 John Ransom's Andersonville Diary』(1881)는 당시 수용소의 일상을 담은 기록이다.

일러두기

1. 이 책은 팀 오브라이언의 『The Things They Carried』(Houghton Mifflin, 1990)를 우리말로 옮긴 것으로 Mariner Books(2009)의 판본을 번역 대본으로 삼았다.
2. 국립국어원의 어문규범을 따르되 용례가 없는 경우 관용적 표기를 따랐다.
3. 책·장편은『 』로, 단편은「 」로, 영화·음악·매체 등은 〈 〉로 묶었다.
4. 주석은 모두 옮긴이의 것으로 간단한 것은 본문에 소괄호로 달았고 긴 것은 각주로 내렸다.
5. 원서에서 이탤릭체로 강조한 부분은 굵은 고딕 글자로 바꿨다.
6. 도량형은 온스(파운드)와 그램(킬로그램), 마일과 킬로미터처럼 두 단위법을 섞어 쓰고 있으나 원문대로 두었고, 필요한 경우 우리가 쓰는 단위로 환산한 값을 옆에 적었다.

그들이 가지고 다닌 것들

지미 크로스 중위는 뉴저지에 있는 마운트 서배스천 칼리지 3학년생인 마사라는 소녀의 편지를 가지고 다녔다. 연애편지가 아니었지만 크로스 중위는 연애편지이길 바랐고, 그래서 그것들을 접어 비닐로 싸서 군낭 맨 밑에 보관했다. 하루의 행군이 끝난 늦은 오후면 그는 참호를 파고 수통의 물로 손을 씻은 뒤 편지를 손끝으로 펼쳐 잡고서 빛이 걸려 있는 마지막 시간을 공상으로 보냈다. 그는 뉴햄프셔주의 화이트산맥으로 낭만적인 캠핑 여행을 떠나는 상상을 하곤 했다. 때로는 마사의 혀가 다녀갔을 편지 봉투의 덮개를 입으로 맛보았다. 그는 자기가 사랑하는 만큼 마사도 자기를 사랑해주길 무엇보다 바랐지만 편지는 사랑의 문제에 관해 대개 수다스럽고 회피적이었다. 그는 그녀가 처녀일 거라고 거의 확신했다. 그녀는 마운트 서배스천에서 국어 전공이었고, 교수와 룸메이트와 중간고사에 관해, 초서에 대한 존경과 버지니아 울프에 대한 크나큰 애정에 관해 미문의 편지를 썼다. 그녀는 가끔 시구절을 인용했다. 하지만 전쟁을 언급하는 일은 결코 없었고 몸조심해 지미, 라고 말할 때만이 예외였다. 편지는 모두 4온스(약 113그램)의 무게가 나갔다. 그것들은 사랑으로, 마사, 라고 서명돼 있었지만 크로스 중위는 사랑으로, 란 그저 서명의 방식일 뿐이며 그가 때로 공상하던 사랑과 같은 것을 뜻하지 않음을 잘 알았다. 해가 지면 그는 편지를 조심스럽게 도로 군낭에 넣었다. 그는 천천히, 조금 심란해져서 일어나 대원들 사이를 돌아다니며 방어선을 점검하고, 그 뒤 캄캄한 어둠이 깔리면 자기 참호로 돌아와 야간 경계를 하며 마사가 처녀일까 생각했다.

그들이 가지고 다닌 것들은 주로 필요에 따라 정해졌다. 필수품 내지 준필수품으로 P-38 깡통 따개, 주머니칼, 고체 연료, 손목시계, 인식표, 모기 퇴치제, 껌, 초콜릿 바, 담배, 정제 소금, 쿨에이드* 봉지, 라이터, 성냥, 반짇고리, 군표, 전투식량** 그리고 두세 개의 수통이 있었다. 이 물품들을 모두 합하면 개인의 습관이나 신진대사에 따라 12에서 18파운드(약 5.5-8킬로그램)가 나갔다. 헨리 도빈스는 거구라서 여분의 전투식량을 가지고 다녔다. 그는 걸쭉한 시럽이 흥건한 통조림 복숭아를 얹은 파운드케이크를 특히 좋아했다. 야전 위생을 훈련한 데이브 젠슨은 칫솔, 치실 그리고 오스트레일리아 시드니에서 요양 휴가*** 중에 훔친 호텔용 크기의 비누 바 여러 개를 가지고 다녔다. 겁이 많았던 테드 라벤더는 4월 중순 탄케(Than Khe) 마을 외곽에서 머리에 총알이 박히기 전까지 진정제를 가지고 다녔다. 필수이자 운용 규정이었기 때문에 그들 모두는 내피와 위장포까지 총 5파운드(약 2.3킬로그램) 나가는 철모를 이고 다녔다. 그들은 규격 야전 상하의를 걸치고 다녔다. 내의를 입은 건 극소수였다. 발에는 — 2.1파운드(약 1킬로그램)의 — 정글화를 끌고 다녔는데 데이브 젠슨은 참호족****을 예방하려고 양말 세 켤레와 닥터 숄 발 파우더 한 통을 가지고 다녔다. 테드 라벤더는 총에 맞기 전까지 6, 7온스(170-200그램)의 마리화나를 가지고 다녔는데 그건 그에게 필수품이었다. 무전병인 미첼 샌더스는 콘돔을 가지고 다녔다. 노먼 보커는 일기장을 가지고 다녔다. 랫 카일리는 만화책을 가지고 다녔다. 독실한 침례교도인 카이오와는 삽화판 신약성경을 가지고 다녔는데 그것은 오클라호마주 오클라호마시티에 있는 주일학교에서 강의를 하는 아버지가 준 것이었다. 하지만 카이오와는 곤경이 닥칠 때를 대비한 방책으로, 할머니가 물려준 백인에 대한 불신과 할아버지가 물려준 사냥용 손도끼도 가지고 다녔다. 필요가 명령을 내렸다. 땅에는 지뢰가 매설돼 있기 때문에 각자 강철에 나일론을 씌운 6.7파운드(약 3킬로그램)짜리 방탄조끼를 착용하는 게 운용 규정이었는데 이건 무더운 날이면 훨씬 무게가 나가는 듯했다. 죽는 건 한순간이라서 각자 하나씩 가지고 다닌 넓은 압박붕대는 주로 손 닿기 쉽게 철모 밴드에 걸고 다녔다. 밤은 춥고 또 우기가 되면 축축했기 때문에 각자 비옷도 되고 바닥에 까는 방수포도 되고 간이 텐트로도 쓰는 녹색 합성수지 판초를 가지고 다녔다. 누비로 된 안감까지 거

---

* 물에 타 마시는 가루형 음료 상표.

** 원문은 C-Ration으로 특히 조리가 필요 없이 바로 먹을 수 있는 야전 식량을 가리킨다.

*** Rest and Recuperation. 전투지를 벗어난 휴가. 은어로 R&R이라 부른다.

**** 차갑고 축축한 환경에 오래 노출되어 걸리는 동상과 유사한 질병. 발 부위가 괴사하거나 심하면 절단해야 한다. 제1차 세계대전 당시 참호전 때 발병이 잦았던 데서 유래한 이름.

의 2파운드(약 900그램)나 나갔지만 1온스도 버릴 데가 없었다. 예를 들어 4월, 테드 라벤더가 총에 맞았을 때 그들은 그를 둘둘 말아 논을 가로질러 헬기에 실어 보내는 데 그의 판초를 사용했다.

그들은 땅개 또는 보졸로 불렸다.

무언가를 가지고 다닌다는 것은 이를테면 지미 크로스 중위가 마사에 대한 사랑을 구부정하게 지고서 언덕을 오르고 진창을 건너던 것처럼 그걸 짊어진다(hump)는 뜻이었다. 자동사로 쓸 때 짊어진다는 말은 걷거나 행군한다는 뜻이었지만 거기에는 자동사적인 것을 한참 넘어선 부담이 내포돼 있었다.

거의 모두가 사진을 짊어졌다. 크로스 중위는 지갑에 마사의 사진을 두 장 가지고 다녔다. 첫 번째 사진은 믿음은 안 가지만 사랑으로, 라고 서명된, 코다컬러 필름으로 찍은 스냅사진이었다. 그녀는 벽돌담에 기대어 있었다. 회색의 모호한 눈에 입술은 살짝 벌린 채 카메라를 똑바로 쳐다보고 있었다. 가끔씩 밤이면 크로스 중위는 그녀에게 남자 친구가 많았기 때문에, 자기가 그녀를 매우 사랑했기 때문에, 사진을 찍어준 사람의 그림자가 벽돌담까지 뻗어 있는 게 보였기 때문에 누가 사진을 찍었는지 궁금했다. 두 번째 사진은 마운트 서배스천의 1968년도 졸업 앨범에서 오려낸 것이었다. 활동 중인 — 여자 배구 — 사진으로 마사는 바닥에 수평이 되도록 몸을 굽혀 팔을 뻗고 있었는데 두 손바닥은 초점이 선명했고 혀는 팽팽하게 긴장되어 있었으며 숨김없고 경쟁심 강한 표정이었다. 땀방울은 보이지 않았다. 그녀는 흰색 짐 쇼츠*를 입고 있었다. 그는 털 없고 적나라한, 구부린 왼쪽 무릎으로 117파운드(약 53킬로그램)를 웃도는 몸무게 전체를 지탱하는 그녀의 다리가 처녀의 것이 거의 확실하다고 생각했다. 크로스 중위는 그 왼쪽 무릎을 건드렸던 일이 기억났다. 그의 기억에 어두운 극장, 영화는 〈우리에게 내일은 없다〉였고 그녀는 트위드 스커트를 입고 있었는데 마지막 신에서 그가 무릎에 손을 대자 그녀는 손을 무를 수밖에 없는 슬프고 진지한 눈길로 그를 돌아보았다. 하지만 그는 트위드 스커트와 그 아래 있던 무릎의 감촉, 그리고 보니와 클라이드**를 죽인 총격 소리를 늘 떠올리곤 했는데, 얼마나 당혹스러우며 얼마나 더디고 숨 막히던지. 그는 그녀의 기숙사 문 앞에서 잘 자라며 키스한 일을 기억했다. 그 직후 뭔가 더 용기를 냈어야 했다고 그는 생각했다. 그녀를 짊어지고 계단을 올라 그녀의 방에 가서 침대에 그녀를 묶고 왼쪽 무릎을 밤새도록 만지작거렸어야 했다. 모험을 했어야 했다. 그는 사진을 볼 때마다 자기가 하지 못했던 새로운 일들을 떠올렸다.

그들이 가지고 다닌 것들은 일부는 계급, 일부는 주특기의 구실을 했다.

중위이자 소대장인 지미 크로스는 나침반, 지도, 암호첩, 쌍안경, 완전히 장전했을 때 2.9파운드(약 1.3킬로그램) 나가는 45구경 권총을 가지고 다녔다. 그는 섬광등과 자기 대원들의 목숨에 대한 책임도 가지고 다녔다.

무전병인 미첼 샌더스는 배터리까지 26파운드(약 12킬로그램) 나

* 짧은 운동용 반바지.

** 〈우리에게 내일은 없다〉의 두 주인공.

가는 치명적인 PRC-25 무전기를 업고 다녔다.

위생병 랫 카일리는 캔버스 가방을 메고 다녔는데 거기에는 모르핀과 혈장과 말라리아 알약과 외과용 테이프와 만화책 외에도 특히 치명상에 좋은 M&M 초콜릿을 포함해 위생병이 가지고 다녀야 할 모든 것이 들어 있었고, 그 모든 게 18파운드(약 8.2킬로그램)에 육박했다.

거구라서 기관총수였던 헨리 도빈스는 비장전 시 23파운드(약 10킬로그램) 나가는 M-60를 들고 다녔지만 그것은 장전되어 있기 일쑤였다. 거기에 도빈스는 10에서 15파운드(4.5-6.8킬로그램) 나가는 탄띠를 양어깨부터 가슴에 두르고 다녔다.

그들은 대부분 일병 또는 상병의 흔해빠진 보졸이라 일반적인 가스 작동식 M-16 자동소총을 들고 다녔다. 이 무기는 비장전 시 7.5파운드(약 3.4킬로그램), 스무 발 꽉 채운 탄창까지 8.2파운드(약 3.7킬로그램)였다. 소총수들은 지형과 심리 등 여러 요인 탓에 어디를 가든 천으로 된 탄띠에 으레 열둘에서 스무 개의 탄창을 넣어 가지고 다니느라 최소 8.4파운드(약 3.8킬로그램)에서 최대 14파운드(약 6.3킬로그램)의 무게를 보탰다. 여건이 되면 그들은 도합 1파운드(약 0.5킬로그램)쯤 되는 총기 손질 도구 — 꼬챙이, 철솔, 탈지면, LSA 기름통 — 도 가지고 다녔다. 보졸 중에는 M-79 유탄발사기를 가지고 다니는 사람도 몇 명 있었는데 이건 비장전 시 5.9파운드(약 2.7킬로그램)라 그럭저럭 가벼운 무기였지만 탄약을 더하면 사정이 달랐다. 유탄 한 발의 무게가 10온스(약 300그램)였다. 스물다섯 발을 소지하는 게 관례였다. 하지만 겁에 질려 있던 테드 라벤더는 탄케 외곽에서 총에 맞아 죽을 때 서른네 발을 가지고 있었고, 20파운드(약 9킬로그램)가 넘는 탄약에 방탄조끼와 철모와 전투식량과 물과 휴지와 진정제와 그 외 전부, 거기다 무게를 달지 못한 두려움까지 더해 이례적인 짐에 깔려버렸다. 그는 무거운 짐짝이었다. 경련도 퍼덕거림도 없었다. 이를 목격한 카이오와는 낙석이나 큰 샌드백 따위를 보는 것 같았다고 말했다 — 그냥 탕 하니까 턱 하더라니까. 영화에선 사람이 죽으면 데굴데굴 천방지축으로 구르고 뒤집어지는데 그거랑 달랐어. 그 불쌍한 자식이 그냥 좆같이 납작하게 고꾸라졌다고. 탕. 턱. 그게 다야, 카이오와는 말했다. 4월 중순의 화창한 아침이었다. 크로스 중위는 고통스러웠다. 그는 자신을 원망했다. 그들은 라벤더에게서 수통과 탄약, 무거운 것들을 죄다 벗겼다. 랫 카일리는 녀석이 죽었군, 하는 말로 못을 박았고 미첼 샌더스는 자신이 맡은 무전기로 아군 전사자 하나 발생, 헬기를 보내달라 요청했다. 그러고 그들은 라벤더를 그의 판초로 말았다. 그들은 마른논으로 그를 운반하고 안전을 확보한 뒤 헬기가 올 때까지 앉아서 그 죽은 녀석의 마리화나를 피웠다. 크로스 중위는 혼자 떨어져 있었다. 그는 마사의 젊고 부드러운 얼굴을 그리며 자기는 무엇보다, 죽은 대원보다 마사를 더 사랑한다고, 자기가 그녀를 너무 사랑해서 그녀 생각을 멈출 수 없었기 때문에 지금 테드 라벤더가 죽었다고 생각했다. 후송 헬기가 도착하자 그들은 라벤더를 실었다. 그 뒤 그들은 탄케를 불태웠다. 그들은 저물녘까지 행군하고서 각자 참호를 팠고, 그날 밤 카이오와는 너희도 놓치지 말았어야 한다며 얼마나 순식간에 일어난 일인지, 그 딱한 녀석이 콘크리트 덩이처럼 훅 하고 내리꽂히는 모습이 어땠는지 계속해서 설명했다. 탕, 턱, 그는 말했다. 완전 시멘트였다니까.

• • •

그들은 세 가지 표준 무기 — M-60, M-16, M-79 — 외에도 눈에 들거나 살인 또는 생존 수단으로 적합해 보이는 것은 뭐든 가지고 다녔다. 닥치는 대로 가지고 다녔다. 여러 때 여러 상황에서 그들은 M-14과 CAR-15과 스웨디시 K와 기관단총과 전리품인 AK-47과 치콤과 RPG와 시모노프 카빈과 암시장에서 흘러나온 우지 기관단총과 스미스 앤드 웨슨 38구경 권총과 66밀리 LAW와 엽총과 소음기와 곤봉과 총검과 C-4 플라스틱 폭약을 가지고 다녔다.* 리 스트렁크는 새총을 가지고 다녔다. 그는 그걸 최후의 수단이라고 불렀다. 미첼 샌더스는 황동 너클을 가지고 다녔다. 카이오와는 할아버지의 깃 달린 손도끼를 가지고 다녔다. 서너 명에 한 사람마다 클레이모어 대인지뢰를 하나씩 가지고 다녔는데 그건 점화장치까지 3.5파운드(약 1.6킬로그램)였다. 각자가 가지고 다닌 세열수류탄은 개당 14온스(약 400그램)였다. 각자가 적어도 한 개씩은 가지고 다닌 M-18 유색 연막탄은 24온스(약 680그램)였다. 몇 사람은 CS 가스 또는 최루탄을 가지고 다녔다. 몇 사람은 백린탄을 가지고 다녔다. 그들은 감당할 수 있는 한 다 가지고 다녔고, 거기에는 그들이 가지고 다닌 것들의 무지막지한 힘에 대한 말없는 경외감도 들어 있었다.

• • •

---

* 스웨디시 K는 Carl Gustaf M/45의 별칭. 치콤(Chicom)은 중국 공산주의자를 뜻하는 말이자 중공군의 TYPE-56 소총을 가리키는 은어. RPG는 Rocket-Propelled Grenade, 즉 로켓 추진형 유탄발사기의 약자. 시모노프 카빈의 정식 명칭은 Samozaryadny Karabin sistemy Simonova이며 약자로 SKS라 부른다. LAW는 Light Anti-tank Weapon의 약자로 경량 대전차무기를 말한다.

4월 첫 주, 라벤더가 죽기 전에 지미 크로스 중위는 마사에게 행운의 부적을 받았다. 기껏해야 1온스(약 30그램)짜리 평범한 조약돌이었다. 촉감이 부드럽고 우윳빛 바탕에 오렌지색과 자주색 얼룩이 있는 데다 타원형이라 작은 알 같았다. 그것과 함께 부친 편지에서 마사는 저지 해안가에서 발견한 돌이라고, 정확히는 만조 때 육지와 바다가 만나는 곳, 모든 게 다 같이 밀려왔다 헤어지는 곳에서 주웠다고 적었다. 이처럼 헤어져 있지만 함께인 특성에 도취돼서 돌을 가슴께 있는 호주머니에 넣고 며칠이나 있는 듯 없는 듯 가지고 다녔다고, 그러다 그에 대한 가장 진실한 감정의 증표로서 항공우편으로 보낸다고 그녀는 적었다. 크로스 중위는 낭만적이라고 느꼈다. 하지만 그는 그녀의 가장 진실한 감정이 정확히 무엇이고 또 헤어져 있지만 함께라는 게 무슨 뜻인지 궁금했다. 그는 밀물썰물과 파도가 그날 오후 저지 해안을 따라 어떻게 활동했기에 마사가 조약돌을 보고 허리를 숙여 지질학으로부터 그것을 구출했는지 궁금했다. 그는 맨발을 상상했다. 마사는 시인다운 감수성을 지닌 시인이었고, 발톱을 칠하지 않은 그녀의 헐벗은 발은 햇살에 그을고 두 눈은 3월의 바다처럼 싸늘하고 우울할 터였으며, 그래서 그는 마음이 쓰리기는 하지만 그날 오후 누가 그녀 곁에 있었는지 궁금했다. 그는 모든 게 다 같이 밀려왔다 헤어지는 모래사장을 따라 이동하는 한 쌍의 그림자를 떠올렸다. 근거 없는 질투란 걸 알았지만 도리가 없었다. 그는 그녀를 매우 사랑했다. 4월 초 푹푹 찌는 날들을 뚫고 행군할 때 그는 그 조약돌을 입에 물고 혀로 굴려가며 바다의 짠 내와 습기를 맛보았다. 정신이 산만했다. 전쟁에 집중하기가 어려웠다. 가끔씩 그는 종대를 헤쳐라, 방심하지 마라 대원들에게 소리치면서도 이내 백일몽 속으로, 마냥 공상 속으로 사라져 마사와 함께, 아무것도 가지고 있지 않은 채, 맨발로 저지 해안을 걷곤 했다. 그는 솟아오르는 느낌이 들었다. 태양과 파도와 잔바람, 모든 게 사랑이고 홀가분함이었다.

그들이 가지고 다닌 것들은 작전에 따라 다양했다.

작전이 산으로 데려가면 그들은 모기장천, 정글도, 캔버스로 된 방수포, 여분의 방충제를 가지고 다녔다.

만약 작전이 유달리 위험해 보이면, 또는 께름칙한 장소와 연관돼 있으면 그들은 되는대로 다 가지고 다녔다. 지뢰가 잔뜩 매설된 특정 작전지역, 토 포퍼와 바운싱 베티*가 촘촘한 땅에서는 28파운드(약 13킬로그램)짜리 지뢰탐지기를 교대로 짊어졌다. 헤드폰과 탐지판이 있는 그 장비는 허리와 어깨를 짓눌러 다루기가 불편하고 가끔은 땅에 묻힌 파편 때문에 무용지물이 되었으나 그들은 일부는 안전 때문에, 일부는 안전할 거라는 환상 때문에 어쨌든 그걸 가지고 다녔다.

매복 또는 다른 야간 작전 때 그들은 저만의 잡동사니를 가지고 다녔다. 카이오와는 신약성경과 발소리를 없앨 모카신 한 켤레를 늘 가지고 다녔다. 데이브 젠슨은 카로틴이 풍부한 야맹증 비타민을 가지고 다녔다. 리 스트렁크는 새총을 가지고 다녔다. 탄약 걱정은 없다고 그는 단언했다. 랫 카일리는 브랜디와 M&M 초콜릿을 가지고

* 토 포퍼(Toe Popper)는 발목 지뢰, 바운싱 베티(Bouncing Betty)는 건드리면 공중으로 튀어 오르는 도약형 지뢰.

다녔다. 테드 라벤더는 죽기 전까지 야간 투시경을 가지고 다녔는데 그건 알루미늄 케이스까지 6.3파운드(약 3킬로그램)였다. 헨리 도빈스는 여자 친구의 팬티스타킹을 위안물로 목에 감고 다녔다. 그들 모두 유령을 달고 다녔다. 어둠이 깔리면 그들은 목초지와 논을 가로질러 매복 좌표까지 일렬로 이동했고, 거기서 슬그머니 클레이모어를 설치하고 엎드려 밤새 기다림 속에서 지새우곤 했다.

어떤 작전은 더 복잡해서 특별한 장비를 요구했다. 4월 중순, 쭐라이(Chu Lai) 남쪽 탄케 지역에서 땅굴망을 찾아 폭파하는 작전이 있었다. 그들은 땅굴을 날려버리려고 1파운드짜리 펜트리트 고성능 폭약 뭉치를 인당 네 개씩 총원 도합 68파운드(약 31킬로그램) 가지고 다녔다. 그들은 도화선, 뇌관, 배터리 전원식 시한장치를 가지고 다녔다. 데이브 젠슨은 귀마개를 가지고 다녔다. 그들은 땅굴을 날려버리기 전이면 으레 수색부터 하라는 상급 부대의 지시를 받았는데, 그건 곤혹스러운 일이었지만 대체로 어깨만 으쓱할 뿐 군말 없이 명령을 이행했다. 헨리 도빈스는 거구였기 때문에 땅굴 임무에서 열외로 쳤다. 그 밖의 사람들은 제비를 뽑았다. 라벤더가 죽기 전 소대에는 열일곱 명이 있었고 누구든 17번을 뽑는 사람이 장비를 벗고 손전등과 크로스 중위의 45구경 권총을 들고 머리부터 기어서 들어가곤 했다. 나머지 사람들은 흩어져서 경계를 섰다. 그들은 땅굴에서 눈길을 돌린 채, 주저앉거나 무릎앉아 자세로, 그들 발밑의 땅에 귀를 기울이면서 얽히고설킨 망과 유령을, 뭐든 거기 있을 것들을 상상했다 — 조여드는 땅굴 벽 — 도저히 손안에 들고 있지 못할 만큼 무겁게 느껴지는 손전등 하며 제일 엄밀한 표현으로 말하자면 사방이 수축하는 듯한, 시간마저 수축하는 듯한 땅굴의 시야, 그리고 엉덩이도 팔꿈치도 옴짝달싹 못 하는 자세 — 콱 낀 느낌 — 그러다 이상한 걱정에 빠져 있음을 깨닫는 자신의 모습. 이를테면 손전등이 나가지는 않을까? 쥐들이 광견병을 옮기지는 않을까? 만약 소리를 지르면 어디까지 들릴까? 동료들에게 들릴까? 그들이 나를 과감히 끄집어내줄까? 흔한 일은 아니지만 어떤 면에서는 기다림이 땅굴 자체보다 끔찍했다. 상상은 치명적이었다.

4월 16일, 리 스트렁크는 17번을 뽑자 웃더니 뭐라고 중얼거리고는 재빨리 기어 들어갔다. 무덥고 한없이 고요한 아침이었다. 기분이 별로야, 카이오와가 말했다. 그는 땅굴이 열리는 걸 보더니 멀찍이 탄케 마을 쪽으로 마른논을 가로질러 갔다. 아무런 움직임이 없었다. 구름도 새도 사람도 없었다. 그들은 기다리는 동안 별말 없이 담배를 피우고 쿨에이드를 마시며 리 스트렁크를 불쌍하게 여겼지만 한편으로는 팔자소관이라고 생각했다. 딸 때가 있으면 잃을 때도 있지, 가끔은 다음 기회를 노릴 줄도 알아야 돼, 미첼 샌더스가 말했다. 뻔한 소리였고 아무도 웃지 않았다.

헨리 도빈스는 보급품 초콜릿 바를 먹었다. 테드 라벤더는 진정제를 삼키고 오줌을 싸러 자리를 떴다.

5분 뒤 지미 크로스 중위는 땅굴 쪽으로 가서 몸을 숙이더니 어둠 속을 살폈다. 큰일이군, 그는 생각했다 — 붕괴의 조짐이 보였다. 그러다 갑자기 의도치 않게 마사에 관해 생각했다. 압박과 균열, 재빠른 붕괴, 그 하중에 산 채로 깔린 두 사람. 꼭 붙어서 꼼짝없이 사랑을 나누는. 무릎을 꿇고 굴 안을 들여다보며 그는 리 스트렁크와 전쟁, 그 모든 위험에 집중하려 했지만 그의 사랑은 너무 커서 버겁다 못해 마비가 느껴질 정도였고, 그는 그녀의 폐 속에서 잠자고 그녀의 피를 숨 쉬며 질식하고 싶었다. 그는 그녀가 처녀이고 또 처녀가 아니길 둘 다 바랐다. 그녀가 알고 싶었다. 이런 은밀한 비밀들. 왜 시가 좋을까? 왜 그렇게 슬플까? 그녀의 눈에 깃든 우울함은 무엇일까? 왜 늘 혼자일까? 외로운 게 아니라 말 그대로 혼자—자전거를 타고 캠퍼스를 누비거나 카페에 앉아 있을 때—심지어 춤을 출 때에도 그녀는 혼자였다—혼자라는 그 점이 그를 사랑으로 채웠다. 그는 어느 날 저녁 그녀에게 그 이야기를 한 기억이 났다. 그녀가 고개를 끄덕이고 눈길을 돌리던 모습이 기억났다. 그러고 나중에 그가 키스를 하자 그녀가 답례의 키스 없이 받아들이던 모습이 기억났는데, 크게 열린 그녀의 눈은 두려워하지 않았고, 처녀의 눈이 아니었고, 그저 무미건조하고 단절되어 있었다.

크로스 중위는 땅굴을 응시했다. 하지만 그는 거기에 없었다. 그는 저지 해안의 흰 모래에 마사와 함께 묻혀 있었다. 두 사람은 함께 깔려 있었고 그의 입속에 있는 조약돌은 그녀의 혀였다. 그는 웃고 있었다. 그는 음산한 논 하며 이날이 얼마나 고요한지 어렴풋이 의식하고 있었으나 안전 문제를 걱정할 만큼 정신을 차릴 수는 없었다. 그는 그 너머에 있었다. 전쟁에서, 사랑에서 그는 순 어린애였다. 그는 스물네 살이었다. 그 점을 피할 수 없었다.

얼마 뒤 리 스트렁크가 땅굴에서 기어 나왔다. 먼지는 뒤집어썼지만 산목숨으로 헤벌쭉 웃으며 빠져나왔다. 다른 이들이 스트렁크의 등을 때리면서 죽다 살아났다고 농담을 던지는 동안 크로스 중위는 고개를 끄덕이고 눈을 감았다.

벌레가 따로 없네, 랫 카일리가 말했다. 무덤에서 막 기어 나왔어. 망할 좀비 녀석.

대원들은 웃었다. 그들 모두 크게 안도했다.

소름 끼치는 곳이야, 미첼 샌더스가 말했다.

리 스트렁크가 흐느끼는 듯하면서도 행복감에 푹 젖은 익살맞은 유령 소리를 냈는데 바로 그때, 스트렁크의 행복한 흐느낌이 고조되었을 때, 그가 **으흐흐** 하고 소리 낼 때 오줌을 싸고 돌아오던 테드 라벤더의 머리에 총알이 박혔다. 그는 입을 벌리고 뻗어 있었다. 이가 깨져 있었다. 그의 왼쪽 눈 아래가 멍 자국으로 까맣게 부어 있었다. 광대뼈는 사라진 채였다. 이런 쌍, 녀석이 죽었어, 랫 카일리가 말했다. 녀석이 죽었어, 그는 계속 말했는데 그 말이 심오한 것 같았다 — 녀석이 죽었어. 진짜로 죽었다고.

그들이 가지고 다닌 것들은 얼마쯤 미신에 따라 정해졌다. 크로스 중위는 행운의 조약돌을 가지고 다녔다. 데이브 젠슨은 토끼 발*을 가지고 다녔다. 노먼 보커는 다른 때였다면 매우 점잖았을 사람이지만 미첼 샌더스가 선물한 엄지손가락을 가지고 다녔다. 그 암갈색 엄지는 고무를 만지는 느낌이 났는데 무게는 끽해야 3온스(약 85그램)였다. 열다섯 내지 열여섯 살 먹은 베트콩 소년의 시체에서 잘라낸 것이었다. 그들은 끔찍하게 불에 타 눈이며 입에 파리가 앉은 그 소년을 관개수로 바닥에서 발견했다. 소년은 검은 반바지에 샌들을 신고 있었다. 죽을 때 그는 쌀 한 되, 소총 그리고 세 개의 탄창을 가지고 있었다.

내 의견을 바라는구먼, 미첼 샌더스가 말했다. 여기엔 분명한 교훈이 있지.

그는 죽은 소년의 손목에 손을 얹었다. 그는 맥박을 재듯 잠시 가만히 있더니 거의 애정을 담아 소년의 배를 토닥이고는 카이오와의 사냥용 손도끼로 엄지손가락을 잘랐다.

헨리 도빈스가 교훈이 뭐냐고 물었다.

교훈?

그래. **교훈**.

샌더스는 휴지로 엄지손가락을 싸서 노먼 보커에게 건넸다. 피는 흐르지 않았다. 그는 씩 웃더니 소년의 머리를 발로 걷어차고는 파리가 휘날리는 걸 보면서 말했다. 늙다리 TV 쇼랑 똑같아 — 왜, 팰러딘 있잖아. 어딜 가나 총질이 난무한다고.**

헨리 도빈스는 그 말에 관해 생각해보았다.

근데 음, 그는 마침내 말했다. 교훈은 모르겠는걸.

어이, 교훈이 그거라니까.

꺼져.

그들은 미국위문협회의 문구와 연필과 볼펜을 가지고 다녔다. 그들은 스터노***, 안전핀, 조명탄, 신호탄, 철사 타래, 면도날, 씹는담배, 선향과 작은 염화미소 불상, 양초, 유성 펜, **성조기**, 손톱깎이, 심리전 전단, 정글모, 정글도 그리고 그 외 다수를 가지고 다녔다. 일주일에 두 번 보급 헬기가 오면 그들은 쑥색 보온함에 든 뜨거운 음식과 차가운 맥주며 소다수가 든 캔버스 가방을 날랐다. 그들은 한

---

* 소지하면 횡재수와 행운이 따른다는 부적.

** 이 프로그램의 원제목은 Have Gun-Will Travel로 팰러딘이라는 총잡이 해결사가 주인공이며 1957-1963년 방송되었다.

*** Sterno. 깡통에 든 고체 연료와 간이 화로 상표로 보급품이다.

통에 2갤런(약 7.6리터) 용량인 플라스틱 물통들을 날랐다. 미첼 샌더스는 특별한 때를 대비해 풀 먹인 호피 무늬 전투복 한 벌을 가지고 다녔다. 헨리 도빈스는 블랙 플래그 살충제를 가지고 다녔다. 데이브 젠슨은 밤을 더 안전하게 보내려고 나중에 채워서 쓸 빈 모래주머니를 가지고 다녔다. 리 스트렁크는 태닝 로션을 가지고 다녔다. 어떤 것들은 공동으로 가지고 다녔다. 그들은 교대로 커다란 PRC-77 주파수 변환 무전기를 메고 다녔는데 이건 배터리까지 30파운드(약 13.6킬로그램)였다. 그들은 기억의 무게를 나누어 졌다. 그들은 다른 사람이 더는 감당할 수 없는 것을 감당해주었다. 그들은 자주 서로를, 부상자와 쇠약자를 날랐다. 그들은 전염병을 날랐다. 그들은 체스 세트, 농구 세트, 베트남어-영어 사전, 계급장, 청동 성장과 퍼플 하트 훈장*, 행동 수칙이 각인된 플라스틱 카드를 날랐다. 그들은 질병을 날랐고 그중엔 말라리아와 이질이 있었다. 그들은 이와 버짐과 거머리, 논에 사는 조류 그리고 갖은 부패물과 곰팡이를 날랐다. 그들은 땅 자체를—베트남, 그곳, 그 흙을—날랐고 오렌지빛의 붉고 고운 먼지가 그들의 발과 전투복과 얼굴을 덮었다. 그들은 하늘을 이고 다녔다. 그들은 온 대기를, 습기, 우기, 곰팡이와 부패의 악취를 전부 이고 다녔고 중력을 끌고 다녔다. 그들은 노새처럼 이동했다. 낮에는 저격을 당하고 밤에는 박격포를 맞았지만 그건 전투라기보다 그저 마을에서 마을로 하는, 목적도 없고 이기지도 지지도 않는 끝없는 행군일 뿐이었다. 그들은 행군을 위한 행군을 했다. 그들은 터벅터벅 묵묵히 더위를 맞으며 구부정하게 걷

---

* 청동 성장은 무공을 세운 군인에게, 퍼플 하트는 상이군인에게 수여된다.

는, 생각할 줄 모르는 뼛속 깊이 단순한 보졸이라 마냥 두 다리로 때우며 산을 오르고 논을 디디고 강을 건너 버릇했고, 한 발 뒤엔 다음 발 또 그다음 발 그저 부랴부랴 나아가면서도 자동이었기 때문에, 구조적인 일이었기 때문에 의욕도 의지도 없었고, 따라서 전쟁은 순전히 자세와 운반의 문제였고, 그 혹 같은 등짐이, 일종의 타성이, 일종의 공허함이, 욕구와 지성과 양심과 희망과 인간미의 그 무디어짐이 전부를 차지했다. 그들의 원칙은 발에 있었다. 그들의 계산은 생물학적이었다. 그들은 전략이나 작전에 대한 이해가 없었다. 그들은 무엇을 찾아야 할지 모른 채 마을을 뒤지며 막무가내로 쌀통을 엎고 아이와 노인을 더듬어 검문하고 땅굴을 폭파하고 때로 불을 지르든가 지르지 않았고, 그런 뒤에는 대열을 지어 다음 마을, 그다음 마을로 이동해 번번이 같은 일을 했다. 그들은 저희 자신의 목숨을 가지고 다녔다. 스트레스가 상당했다. 이른 오후의 더위 속에서 그들은 철모와 방탄조끼를 벗고 맨몸으로 걷곤 했는데 그것은 위험한 일이었으나 스트레스를 달래는 데 도움이 되었다. 그들은 경로를 따라 행군하다가 이것저것 버리곤 했다. 그저 편하기 위해서 전투식량을 내버리고 클레이모어며 수류탄을 터뜨려 없애고도 아무렇지 않았는데, 왜냐하면 해 질 녘에는 보급 헬기들이 똑같은 걸 더 많이 가져올 것이고 그 뒤 하루이틀이 지나면 더더 많이, 신선한 수박에 탄약 상자에 선글라스에 울 스웨터까지 가져올 것이었기 때문이다 — 입이 떡 벌어지는 자원이었다 — 독립기념일 폭죽, 색칠한 부활절 달걀 — 모든 게 미국의 막대한 군자금이었다 — 과학의 결실, 굴뚝, 통조림 공장, 하트퍼드의 병기고, 미네소타의 삼림, 기계 공장, 드넓은 옥수수밭과 밀밭 — 그들은 화물열차같이 날랐다. 등과 어깨에 지고 다녔다 — 베트남의 알 수 없는 모든 것, 모든 미궁과 미지에도 불구하고 적어도 한 가지는 확신이 들었는데, 그들이 가지고 다닐 게 없어 막막할 일은 없으리라는 거였다.

헬기가 라벤더를 실어 가자 지미 크로스 중위는 탄케 마을 안으로 대원들을 이끌었다. 그들은 전부 불태웠다. 그들은 닭들과 개들한테 총을 갈기고 마을을 능숙하게 쑥대밭으로 만들고 포병에게 무전을 쳐서 초토화하는 걸 지켜본 다음 무더운 오후를 뚫고 몇 시간을 행군했는데, 그러다 날이 저물고 카이오와가 라벤더의 죽음을 설명하는 사이 크로스 중위는 자신이 떨고 있음을 깨달았다.

그는 울지 않으려고 애썼다. 그는 5파운드(약 2.3킬로그램) 나가는 야전삽을 들고 땅에 구멍을 파기 시작했다.

그는 부끄러움을 느꼈다. 그는 스스로를 혐오했다. 그는 대원들보다 마사를 더 사랑했고, 그 결과 라벤더는 이제 죽었고, 이 일은 남은 전쟁 동안 뱃속에 비석처럼 들어앉아 그가 가지고 다녀야 할 무엇이었다.

그가 할 수 있는 일은 구멍을 파는 것뿐이었다. 그는 야전삽을 도끼처럼 휘두르며 사랑과 증오를 둘 다 느꼈고, 얼마 뒤 짙은 어둠이 내리자 참호 밑바닥에 앉아 눈물을 흘렸다. 한참을 그러고 있었다. 그 애도는 부분적으로는 테드 라벤더를 향했지만 거의 마사와 저 자신을 향한 것이었는데, 왜냐하면 그녀는 현실과 퍽 거리가 먼 다른 세상에 속해 있었고, 뉴저지에 있는 마운트 서배스천 칼리지의 3학년 학생이었고, 즉 시인이자 처녀이며 단절돼 있었고, 그리고 그를 사랑하지도 않고 사랑할 일도 없다는 걸 그가 알았기 때문이다.

• • •

시멘트였다니까, 카이오와가 어둠 속에서 속삭였다. 하늘에 맹세해 — 탕, 턱. 비명 한 마디 없었어.

몇 번째 얘기하는 거야, 노먼 보커가 말했다.

웃긴 게 뭔지 알아? 아직 지퍼를 올리고 있었어. 지퍼 올리다가 뻗진 거야.

그래, 알았어. 그만해.

알았어, 그런데 너도 봤어야 돼, 그 자식이 막 —

아이, **몇 번째냐고**. 시멘트라며. 그러니까 좀 **닥치지 그래**?

카이오와는 서글픈 기색으로 고개를 젓더니 지미 크로스 중위가 야간 경계를 하는 참호를 슬쩍 건너다보았다. 공기가 무겁고 눅눅했다. 논 위로 미지근하고 밀도 높은 안개가 피어 있었고 비 오기 전의 정적이 깔려 있었다.

조금 뒤 카이오와가 한숨을 내쉬었다.

하난 확실해, 그가 말했다. 소대장이 상처가 깊다는 거. 내 말은, 울고불고하던 걸 봐 — 볼만했잖아 — 그건 가식 따위가 아니라 진짜 심각한 상처인 거야. 저 사람도 신경이 쓰이는 거라고.

왜 아니겠어, 노먼 보커가 말했다.

뭐 좀 요구해봐, 소대장이 진짜로 신경 쓰는지.

다들 자기 고민으로도 버거워.

라벤더는 빼고.

그래, 그래야겠다, 보커가 말했다. 그럼 부탁 하나만 하자.

닥치는 거?

인디언치곤 똑똑하네. 좀 닥쳐.

카이오와는 어깨를 으쓱하고 군화를 벗었다. 그는 얘기를 더 털어내고서 가벼운 마음으로 잠자리에 들고 싶었지만 그러는 대신 신약성경을 꺼내 머리 밑에 베개처럼 받쳤다. 안개 때문에 주변이 휑하고 고삐가 풀린 듯했다. 그는 테드 라벤더를 생각하지 않으려고 노력했지만, 그러다가도 얼마나 순식간의 일이었으면 극적인 연출도 없이 뻗자마자 죽어버렸는지, 그리고 어째서 놀라움 말고는 다른 감정을 느끼기가 어려운지 생각하고 있었다. 그건 기독교인답지 않은 듯했다. 그는 자기가 커다란 슬픔, 아니 분노라도 찾길 빌었지만 감정은 거기 존재하지 않았고 또 그가 자아낼 수도 없었다. 그가 살아 있어서 느낀 것은 주로 기쁨이었다. 그는 가죽과 잉크와 종이와 접착제, 그 화학작용이 어떻든 뺨 밑에 깔린 신약성경의 냄새가 좋았다. 그는 밤의 소리를 듣는 게 좋았다. 피로마저 좋았고 뻣뻣한 근육도, 몸뚱이가 알아달라고 쑤시는 것도 좋았다. 부유하는 느낌이었다. 그는 죽지 않았음을 즐겼다. 카이오와는 거기 누워서 지미 크로스 중위의 슬픔의 용량에 감탄했다. 그는 지미 크로스 중위의 고통을 나누어 갖고 싶었고 그 남자가 신경 쓰는 만큼 자기도 신경 쓰고 싶었다. 그래도 눈을 감으면 떠오르는 것은 탕, 턱뿐이었고, 느껴지는 것은 군화를 벗었다는 사실과 자기를 감싼 안개와 습기 먹은 흙과 성경 냄새와 호사스러울 만큼 편안한 밤이 주는 기쁨이 다였다.

조금 뒤 노먼 보커가 어둠 속에서 일어섰다.

에라, 그가 말했다. 말하고 싶다며, **말해**. 그 얘기 계속하라고.

잊어버려.

안 돼, 계속하라니까. 내가 싫어하는 게 하나 있는데, 바로 말없는 인디언이야.

• • •

그들은 거의 한결같이 침착함, 일종의 품위를 유지했다. 하지만 가끔씩 공포의 시간이 찾아왔는데 그럴 때면 그들은 비명을 꽥꽥 지르거나 혹은 그러고 싶어도 그럴 수 없었고, 발작하고 통곡하고 팔로 머리를 감싸고 하느님을 찾고 파닥파닥 바닥을 구르고 총을 난사하고 움츠리고 흐느끼고 난리가 멎게 해달라고 빌고 분노하고 자기 자신과 신과 부모님께 어리석은 약속을 하며 죽지 않기를 바랐다. 그 일은 매번 다른 방식으로, 그들 모두에게 일어났다. 나중에 공격이 멈추면 그들은 눈을 껌벅거리며 힐끔 주변을 살폈다. 자기 몸을 더듬어보고 멋쩍은 양 냉큼 아무렇지 않은 척했다. 그들은 억지로 몸을 일으켰다. 세상은 한 프레임 한 프레임 슬로모션처럼 이전의 논리를 회복하곤 했다—완전한 정적, 그다음엔 바람, 그다음엔 햇살, 그다음엔 목소리. 그것은 살아 있어서 감당해야 할 짐이었다. 대원들은 처음엔 따로따로, 그다음엔 무리를 지어 재정렬하며 다시 군인으로 돌아왔다. 그들은 눈에서 누출된 걸 보수했다. 그들은 사상자를 살피고, 후송 헬기를 부르고, 담배에 불을 붙이고, 억지웃음을 짓고, 목을 가다듬어 침을 뱉고서 총기 손질을 시작했다. 얼마 지나면 누군가 고개를 절레절레하고서 뻥이 아니라 거의 지릴 뻔했어, 하고 말했고, 그러면 다른 누군가 웃었는데 그것은 맞아, 끔찍했어, 그래도 저 자식이 바지를 똥으로 적시진 않았으니까 그렇게 끔찍한 일은 아니지, 라는 뜻이었으며, 어쨌거나 누구도 그런 불상사를 저지르지 않아 다들 가던 길을 계속 가며 그 일에 관해 이야기했다. 그들은 질식할 것 같은 쨍한 햇살 속에서 눈을 찡그렸다. 그들은 마리화나에 불을 붙이고 이 사람 저 사람 교대로 빨면서 잠시 침묵에 젖어 수치심을 억눌렀다. 아까는 무서웠어, 어쩌면 한 사람쯤 말했을 것이다. 하지만 그러면 다른 누군가 씩 웃거나 눈썹을 튕기며 말하곤 했다. 그러게, 나도 거의 혼쭐이 났으니까, **거의**.

그런 허세는 상당히 많았다. 어떤 이들은 수심 깊은 체념 같은 것으로 일관했고 어떤 이들은 자존심이나 군인다운 기개나 괜찮은 유머나 남성다운 혈기로 뭉갰다. 그들은 죽는 게 두려웠지만 두려워하는 모습을 보이기가 더 두려웠다.

그들은 농담거리를 찾아다녔다.

그들은 소름 돋는 부드러움을 딱딱한 어휘에 담아 썼다. **기름칠하다**, 라고 그들은 말했다. **퇴장하다, 점등되다, 지퍼 올리다가 퍼지다.*** 그것은 잔혹함이 아니라 그냥 무대에 있고 없음을 뜻하는 것이었다. 그들은 배우였다. 누군가 죽어도 반드시 죽은 건 아니었는데, 왜냐하면 신기하게도 그것은 각본이 있는 일 같았고, 다들 비극에 아이러니가 녹아 있는, 저마다 외우다시피 한 대사가 있었으며, 마치 죽음 자체의 현실감을 포낭째 파괴하려는 듯 다들 죽음을 다른 말로 바꿔 불렀기 때문이다. 그들은 시체를 걷어찼다. 그들은 엄지손가락을 잘랐다. 그들은 보졸의 은어를 썼다. 그들은 테드 라벤더의 보급품인 진정제에 관해서도 그 불쌍한 놈이 전혀 감각이 없다고, 이 얼마나 진정된 것이냐고 이야기들을 했다.

여기엔 교훈이 있지, 미첼 샌더스가 말했다.

그들은 라벤더의 마리화나를 피우면서 죽은 사람을 실어 갈 헬기를 기다리고 있었다.

교훈은 아주 분명해, 샌더스가 말하고는 윙크를 했다. 약을 멀리하라는 거야. 농담이 아니라, 그게 번번이 너희를 망칠 거라고.

귀엽네, 헨리 도빈스가 말했다.

환각제라니까, 알았어? 취하는 게 뭔지 말해주지. 백지가 되는 거야, 그냥 피하고 뇌만 있는 거라고.

그들은 저희 자신을 웃게 만들었다.

거봐**, 라고 그들은 말하곤 했다. 몇 번이고 말했다 — 거봐, 이 친구야, 거 보라고 — 마치 그 말을 반복하는 게 침착한 행동이자 미친 것과 거의 미친 것 사이에서 균형을 잡는 일이자 선견지명인 듯했는데, 거봐, 라는 말이 침착하라, 되는대로 두라, 라는 뜻인 건 왜냐하면, 오 그래, 이봐, 바꿀 수 없는 건 바꿀 수 없는 거야, 거봐, 거 절대적으로 긍정적으로 빌어먹을 잘 좀 **보라고**.

그들은 억척스러웠다.

그들은 언제 죽을지 모르는 사람들이 갖는 온갖 감정의 수하물을 가지고 다녔다. 비탄, 공포, 사랑, 갈망 — 이것들은 형태가 없었지만 무형이어도 나름의 질량과 비중이 있었고 유형의 무게가 나갔다. 그들은 수치스러운 기억을 가지고 다녔다. 그들은 간신히 억눌러둔 비겁함, 도망가거나 얼어붙거나 숨으려는 본능에 관해 공동의 비밀을 가지고 있었고 여러모로 이것이 가장 무거운 짐이었는데, 왜냐하면 비밀은 결코 내려놓을 수 없었고 완전한 균형과 완벽한 태도를

---

* '기름칠하다(greased)'는 제2차 세계대전부터 사용된 미군 은어로 당시 사용하던 M3 기관단총이 공업 장비인 윤활유 주입기를 닮았는데 그 총에 당했다는 뜻. '점등되다(lit up)'는 야간 박격포 공격이 있기 전 조명탄을 쏴 먼저 주위를 밝힌 데서 유래한 말. 모두 죽은 상태를 가리킨다.

** There it is. 베트남 참전 군인들 사이에서 입버릇처럼 쓰인 말. 문맥에 따라 뉘앙스가 조금씩 다르지만 이 책에서는 '거봐'와 '아무렴'으로 통일했다.

요구했기 때문이다. 그들은 각자의 평판을 가지고 다녔다. 그들은 군인이 갖는 가장 큰 공포, 즉 체면에 대한 공포를 가지고 다녔다. 대원들이 죽인 건, 그리고 죽은 건 그러지 않으려고 어리바리했기 때문이다. 그들이 애초 전쟁에 이끌렸던 건 무언가를 긍정하거나 영예를 꿈꿔서가 아니라 그저 불명예로 체면 구기는 일을 피하기 위해서였다. 그들은 쪽팔려 죽지 않으려고 죽었다. 그들은 땅굴에 기어들어갔고 첨병으로 나섰고 포화를 받으며 전진했다. 매일 아침 미지의 적이 있어도 제 다리를 움직였다. 그들은 견뎠다. 짊어지기를 계속했다. 그들은 눈을 감고 주저앉기만 하면 되는 확실한 대안을 따르지 않았다. 정말 쉬운 대안이었다. 전우가 당신을 구조해 굉음을 내며 코를 쳐들고 현세로 옮겨줄 헬기에 실어줄 때까지 절뚝거리다 바닥에 나자빠진 채 근육을 풀고 말없이 꼼짝 않으면 되었다. 단지 주저앉으면 되는 문제였지만 누구도 그러지 않았다. 정확히 말해 그것은 용감해서가 아니었다. 용감함은 목적이 아니었다. 그보다, 그들은 너무 겁나서 겁쟁이가 될 수 없었다.

그들은 대체로 이런 것들을 속에 품고서 평정의 가면을 유지했다. 그들은 진료 소집을 비웃었다. 그들은 스스로 발가락이나 손가락을 쏴서 면제된 녀석들을 쏘아붙였다. 졸보 자식, 그들은 말했다. 샌님 자식. 순 질투 아니면 경외의 기미가 느껴지는 험악한 조롱이었지만, 그러다가도 그 인상은 그들 머릿속에서 저절로 사그라졌다.

그들은 몸뚱이에 들이댄 총구를 상상했다. 식은 죽 먹기였다. 방아쇠를 당겨 발가락을 날린다. 그들은 그 상상을 했다. 그들은 신속하고 감미로운 고통, 그다음엔 일본으로의 후송, 그다음엔 포근한 침대와 귀여운 게이샤 간호사들이 있는 병원을 상상했다.

그리고 그들은 자유새*를 꿈꿨다.

그들은 밤에 보초를 서느라 어둠 속을 응시하다가 점보제트기에 넋이 실려 갔다. 그들은 이륙 전의 질주를 느꼈다. 간다! 그들은 소리쳤다. 뒤이어 대기속도 — 날개와 엔진의 움직임 — 웃음 짓는 스튜어디스 — 그것은 그냥 비행기가 아니라 은빛의 거대한 새, 깃털과 발톱이 있고 빽 고음을 지르는 진짜 새였다. 그들은 날고 있었다. 무게가 감소했다. 견뎌야 할 무게가 없었다. 그들은 웃으며 자리에 꼭 붙어서 바람과 고도의 차가운 귀싸대기질을 느꼈고, 날아올랐고, **다 끝났어, 난 간다!** 하고 생각했다 — 그들은 아무것도 걸치지 않은 가벼운 자유의 몸이었다 — 그것은 완전한 가벼움으로서 환하고 쏜살같고 기운차며, 빛처럼 가볍고, 헬륨을 마신 듯 골이 띵한 느낌에, 전쟁의 수렁으로부터 구름 위로 건져질 때 폐 속에 아찔한 거품이 차오르는 느낌에, 임무를 초월한 것인 데다, 중력과 고생과 지구적으로 얽히고설킨 관계를 초월한 것이었다 — Sin loi!(미안해!) 그들은 소리쳤다. **미안해, 이 망할 놈들아, 하지만 난 벗어났어, 기분 째진다, 우주 유람 중이야, 나 간다!** — 그것은 평온한, 속박되지 않은 느낌으로서 은빛의 거대한 자유새를 타고 잔잔한 흐름 속에서 산맥과 대양을, 아메리카를, 온갖 논밭과 잠들어 있는 위대한 도시와 무덤과 고속도로와 맥도널드의 황금빛 아치 위를 나는 것이었고, 비행이었고, 일종의 도망이었고, 일종의 추락이었고, 높이높이 추락하다 지구의 중력권을 탈출해 태양 너머 짐도 없고 무엇도 무게를 띠지 않는 광막한, 고요한 진공을 지나는 일이었다 — **간다!** 그들은 괴성을 질렀

---

* freedom bird. 본국 귀환용 수송기를 뜻하는 미군 은어.

다. **미안하지만 나 간다!** —— 그렇게 그들은 밤에 꿈을 꾸지 않고도 스스로를 가벼움에 내맡겨 실려 갔다가 그대로 실려 왔다.

테드 라벤더가 죽은 다음 날 아침, 지미 크로스 중위는 자신의 참호 바닥에 쭈그리고 앉아 마사의 편지들을 태웠다. 그러고 두 장의 사진도 태웠다. 꾸준히 비가 내리고 있어서 애를 먹었지만 고체 연료와 스터노로 작은 불씨를 지펴 몸으로 둘러막은 채 손끝으로 사진을 잡고서 단호한 파란 불꽃 위에 갖다 댔다.

그는 그게 시늉에 지나지 않음을 잘 알았다. 바보짓이야, 그는 생각했다. 감상적인 짓이기도 하지만 그보다는 그냥 바보짓이야.

라벤더는 이미 죽었다. 그 책임은 태워버릴 수 없었다.

게다가 편지들은 그의 머릿속에 있었다. 더욱이 사진이 없는 지금도 크로스 중위는 마사가 흰색 짐 쇼츠에 노란 티셔츠를 입고 배구 하는 모습을 볼 수 있었다. 그는 빗속에서 그녀의 움직임을 볼 수 있었다.

불이 사그라지자 크로스 중위는 판초를 어깨 위로 뒤집어쓰고 통조림을 따서 아침을 먹었다.

별로 의심쩍은 건 없다고 그는 판단했다.

태워버린 그 편지들에서 마사는 몸조심해 지미, 라고 말할 때 말고는 결코 전쟁을 언급하는 일이 없었다. 그녀는 관여돼 있지 않았다. 그녀는 사랑으로, 라고 편지에 서명했지만 그것은 사랑이 아니었고, 그러므로 그 모든 미문과 세부적인 내용은 중요하지 않았다. 처녀성도 더는 문제가 못 되었다. 그는 그녀를 증오했다. 그렇다, 그는 증오했다. 그녀를 증오했다. 사랑도 증오했다. 하지만 그것은 딱

딱한 방식, 증오하는 방식의 사랑이었다.

축축하고 어슴푸레하게 아침이 밝았다. 모든 게 그 밖의 모든 것, 즉 안개와 마사와 심해지는 비의 일부처럼 보였다.

그는 결국 군인이었다.

지미 크로스 중위는 반쯤 웃음을 띠며 지도를 꺼냈다. 그는 생각을 떨치려는 듯 세차게 고개를 가로흔들고 나서 몸을 숙이고 그날의 행군을 계획하기 시작했다. 10분, 아니 어쩌면 20분 내로 그는 대원들을 깨워 다 같이 짐을 꾸리고 서쪽으로, 지도에 푸르고 솔깃한 지역이라 표시된 곳으로 향할 참이었다. 그들은 여태 해오던 일을 할 참이었다. 비가 무게를 좀 더할지도 모르지만 그것만 아니면 다른 모든 날에 하루를 덧칠할 뿐이었다.

그는 그 일에 관한 한 현실적이었다. 그의 뱃속에는 새로 단호함이 들어섰다. 그는 그녀를 사랑했지만 그녀를 증오했다.

망상은 그만, 그는 스스로에게 말했다.

이후로 마사에 관해 생각할 때면 오로지 그녀가 다른 어딘가에 속한다는 생각만 들 터였다. 그는 백일몽을 차단할 생각이었다. 이곳은 마운트 서배스천이 아닌 다른 세상, 예쁘장한 시도 중간고사도 없는 곳이며 대원들이 부주의와 사소한 어리석음 때문에 죽는 장소였다. 카이오와가 옳았다. 탕, 턱, 그렇게 죽는 거였고 일부만 죽는 법은 없었다.

빗속에서 잠깐, 크로스 중위는 자신을 지긋이 바라보는 마사의 회색 눈과 마주쳤다.

그는 이해했다.

그는 매우 슬프다는 생각이 들었다. 남자들이 속에 가지고 다니는 것들. 남자들이 하거나 해야 한다고 느끼는 것들.

그는 그녀에게 고개를 거의 끄덕이다 관두었다.

그러는 대신 그는 다시 지도를 들여다보았다. 그는 이제 자신의 임무를 단호하게 또 태만하지 않게 수행하기로 마음먹은 상태였다. 그런다고 라벤더에게 도움 될 일 없다는 걸 알았지만 그는 이 시점부터 장교로서 스스로를 다독일 생각이었다. 행운의 조약돌도 치워버릴 생각이었다. 여차하면 삼켜버리든지 리 스트렁크의 새총 탄알로 쓰든지 아니면 산길에 갖다 버리든지. 그는 행군 중에 엄격하게 군기를 잡을 생각이었다. 측면을 경계하라, 낙오하거나 뭉쳐 있지 마라 지시하면서 소대가 적당한 간격, 적당한 속도를 유지하도록 할 생각이었다. 그는 총기 손질을 잘하라고 지시할 생각이었다. 라벤더의 남은 마리화나도 압수할 생각이었다. 그날 느지막이, 아마도, 그는 전 대원을 모아놓고 분명하게 말할 생각이었다. 그는 테드 라벤더에게 일어난 일에 대해서 비난을 감수할 생각이었다. 그 일에 관해서 남자답게 굴 생각이었다. 그는 턱 높이를 유지한 채 대원들의 눈을 똑바로 쳐다보며 차분하고 비정한 어조로, 중위의 목소리로 새 운용 규정을 내리되 논쟁이나 논의의 여지를 남기지 않을 생각이었다. 즉각 실시, 그는 대원들에게 말할 생각이었고 대원들은 행군 경로에 더는 비품을 버리지 않을 터였다. 그들은 자신들의 행위를 단속할 터였다. 그들은 함께 정신을 차리고, 함께 침착함을 지키고, 능숙하고 순조롭게 그 상태를 유지할 터였다.

그는 해이함을 용납하지 않을 생각이었다. 그는 감정을 섞지 않고 통솔력을 발휘할 생각이었다.

시간이 지날수록 그들의 하루는 더 길고 짐은 더 무겁게 느껴질 것이므로 대원들 사이에서는 불평이 나오는 게 당연하고 어쩌면 그보다 악화될 수도 있지만, 지미 크로스 중위는 자신의 의무가 이끄는 데 있지 사랑을 받는 데 있지 않다고 되새겼다. 그는 사랑 없이 지낼 생각이었다. 그것은 이제 아무런 요소도 아니었다. 누군가 이의를 달거나 불만을 제기하면 그는 그냥 입을 앙다물고 명령을 내리기에 적절한 자세로 어깨를 가다듬을 생각이었다. 어쩌면 그는 무뚝뚝하게 고개만 까딱했을지 모른다. 아니, 그러지 않았을지도 모른다. 그는 그냥 어깨를 으쓱하고 이렇게 말했을지도 모른다. 어디 계속해봐, 그런다고 걔들이 짐 싸서 탄케 서쪽 어느 마을로 쪼르르 물러나줄지.

사랑

전쟁이 끝나고 수년 뒤 지미 크로스가 매사추세츠의 내 집에 들러 우리는 그날 내내 커피를 마시고 담배를 피우며 우리가 오래전에 보고 겪었던 모든 것에 관해, 우리가 일생을 거쳐 지금도 가지고 다니는 것 전부에 관해 이야기를 나눴다. 100여 장쯤 되는 낡은 사진들이 식탁에 널려 있었다. 랫 카일리와 카이오와와 미첼 샌더스, 우리 모두의 사진이 있었고 얼굴들이 믿을 수 없이 부드럽고 젊었다. 내 기억에 우리는 한때 테드 라벤더의 스냅사진을 보고 멈칫했는데, 조금 뒤 지미는 눈가를 비비더니 라벤더의 죽음 때문에 스스로를 용서해본 적이 없다고 말했다. 절대로 떠나지 않을 기억이라고 그는 조용히 말했고 나는 고개를 끄덕이며 나도 그런 것들이 있다고 얘기했다. 그러고 한동안 우리 둘 다 할 말을 찾지 못했다. 우리가 할 일은 커피는 집어치우고 진으로 바꾸는 거라고, 그럼 기분이 나아질 거라고 우린 합의했고, 얼마 안 가서 우리는 종종 있었던 정신 나간 짓들을 두고 크게 웃고 있었다. 헨리 도빈스가 여자 친구의 팬티스타킹을 위안물로 목에 둘둘 감고 다니던 일. 카이오와의 모카신과 사냥용 손도끼. 랫 카일리의 만화책. 자정께 우리 둘은 좀 취했고 나는 마사에 관해 물어도 괜찮겠다고 판단했다. 내가 어떤 식으로 말을 꺼냈는지 가물가물하지만 ― 그냥 보통의 질문이었다 ― 지미 크로스는 놀라서 올려다보았다. "자네 작가였지," 그는 말했다. "기억력이 참 좋아." 그러더니 그는 웃음을 짓고 양해를 구하더니 객실로 올라가 작은 액자에 든 사진을 들고 내려왔다. 배구 하는 사진이었다. 마사가 바닥에 수평이 되도록 몸을 굽혀 팔을 뻗고 있었고 두 손바닥은 초점이 선명했다.

"이거 기억나?" 그가 말했다.

나는 고개를 끄덕이고 놀랍다고 말했다. 나는 그가 태워버린 줄 알았다.

지미는 계속 웃음을 짓고 있었다. 그는 아주 초롱초롱한 눈으로 얼마간 사진을 내려다보더니 어깨를 으쓱하고 말했다. "음, 그랬지. 태워버렸지. 라벤더가 죽고 나서 나는 도저히……. 이건 새로 얻은 거야. 마사가 직접 줬어."

1979년 동창회에서 우연히 재회했다고 그는 말했다. 변한 것은 하나도 없었다. 그는 아직도 그녀를 사랑했다. 그는 여덟아홉 시간의 대부분을 둘이서 함께 보냈다고 말했다. 만찬이 있었고, 그 뒤엔 춤이 있었고, 그러고 나중엔 둘이서 캠퍼스를 산책하며 각자의 삶에 관해 이야기했다. 마사는 이제 루터교회 선교사였다. 방점은 간호에 있지 않았지만 숙달된 간호사였고 에티오피아와 과테말라와 멕시코로 파견을 다녀왔다. 결혼한 적이 없고 아마 앞으로도 없을 거라고 그녀는 말했다. 왜인지는 그녀도 몰랐다. 하지만 이 말을 하면서 그녀의 눈길은 옆으로 샜고, 그의 머릿속에는 그녀에 관해 결코 알 수 없을 것들이 있다는 생각이 스쳤다. 그녀의 눈은 회색에다 모호했다. 나중에 그가 그녀의 손을 잡았을 때 마주 잡는 악력은 없었고, 그 얼마 뒤 그가 아직도 사랑한다고 말하자 그녀는 대답 없이 걷다가 몇 분 뒤 손목시계를 들여다보고는 늦었다고 말했다. 그는 기숙사까지 그녀를 배웅했다. 그는 그녀에게 자기 방으로 가자고 할까 잠시 고민했으나 그러는 대신 활짝 웃고는 매우 용감한 짓을 저지를 뻔했던 대학에 돌아오니 감회가 남다르다고 이야기했다. <우리에게 내일은 없다>를 본 뒤였고 같은 장소에서 그녀를 들어 그의 방으로 옮긴 뒤 침대에 그녀를 묶고 그녀의 무릎에 손을 올린 채 밤새도록 거기서 꼼짝하지 않을 뻔했다고 그는 말했다. 하마터면 말이야, 그는 말했다 — 거의 그럴 뻔했다고. 마사는 눈을 감았다. 그녀는 갑자기 쌀쌀한 듯 가슴께 팔짱을 끼고 가볍게 떨더니 잠시 후 그를 쳐다보며 그가 그러지 않아서 다행이라고 말했다. 그녀는 어떻게 남자들은 그런 일을 할 수 있느냐며 의아해했다. 어떤 일? 그는 물었고 남자들이 하는 일, 마사는 대답했다. 그러자 그는 고개를 끄덕였다. 정리가 되기 시작했다. 아, 그런 일, 그는 말했다. 다음 날 아침 식사 때 그녀는 미안하다고 말했다. 뭘 어째야 할지 몰랐다고 그녀가 해명하자 그는 이해한다고 말했고, 그러자 그녀는 웃고서 그에게 사진을 건네며 이건 태우지 말라고 이야기했다.

지미는 고개를 가로흔들었다. "상관없어," 그가 마침내 입을 열었다. "나는 그녀를 사랑해."

그가 마저 머무는 동안 나는 마사를 대화에서 멀리했다. 그래도 마지막에는 그의 차로 함께 걸어가는 동안 이 이야기를 글로 좀 써

보고 싶다고 말했다. 지미는 곰곰이 생각하더니 살짝 웃어 보였다. "그래주겠어?" 그가 말했다. "어쩌면 그녀가 읽고 와서 애원할지 모르지. 늘 희망은 있는 거잖아, 안 그래?"

"맞아," 나는 말했다.

그는 차에 올라타 창문을 돌려 열었다. "나를 좋은 놈으로 그려줘, 알았지? 용감하고 잘생기고, 뭐 그런 거 있잖아. 역대 최고의 소대장." 그는 잠시 머뭇거렸다. "그리고 부탁이 있어. 그 일에 관해서는—"

"알았어," 나는 말했다. "이야기하지 않을게."

회전

공포와 폭력이 전쟁의 전부는 아니었다. 때로는 달콤하다시피 느껴지는 일들도 있었다. 이를테면 플라스틱 목발로 한쪽 다리를 대신한 작은 남자아이가 기억난다. 그 아이가 아자에게 폴짝폴짝 뛰어가 초콜릿 바를 달라던 모습이 기억나는데—"미군 넘버 원"이라고 아이는 말했다—아자는 그 모습에 웃음을 터뜨리고 초콜릿을 건넸다. 아이가 폴짝폴짝 뛰어서 멀어지자 아자는 혀를 차며 "개 같은 전쟁"이라고 말했다. 그는 슬프게 고개를 가로저었다. "다리 하나라니, 맙소사. 어떤 겁쟁이 새끼가 총탄을 다 써재꼈는지."

미첼 샌더스가 오래된 바니안나무 그늘에 가만히 앉아 있던 기억이 난다. 그는 엄지손톱으로 옷엣니를 비집고 있었는데 그것들을 파란 미국위문협회 봉투에 느린 작업으로 신중하게 쟁였다. 그의 눈은 지쳐 있었다. 수풀에서 긴긴 2주를 보낸 상태였다. 한 시간여 뒤 그는 봉투를 봉하더니 오른쪽 상단에 FREE(공짜)라고 쓰고 오하이오에 있는 그의 징병 위원회를 수신인으로 적었다.

가끔씩 전쟁은 탁구공 같았다. 엉뚱한 회전을 먹여 공이 춤추게 만들 수 있었다.

노먼 보커와 헨리 도빈스가 매일 저녁 일몰 전에 체커*를 하던 기억이 난다. 그건 그들에게 하나의 의식이었다. 그들이 참호를 파고 체커 판을 바깥에 꺼내어 길고 조용한 게임을 두는 동안 하늘은 분홍에서 자줏빛으로 바뀌곤 했다. 이따금 다른 사람들이 구경하러 들렀다. 거기엔 무언가 평온한 것, 무언가 질서 있고 마음 놓이는 게 있었다. 붉은 말과 검은 말이 있었다. 경기장은 반듯한 격자 위에 펼쳐져 있었고 땅굴도 산도 정글도 없었다. 서 있는 곳이 어딘지 알 수 있었다. 점수를 알 수 있었다. 말들이 판 위에 나와 있었고, 적이 드러나 있었고, 전개되는 전술로 더 큰 전략을 관찰할 수 있었다. 거기에는 승자와 패자가 있었다. 규칙이 있었다.

나는 마흔세 살이고 이제는 작가고 전쟁은 오래전에 끝났다. 많은 부분 기억을 떠올리기 어렵다. 나는 이 타자기 앞에 앉아 내가 쓴 단어들을 뚫어져라 쳐다보다 카이오와가 똥밭의 깊숙한 배설물 속으로 가라앉는 모습을 보거나 커트 레몬이 산산조각으로 나무에 걸려 있는 모습을 보는데, 이것들에 관해 글로 쓸 때면 기억하는 일은 일종의 다시 겪기가 된다. 카이오와가 내게 소리를 지른다. 커트 레몬이 그늘에서 햇살로 걸어 나오며 갈색의 얼굴이 환해지더니 이내

---

* 상대방의 말을 잡는 보드게임으로 체스와 비슷하다.

나무로 솟구친다. 안 좋은 일은 일어나기를 멈추는 법이 없다. 그것은 제 고유한 차원에 머물며 계속해서 되풀이된다.

하지만 전쟁이 늘 그런 식이었던 건 아니다.

이를테면 테드 라벤더가 진정제에 잔뜩 취했을 때. "오늘 전쟁 어땠어?" 하고 누가 물으면 테드 라벤더는 기분 좋은 멍한 웃음을 지으며 말하곤 했다. "아, 여유로웠지. 오늘 우리 전쟁 여유롭고 좋았어."

또 이를테면 우리가 늙은 파파상*을 고용해 지뢰밭을 피해서 바탕안반도**로 안내해달라고 했을 때. 그 노인은 절뚝절뚝 구부정하고 느리게 걸었지만 안전한 지대가 어디고 우리가 어디서 조심해야 하는지, 그리고 암만 조심해도 팝콘처럼 끝장날 수 있는 곳이 어딘지 알고 있었다. 그는 발밑의 땅에 대해 줄광대 같은 감이 있었다 ―땅의 표면장력, 무언가를 밀고 당기는 일. 매일 아침 우리는 긴 종대를 이루고는 늙은 파파상을 앞세웠고, 온종일 그의 발자국을 더듬어 뒤를 졸졸 따르면서 엄격하고 가차 없는 대장 꽁무니 쫓기 놀이를 했다. 랫 카일리는 가락을 지어 유행을 시켰고 우리는 그걸 다 같이 부르곤 했다. **선을 넘으면 도화선을 밟고, 딩크***를 따르면 인생이 핑크.** 우리 주변에는 온통 바운싱 베티와 토 포퍼와 대포알 부비트랩이 널려 있었지만 그 닷새 동안 바탕안반도에서는 누구도 다치지 않

---

* 일본어에서 유래한 말로 당시 동아시아의 남성 원주민을 일컫던 말.

** 정확한 명칭은 바랑안반도. 바랑안반도는 꽝응아이성에 있으며 쭐라이 남쪽 32킬로미터쯤에 위치.

*** dink. 미군 은어로 베트남 사람을 뜻하는 멸칭.

았다. 우리 모두는 그 노인을 사랑하게 되었다.

헬기가 와서 우리를 데려갈 때 슬픈 장면이 연출되었다. 지미 크로스는 늙은 파파상을 꼭 안았다. 미첼 샌더스와 리 스트렁크는 그에게 전투식량 여러 박스를 짊어지웠다.

노인의 눈에는 정말이지 눈물이 맺혀 있었다. "딩크 따르면," 그는 우리 하나하나에게 인사를 건넸다. "인생은 핑크."

짊어지고 있지 않으면 대기를 했다. 그 단조로움이 기억난다. 참호 파기. 모기 잡기. 햇살과 열기와 끝없이 펼쳐진 논. 어떤 경우의 수로도 죽을 수 있는 깊은 숲속에서조차 전쟁은 노골적으로 또 적극적으로 지루했다. 하지만 그건 이상한 지루함이었다. 뒤틀림이 있는 지루함, 위장병을 일으키는 그런 지루함이었다. 높은 산마루에 앉아 있으면 평평한 논이 저 아래 뻗어 있고 낮은 고요하고 뜨겁고 그야말로 공허한데, 그러면 속에는 비록 물이 아니라 산(酸)이지만 수도꼭지가 새듯 똑똑 지루함이 고이고, 작은 방울 하나하나가 주요 장기를 갉아대는 느낌이 난다. 쉬어야겠다는 생각이 든다. 주먹을 펴고 잡생각을 떨치려 한다. 뭐, 그렇게 나쁘지만은 않아, 하는 생각이 든다. 그러면 곧장 뒤쪽에서 총성이 들리고 튀어 오른 두개골 조각이 목구멍으로 넘어가 모르는 사이에 돼지 멱따는 소리로 비명을 지르고 있다. 그런 종류의 지루함이었다.

나는 가끔씩 죄책감이 든다. 마흔세 살이고 아직도 전쟁 이야기를 쓰고 있다. 내 딸 캐슬린은 그건 강박이라고, 어린 여자아이가 100만 달러를 찾아 그걸 몽땅 셰틀랜드 조랑말에 쏟아붓는 이야기를 써야 한다고 말한다. 어떤 면에서는 딸아이가 맞는 것 같다. 나는 잊어야 한다. 하지만 기억하는 일의 요점은 잊지 않는다는 것이다. 당신은 인생 속 어딘가 과거와 현재가 교차하는 곳에서 글감을 찾아 가져온다. 기억의 차량이 당신 머릿속의 원형 교차로에 흘러들어 거기서 한동안 맴을 도는데, 그러면 이내 상상이 끼어들고 다 같이 뒤섞이다 차량이 천 갈래의 서로 다른 길로 제 길을 서두른다. 작가로서 당신이 할 수 있는 일은 오직 길 하나를 골라 운전해 가면서 당신에게 닥쳐오는 것들을 그대로 적는 것이다. 그게 진짜 강박이다. 모든 이야기가 그렇다.

꼭 피비린내 나는 이야기일 필요는 없다. 행복한 이야기일 필요도 없고 심지어 몇 안 되는 평화에 관한 이야기일 필요도 없다.

여기 평화에 관한 짧은 이야기가 있다.

한 남자가 탈영을 한다. 적십자 간호사와 다낭에 살림을 차린다. 더할 나위 없는 시간이고—간호사는 그를 죽을 만큼 사랑한다—그 남자는 언제든 원하는 것을 손에 넣는다. 전쟁은 끝났어, 그는 생각한다. 떡치면서 자세나 바꾸는 일만 남았지. 하지만 그러던 어느 날 그는 숲속에서 다시 자신의 부대에 합류한다. 전투에 복귀하고 싶어 어찌나 좀이 쑤시던지 말이야. 마침내 그의 동료 하나가 간호사는 어쨌느냐고, 전투에 왜 그리 달아올랐느냐고 묻자 그 남자는 말한다. "있잖아, 평화란 건 상처가 있을 때 더 좋더라고. 도로 상처 좀 내야겠어."

• • •

미첼 샌더스가 내게 저 이야기를 들려주며 웃고 있던 기억이 난다. 나는 십중팔구 그가 지어낸 이야기라고 확신하지만 그래도 그 이야기는 내게 재깍 진실의 똥침(truth-goose)을 날렸다. 모두 상대적이라는 것이다. 어느 더럽고 불쾌한 논뙈기에서 꼼짝없이 죽기만을 기다리는데 잠시 후 주변이 고요해져 하늘을 올려다보니 태양과 흰 구름 몇 조각이 뭉게뭉게 떠 있고 한없는 화창함이 동공에 비치면 — 세상 전체가 재편된다 — 비록 전쟁에 속박된 몸이어도 그보다 평온할 수 없다.

기억을 지탱하는 건, 흔히, 시작도 끝도 없는 작고 기이한 파편들이다. 이를테면,

어느 날 등을 깔고 누워 별을 바라보다가 내게 속삭이는 노먼 보커. "말할 게 있어, 오브라이언. 내가 소원을 하나 빌어야 한다면, 뭐든 말이야, 아빠가 나한테 훈장 못 받아도 괜찮다고 편지를 쓰게 할 거야. 우리 노인은 다른 얘긴 없고 맨 그 소리뿐이거든. 내 빌어먹을 훈장이 보고 싶어서 어떻게 견디나 몰라."

아니면 랫 카일리와 데이브 젠슨에게 기우제 춤을 가르쳐주는 카이오와. 세 사람이 호 하는 환성을 지르며 맨발로 둥글게 껑충대는 동안 한 무리의 마을 사람들은 흥미와 불안한 웃음이 뒤섞인 표정으로 구경했다. 나중에 랫이 "그래서 비는 언제 와?" 하고 묻자 카이오와는 "지구는 느리지만 버펄로는 참을성이 있지" 하고 대답했고, 그러자 랫은 그 말을 곰곰 생각해보더니 말했다. "그래, 그런데 비는

안 와?"

아니면 고아 강아지를 입양한 테드 라벤더—아자가 클레이모어 대인지뢰에 묶어 점화장치를 당기기 전까지 그는 강아지를 군낭에 업고 다니며 플라스틱 숟가락으로 밥을 떠먹였다.

우리 소대의 평균 나이는 열아홉 내지 스무 살이었던 것 같은데, 그래서 몹시 쾌활한 분위기를 띠는 게 꼭 이국 소년원에서 벌어지는 스포츠 경기 같았다. 경쟁은 치명적일 수 있었지만 숱한 농담과 장난 모두에 아이 같은 천진함이 있었다. 이를테면 아자가 테드 라벤더의 강아지를 날려버렸을 때처럼. "왜들 그렇게 난리야?" 아자가 말했다. "그러니까 내 말은, 제기랄, 난 아직 애잖아."

이런 것들도 기억난다.

비어 있는 시신낭의 눅눅한 곰팡이 냄새.

야간에 논 위로 떠오르는 상현달.

땅거미 속에 앉아서 초봉 병장 계급장을 꿰매며 들릴 듯 말 듯한 소리로 "어 티스켓, 어 태스켓, 푸르락누르락 바스켓" 노래하는 헨리 도빈스.

헬리콥터의 날갯짓에 바람의 무게를 안고 몸을 숙이는 목초밭, 길고 굽실거리며 낮게 웅크리되 헬기가 멀어지면 다시 똑바로 몸을 세우는 그 풀.

미케 마을 외곽의 붉은 점토 오솔길.

수류탄 한 발.

야윈, 죽어버린, 스무 살가량의 고상한 청년.

"선택의 여지가 없었어, 팀. 네가 뭘 할 수 있었겠어?"라고 말하는 카이오와.

"그렇지?"라고 말하는 카이오와.

"대답해봐"라고 말하는 카이오와.

마흔세 살, 전쟁은 반평생 전의 일이 되었으나 기억하는 일은 아직도 그것을 현재로 만든다. 그리고 기억하는 일은 가끔씩 이야기로 이어져 그것을 영원하게 만들 것이다. 그래서 이야기가 존재한다. 이야기는 지난날을 미래와 이어주려고 존재한다. 이야기는 당신이 있었던 자리에서 당신이 있는 자리로 어떻게 다다랐는지 기억나지 않는 이슥한 시간을 위해 존재한다. 이야기는 기억이 지워진, 이야기 말고는 기억할 게 없는 영원의 시간을 위해 존재한다.

레이니강에서

이것은 내가 말한 적 없는 유일한 이야기다. 아무에게도. 부모님에게도, 남동생과 누이에게도, 심지어 아내에게도. 쭉 해온 생각인데, 이야기에 들어가면 우리 모두 멋쩍어져서 돌연 다른 어디로 피하고 싶어질 테지만 그건 고백에 대한 자연스러운 반응이다. 지금도 이 이야기를 꺼내기가 창피하다는 걸 인정해야겠다. 나는 부끄러워서 밀쳐내느라 20년 넘게 속앓이를 해야 했고, 그래서 이렇게 기억하는 행위로, 종이에 사실 그대로를 적는 일로 최소한 꿈을 짓누르는 부담감을 조금은 덜고자 한다. 아직도 터놓기 힘든 이야기다. 내 생각에 우리 모두는 도덕적인 비상사태를 맞으면 우리의 젊었을 적 영웅들처럼 용감하게 앞뒤 안 가리고, 개인적인 손해나 체면을 재지 않고 행동하길 바랄 것이다. 정말이지 그것은 오래전인 1968년 여름의 내 신념이었다. 팀 오브라이언, 숨은 영웅. 론 레인저*. 위기가 극에 다다르면—악당이 충분히 악하고 선인이 충분히 선하면—지난 세월 내 안에 쌓아온 용기의 저장고를 군말 않고 두드릴 생각이었다. 나는 용기가 우리에게 유산처럼 유한하게 주어지므로 그걸 절약의 자세로 은행에 넣고 그 이자로 도덕적인 자산을 꾸준히 부풀려 훗날 계좌에서 인출해야 할 때를 대비하는 게 옳은 줄 알았던 것 같다. 위로가 되는 이론이었다. 그것은 용기가 필요한 그날그날의 자질구레하고 성가신 행동을 죄 감면해주었다. 그것은 번번이 비겁해지는 사람에게 희망과 체면을 불어넣어주었다. 그것은 미래를 청산하면서 과거를 정당화했다.

매컬레스터 칼리지를 졸업하고 한 달 뒤인 1968년 6월, 나는 내가 증오하던 전쟁에 나가 싸우도록 징집됐다. 나는 스물한 살이었다. 젊었고, 그렇다, 정치적으로 순진했지만 그래도 베트남에서 일어나는 미국의 전쟁이 부당해 보였다. 선명한 피가 선명하지 않은 이유로 튀고 있었다. 내 눈에는 목적이 합치되지도 않았고 철학과 역사와 법의 문제에 관해 합의된 바도 없었다. 그 사실들이 불확실함에 가려져 있었다. 그것은 내전이었을까? 민족해방전쟁이었을까 그냥 침략이었을까? 누가 언제 왜 시작했을까? 그 깊은 밤 통킹만에서는 미 함선 매덕스호에 정말로 무슨 일이 일어났던 것일까?** 호찌민은 공산주의의 앞잡이였을까 민족주의의 선구자였을까 아니면 둘 다일까 아니면 둘 다 아닐까? 제네바협정은 어떻게 되었을까? SEATO***

---

* 1949-1957년 방송된 동명의 미국 텔레비전 서부극 주인공.

** 미 구축함 매덕스호가 통킹만에서 북베트남군의 선제공격에 대응, 미국이 베트남전쟁에 본격 발을 들일 계기를 마련했으나 이 전투가 자작극일 가능성이 제기되었고, 이 책이 나온 뒤인 1995년에는 통킹만 사건 당시 미 국방장관이었던 로버트 맥나마라가 자작극이 맞음을 폭로했으나 최종 결론은 미지수다.

*** 동남아시아조약기구. 미국을 중심으로 한 반공 결사체로 1977년 해체되었다.

와 냉전은? 도미노이론*은? 미국은 이런 것들과 다른 수천 가지 쟁점으로 갈라섰고, 논쟁이 미국 상원 바닥에 쏟아지다 못해 거리로 흘러넘쳤고, 세로줄 무늬 셔츠를 입은 똑똑이들은 공공 정책의 가장 근본적인 사안에서도 합의를 볼 수 없었다. 그 여름 유일하게 확실했던 것은 도덕적 혼란이었다. 나의 견해는, 그때도 그렇고 지금도 그렇지만, 이유 없는 전쟁은 없다는 것이다. 앎이 완전한 때란 없지만 당시 내가 보기에는 국가가 전쟁에 뛰어들려면 정의에 대한 합당한 믿음과 전쟁의 원인에 대한 책임이 있어야 했다. 실수는 고칠 수 없다. 사람은 한번 죽으면 죽기 전으로 되돌릴 수 없다.

아무튼 그것이 내 신념이었고, 나는 학교에 돌아가 전쟁에 대해 최대한 얌전한 태도를 취했다. 전혀 급진적이지 않게, 성급함 따위 없이, 그저 유진 매카시**의 초인종을 몇 번 누르고 교지에 장황하고 울림 없는 사설을 몇 개 쓰며. 그런데 묘하게도 그것은 순 지적인 활동이었다. 거기에 힘은 물론 쏟았지만 대개는 머리를 쓰는 데 드는 힘이었다. 나는 나 개인의 위험을 느끼지 못했다. 나는 내 인생에 위기가 닥쳐옴을 감지하지 못했다. 어리석게도, 지금은 속을 모를 일종의 자기만족적인 파면 탓에 나는 죽고 죽이는 문제가 나의 특별한 성안에 들어오지 못할 거라고 여겼다.

1968년 7월 17일 소집영장이 날아왔다. 내 기억에 구름이 끼고 매우 조용한 습한 오후였고 나는 골프를 한판 치고 막 돌아온 참이었다. 어머니와 아버지는 바깥 식탁에서 점심을 들고 계셨다. 편지를 열어 첫 몇 줄을 훑자 안구 안쪽에서 피가 솟구치는 게 느껴지던 기억이 난다. 머릿속을 울리던 소리가 기억난다. 그것은 사고(思考)가 아니라 그냥 조용한 울부짖음이었다. 수많은 생각이 한 번에 밀려들었다 — 나는 이 전쟁에 너무 **과분**했다. 너무 똑똑하고, 너무 인정 많고, 모든 게 너무. 이럴 수는 없었다. 나는 그보다 높은 데 있었다. 내게는 성공이 보장된 세상이 있었다 — 피 베타 카파***, 숨마 쿰 라우데****, 총학생회장, 하버드 대학원 전액 장학금. 아마도 실수겠지 — 서류 작업이 엉망일 거야. 나는 군인감이 아니었다. 나는 보이스카우트를 싫어했다. 나는 캠핑을 싫어했다. 나는 먼지와 텐트와 모기를 싫어했다. 나는 피를 보면 메스꺼웠고 권위를 참을 수 없었고 소총과 새총도 구별할 줄 몰랐다. 제길, 난 **리버럴**이었다. 신선한 시체가 필요하면 석기시대에 갇혀 사는 매파*****를 징집하면 되잖아? 아니면 안전모를 쓰고 '하노이에 폭탄을' 배지를 단 모질이 골수 애국자라든가 린든 존슨의 어여쁜 딸내미 중 하나라든가 웨스트모얼랜드******의 반반하게 생긴 가족 전부는 어때 — 조카와 조카딸과 갓 태어난 손주까지. 이런 법은 없어, 나는 생각했다. 너희가 전쟁을 지지한다면, 그만한 값어치가 있다고 생각한다면 좋아, 하지만 그럼 너희도 전장에서 귀한 체액을 흘려야지. 너희도 전선에 나가 보병 부대와 하나가 돼서 같이 피 흘리라고. 그리고 너희 배우자나 자식이나 연인도 데려가란 말이야. **이런 법**, 나는 생각했다.

---

* 한 나라가 공산화되면 인접한 나라도 공산화된다는 이론으로 미국의 베트남 전쟁 개입에 명분이 되었다.

** Eugene McCarthy. 하원과 상원을 다 겪은 민주당 정치인으로 반전을 표어로 걸어 학생과 젊은 층의 큰 지지를 얻었다.

*** 대학교의 엘리트 사교 모임을 가리키는 말.

**** 수석 졸업을 뜻하는 라틴어로 일부 대학에서 학위와 함께 수여.

***** 정치적으로 리버럴의 상대 진영인 대외 강경론자들.

****** William Westmoreland. 당시 베트남 주둔 미군 사령관.

내 뱃속에 분노가 들어앉은 기억이 난다. 나중에 그것은 사무치는 자기 연민으로, 그 뒤 무감각으로 사그라졌다. 그날 저녁 식사 때 아버지는 내 계획이 뭐냐고 물었다. "없어요," 나는 말했다. "기다리는 거죠."

나는 1968년 여름을 미네소타주의 내 고향 워딩턴에 있는 아머 도축 공장에서 일하며 보냈다. 그 공장은 돼지고기 제품 전문으로, 나는 4분의 1마일(약 400미터) 길이의 조립라인에 — 더 정확히 말하면 해체 라인이었다 — 하루 중 여덟 시간을 서서 도살된 돼지들의 목에 엉긴 피를 제거했다. 내 직함은 피 제거자(Declotter)였던 것 같다. 도살된 수퇘지들은 목을 자르고 복부를 갈라 비집어 연 뒤 내장을 제거하고 높은 컨베이어 벨트에 뒷다리 무릎 관절을 걸었다. 그다음은 중력의 몫이었다. 도살된 짐승이 내 라인에 도착할 즈음엔 체액이 거의 빠져나간 상태라 남아 있는 건 목에 낀 걸쭉한 피떡과 윗가슴의 구멍이 전부였다. 그걸 제거하는 데에는 물총 같은 것을 사용했다. 그 기계는 80파운드(약 36킬로그램)쯤 되어 무거웠고 고무 재질의 굵은 선으로 천장에 매달려 있었다. 탄력이 조금 있어서 고무줄처럼 위아래로 튕겼는데, 요령이라면 곡예를 하듯 온몸으로 총을 조종해야지 두 팔로만 들어서는 안 되고, 고무 선이 알아서 나를 따르게 해야 한다는 것이었다. 한쪽 끝에 방아쇠가 있었다. 총구 끝에는 좁은 발사구와 강철로 된 롤러 브러시가 있었다. 도살된 짐승이 지나가는 동안 몸을 수그려 피떡에 바짝 총을 대고 방아쇠를 당긴 채 흔드는 게 모두 한 동작으로, 브러시가 돌고 물이 발사되면 일순 후드득 소리와 함께 피떡이 떨어져 나가며 붉고 고운 안개로 변했다. 즐거운 작업은 아니었다. 고글과 고무 앞치마가 필수였는데 그걸 착용해도 하루의 여덟 시간을 미지근한 피로 샤워하는 느낌이었다. 나는 밤이면 돼지 냄새를 풍기며 집으로 갔다. 냄새가 떠나지 않았다. 뜨거운 물로 목욕을 하고 박박 문질러도 역겨운 냄새가 늘 맴돌았다 — 오래된 베이컨 또는 소시지 냄새, 기름에 전 고약한 돼지 냄새가 내 살과 머리카락에 깊숙이 배어든 것 같았다. 기억하건대 다른 건 몰라도 그 여름에 데이트는 나가기 힘들었다. 나는 고립된 느낌이 들었다. 나는 많은 시간을 혼자 보냈다. 더욱이 소집영장도 내 지갑 깊숙이 박혀 있었다.

나는 저녁마다 아버지한테 차를 빌려 목적 없이 마을을 배회하면서 한탄과 함께 전쟁과 돼지 공장에 관해, 또 내 삶이 어떻게 도살자로 몰락해가는지에 관해 생각했다. 나는 무기력함을 느꼈다. 내 주변의 선택지가 줄어드는 것처럼 보였는데 마치 거대하고 새까만 깔때기를 맹렬히 내달리듯 세상 전체가 콱 조여드는 것 같았다. 행복한 출구는 없었다. 정부는 대학원생 소집 연기 신청을 마감한 상태였다. 주 방위군과 예비군 대기 목록은 어처구니없이 길었다. 내 건강은 양호했다. 나는 양심적 병역 거부에 적합하지 않았다 — 종교적 배경도, 평화주의자로서의 이력도 없었다. 더욱이 나는 보편칙을 들먹이며 전쟁을 반대한다고 주장할 수도 없었다. 나는 국가가 목적을 달성하려고 군대 사용을 정당화할 때에는 이유가 있다고, 히틀러 같은 악을 저지할 때가 그렇다고 믿었고, 스스로 다짐하길 그런 상황이 오면 기꺼이 전투에 나서려고 했다. 다만 문제는 징병 위원회가 내게 전쟁 고를 기회를 주지 않는다는 것이었다.

이 모든 것의 저편에는, 혹은 그 한가운데에는 공포라는 날것의 사실이 있었다. 나는 죽고 싶지 않았다. 영원히는 아니었다. 하지만 그때는, 거기서는, 부당한 전쟁에서는 결코 죽고 싶지 않았다. 자동차를 몰고 메인가(街)를 따라 법원 청사와 벤 프랭클린* 매장을 지나면서 나는 가끔씩 두려움이 내 안에서 잡초처럼 무성해지는 느낌이 들었다. 나는 내가 죽어 있는 모습을 떠올렸다. 나는 내가 할 수 없는 일들을 하는 모습을 떠올렸다 — 적진으로 돌진하기, 다른 사람을 정조준하기.

7월 중순 어느 시점에 나는 캐나다행을 심각하게 고려하기 시작했다. 국경은 북쪽으로 몇 백 마일, 차로 여덟 시간이었다. 내 양심과 본능 모두 내게 달아나라고, 얼른 자리를 뜨고 죽기 살기로 달리되 절대 멈추지 말라고 말하고 있었다. 처음에는 그 생각이 순전히 추상적으로 보여서 캐나다라는 단어만 머릿속에 인화되었다. 하지만 시간이 조금 지나자 특정한 형체와 이미지가, 내 미래의 안쓰러운 면면이 보였다 — 위니펙의 호텔 방, 낡고 닳은 여행 가방, 내가 전화로 상황을 설명할 때의 아버지 눈빛. 나는 거의 아버지의 목소리가 들렸고 어머니의 목소리도 마찬가지였다. 달아나, 나는 생각하곤 했다. 그러고는 생각했다. 불가능해. 그러고 1초 뒤 다시 생각했다. **달아나**.

그것은 도덕적 분열이었다. 나는 마음을 먹을 수 없었다. 나는 전쟁이 두려웠고, 그렇다, 하지만 도피도 두려웠다. 나는 내 삶, 내 친구와 가족, 내 모든 역사, 내게 중요한 모든 것에서 도망치기가 두려웠다. 부모님의 존중을 받지 못할까 봐 두려웠다. 법이 두려웠다. 조롱과 비난이 두려웠다. 내 고향은 대평원의 작고 보수적인 동네라 관습이 중요했고, 사람들이 메인가의 오래된 고블러 카페에 죽치고 앉아 커피 잔을 받쳐 들고는 대화의 초점을 젊은 오브라이언에게 맞추고 그 망할 계집 같은 녀석이 캐나다로 어떻게 떴는지 이야기할 게 뻔했다. 뜬눈으로 지새우는 밤이면 나는 때로 그런 사람들과 격렬한 논쟁을 벌이곤 했다. 나는 그들을 향해 악을 쓰면서 그 문제에 대한 그들의 맹목적이고 경솔하고 반사적인 묵종을, 그들의 아둔한 애국심을, 그들이 자랑하는 무식함을, 흑백논리에 젖은 그들의 진부한 의견을, 그들 스스로는 이해도 못 하고 이해할 생각도 않는 전쟁에 나가 싸우라고 나를 등 떠미는 방식을 내가 얼마나 싫어하는지 이야기했다. 나는 그들에게 책임을 물었다. 맙소사, 그렇다, 나는 **그랬다**. 그들 모두에게 — 그들 개개인에게 사적으로 책임을 물었다 — 아무것도 모르는 키와니스** 클럽 소년들에게, 상인과 농부 들에게, 독실한 교회 신자들에게, 수다스러운 주부들에게, 학부모-교사 협회와 라이언스 클럽과 해외 참전 용사 전우회(Veterans of Foreign Wars)와 저 멀리 컨트리클럽의 귀티 나는 꼿꼿한 신사들에게. 그들은 바오다이***가 가상의 인물인지 아닌지 몰랐다. 그들은 역사를 몰랐다. 그들은 무엇보다 응오딘지엠****의 폭정에 관해, 또는 베트남 민족주의에 관해, 또는 긴 세월 지속된 프랑스의 식민 지배에 관해 몰랐지만 — 이 일은 모두 지독하게 복잡해서 책을 좀 읽어야 한다 — 어쨌든 간단명료하게 그것은 공산당을 막기 위한 전

---

* 저렴한 생활 잡화를 취급하는 전국구 대형 체인점.

** 1915년에 설립된 비영리 봉사 단체.

*** Bao Dai. 베트남 정치가. 응우옌 왕조의 마지막 황제.

**** Ngo Dinh Diem. 베트남의 반공주의 정치가. 미국의 후원으로 베트남 대통령에 올랐으나 1963년 쿠데타로 처형되었다.

쟁이었고, 사람들은 그런 방식의 일을 좋아했고, 간단명료한 이유로 죽고 죽이는 일에 관해 재고를 하면 겁쟁이 반역자가 되었다.

나는 물론 마음이 쓰라렸다. 그보다 훨씬 이상이었다. 감정이 분노에서 공포로 당황으로 죄책감으로 슬픔으로 그다음에는 다시 분노로 변했다. 속에서 아픔이 느껴졌다. 진짜 병이었다.

대부분의 이야기를 앞서 털어놓거나 적어도 암시는 했지만 진실의 전모를 말한 적은 아직 없다. 내가 어떻게 금이 갔는지. 돼지 작업대에 서서 일하던 어느 아침 가슴이 쩍 쪼개지는 느낌이 어땠는지. 나는 그게 뭔지 몰랐다. 앞으로도 모를 것이다. 하지만 그게 진짜였다는 사실은 잘 안다. 그것은 물리적인 파열이었다 — 금이 가서 물이 새다 터지는 느낌이었다. 내 기억에 나는 물총을 떨어뜨렸다. 나는 재빨리, 생각할 겨를도 없이 앞치마를 벗고 공장을 나가 집으로 차를 몰았다. 오전 나절이었고 집에 아무도 없던 기억이 난다. 매우 따뜻하고 귀한 무엇이 아직도 내 가슴 깊숙한 데서 흘러나가는 듯한 새는 감각이 있었고, 내 몸은 피와 수퇘지의 악취로 덮여 있었고, 나는 한동안 안정을 취하는 데에만 집중했다. 뜨거운 물로 샤워를 한 기억이 난다. 여행 가방을 꾸려 부엌으로 옮기고 거기서 몇 분을 꼼짝 않고 서서 내 주변의 익숙한 사물을 유심히 관찰한 기억이 난다. 낡은 크롬 토스터, 전화기, 부엌 조리대 위의 분홍색과 하얀색 포마이카. 실내는 밝은 햇살로 가득했다. 모든 게 반짝거렸다. 내 집, 나는 생각했다. 내 삶. 내가 얼마나 오래 거기 서 있었는지 모르지만 그러고 나서 나는 부모님에게 짧은 쪽지를 휘갈겨 썼다.

정확한 내용은 이제 기억나지 않는다. 뭔가 어렴풋하다. 급히 떠나요, 연락할게요, 사랑하는 팀.

각이 들 때도 있었다. 나는 하나부터 열까지 말 못 한 채 마냥 추락하는 중이었고, 늦은 밤이면 거기 누워서 머릿속을 맴도는 기괴한 영상을 지켜보았다. 나를 쫓는 국경 수비대—헬리콥터와 탐조등과 짖어대는 순찰견—나는 숲을 내달리는 중이고 손과 무릎을 대고 엎어진다—사람들이 큰 소리로 내 이름을 외쳐댄다—사방에서 법이 포위해 온다—내 고향 징병 위원회와 FBI와 캐나다 연방경찰이. 모든 게 정신 나간 데다 불가능한 일 같았다. 나는 더없이 평범한 꿈과 야망을 지닌 스물한 살의 평범한 아이였고 내가 원하는 건 타고난 삶을 사는 것뿐이었다—보통의 삶—나는 야구와 햄버거와 체리 코크를 무지 좋아했다—그러다 이제 나는 고향을 영원히 등지고 도피 길의 언저리에 올랐는데, 그건 너무나 기이하고 끔찍하고 슬픈 일 같았다.

내가 엿새 내내 어떻게 견뎠는지 잘 모르겠다. 대부분 기억나지 않는다. 나는 두 번인가 세 번, 오후에 시간 때울 생각으로 엘로이의 겨울나기를 도와 객실들을 청소하고 보트를 거두어들이는 허드렛일을 하면서 몸을 부렸다. 시원하고 화창한 날들이었다. 밤은 매우 어두캄캄했다. 어느 날 아침 노인은 장작을 어떻게 패고 쌓는지 보여주었고, 그러고는 둘이 본채 뒤쪽에서 몇 시간 동안 묵묵히 일을 했다. 어느 때인가 엘로이가 메를 내려놓고 어려운 질문을 하려는 듯 입술을 씰룩거리며 나를 한동안 바라보더니 이내 고개를 젓고 다시 일로 돌아간 기억이 난다. 그 남자의 자제력은 대단했다. 그는 결코 캐묻지 않았다. 그는 내가 거짓말이나 부정을 하는 입장이 되도록 몰아가지 않았다. 나는 그의 과묵함이 아직도 프라이버시가 존중되는 미네소타의 전형적인 면이었다고 보는데, 내가 만약—팔이 네 개에 머리가 셋인 — 끔찍한 불구의 몸으로 배회하고 있었더라도 그 노인은 분명 팔과 머리를 제외한 다른 모든 것에 관해 이야기를 꺼냈을 것이다. 그건 단순한 예의이기도 했다. 하지만 내 생각에는 그것을 한참 뛰어넘어, 그 남자는 말로 충분하지 않음을 이해했을 것이다. 내 문제는 논의의 범위를 이미 넘어 있었다. 그 긴 여름 동안 나는 다양한 논쟁을 거듭하며 모든 찬반양론을 살폈고, 그것은 이제 순수이성 행위로 결론지을 수 없는 문제였다. 지성은 감성에 맞서지 못했다. 양심은 나더러 달아나라고 말했지만 어떤 비이성적이고 강력한 힘이 저항해 마치 그 육중한 무게로 나를 전쟁으로 떠미는 것 같았다. 결국은 멍청하게도 수치심에 이르렀다. 얼굴이 달아오르는 멍청한 수치심. 나는 사람들이 나를 나쁘게 생각하지 않길 바랐다. 내 부모님도, 내 남동생과 누이도, 심지어 고블러 카페에서 죽치고 있을 사람들도. 나는 팁 톱 오두막에 머물러서 부끄러웠다. 나는 내 양심이 부끄러웠고 양심적인 일을 하느라 부끄러웠다.

엘로이는 이 점을 어느 정도 이해했던 게 틀림없다. 물론 세부적인 것까지는 아니겠지만 위기라는 분명한 사실만은.

노인은 그 일에 관해 나와 정면에서 부닥치지 않았지만 딱 한 번 그가 모든 걸 입 밖에 터놓을 뻔한 적이 있다. 이른 저녁 식사를 막 마친 참이었고, 나는 커피와 디저트를 들면서 지금까지 신세진 게 얼마인지 요금을 물었다. 노인은 눈을 가늘게 뜨고 식탁보를 한참 내려다보았다.

"좋아, 기본요금은," 그가 말했다. "하룻밤에 50달러야. 식대는 별도고. 오늘까지 나흘이구먼, 그렇지?"

나는 끄덕였다. 내 지갑에는 312달러가 있었다.

엘로이의 눈은 식탁보에 고정돼 있었다. "자, 그건 성수기 가격이지. 공정하게 하자면 서로가 콧대를 좀 낮춰야겠어." 그가 의자에 깊숙이 기댔다. "얼마여야 합리적이라고 생각해?"

"모르겠어요," 내가 말했다. "40달러?"

"거 괜찮군. 하룻밤에 40달러. 그러고 식대도 얹어야지 —— 이것저것 하면 얼마지? 전부 260달러인가?"

"그쯤 될 것 같아요."

그가 눈썹을 치켜들었다. "너무 많아?"

"아니에요, 적당해요. 좋아요. 그래도 내일…… 내일은 떠나는 게 좋을 것 같아요."

엘로이는 어깨를 으쓱하더니 식탁을 치우기 시작했다. 그는 얼마간 접시로 소란을 떨면서 협상이 잘 끝났다는 듯이 휘파람을 불었다. 잠시 후 그는 두 손뼉을 쳤다.

"우리가 까먹은 게 있는데 뭔지 알아?" 그가 말했다. "임금을 깜빡했어. 자네가 한 자잘한 일들 말이야. 우리가 할 일은, 자네의 시간이 얼마만큼 값이 나가는지 따져봐야겠군. 자네가 최근에 하던 일 —— 한 시간에 얼마나 뽑았지?"

"넉넉하진 않았어요," 나는 말했다.

"형편없었어?"

"네. 아주 형편없었어요."

이어서 나는 천천히, 길게 끌 생각 없이, 돼지 공장에서 보낸 나날을 그에게 털어놓았다. 이야기는 사실을 쭉 열거하는 것으로 시작됐지만 나는 주체하지 못하고 피떡이며 물총이며 냄새가 내 살에 어떻게 배었고 또 그걸 씻어내기가 얼마나 어려웠는지 주절대고 있었다.

나는 오랫동안 이야기를 계속했다. 나는 꿈속에서 멧돼지가 꽥꽥거리는 소리, 멱따는 소리, 도살장의 소리에 관해 그에게 이야기했고, 가끔씩 니글대는 돼지 냄새를 목구멍으로 다시며 잠에서 깬다고도 이야기했다.

이야기를 마치자 엘로이가 나를 보며 끄덕였다.

"음, 솔직하게 말하자면," 그가 말했다. "자네가 여기 처음 나타났을 때 나는 그걸 다 의심했어. 그 냄새 말이야. 자네가 포크 촙을 지독하게 좋아하는 것 같은 냄새였거든." 노인은 거의 웃음을 짓고 있었다. 그는 큼큼 소리를 내더니 연필 한 자루와 종이 한 장을 가지고 앉았다. "그래서 그 구린 일이 얼마였다고? 한 시간에 10달러? 15달러?"

"그보다 적어요."

엘로이는 고개를 설레설레했다. "15달러로 하지. 자넨 여기서 스물다섯 시간을 일한 거야, 얼추. 그럼 총임금이 375달러로군. 식사와 숙박으로 260달러를 빼도 내가 아직 115달러를 빚졌구먼."

그는 셔츠 주머니에서 50달러짜리 지폐 네 장을 꺼내 식탁에 올려두었다.

"이걸로 에끼자고."

"안 돼요."

"들고 가. 머리나 깎아."

돈은 저녁 내내 식탁에 놓여 있었다. 내가 객실로 돌아갈 때에도 계속 거기 있었다. 하지만 이튿날 아침 나는 내 방문에 봉투가 붙어 있는 걸 발견했다. 안에는 50달러짜리 지폐 네 장과 두 단어로 된 쪽지가 들어 있었다. **비상 자금.**

그 남자는 알았던 것이다.

20년이 지나 돌아보니 나는 가끔 그 여름의 일들이 다른 어떤 차원에서는 일어나지 않았던 게 아닐까 의심스럽다. 살아보기도 전에 삶이 존재하는 차원, 그리고 그 삶이 나중에 진행되는 차원. 그 일은 지금껏 한 번도 현실 같지 않았다. 팁 톱 오두막에서 지내는 동안 나는 내 살갗을 빠져나와 지근거리를 맴돌고, 그러는 사이 내 이름과 얼굴을 한 웬 딱한 얼간이가 스스로는 이해도 못 하고 이해할 생각도 않는 미래로 나아가려고 낑낑대는 느낌이었다. 나는 지금도 그때의 내가 보인다. 마치 오래된 홈 무비를 보는 것 같다. 나는 젊고 그을었고 탄탄하다. 머리숱이 있다——풍성하다. 담배도 술도 하지 않는다. 바랜 청바지와 하얀 폴로셔츠를 입고 있다. 어느 저녁, 하늘이 분홍빛으로 밝게 일렁이는 황혼 무렵에 내가 옐로이 버달의 선창에 앉아 있는 모습이 보이는데, 나는 내가 하려는 일이 무엇이고 왜 그 일을 하려는지, 그리고 그것을 털어놓을 용기를 찾지 못해 얼마나 죄송한지 부모님에게 부칠 편지를 마무리하고 있다. 나는 부모님에게 화내지 말아달라고 부탁한다. 나는 내 감정을 설명하려고 애쓰지만 적당한 말을 찾지 못해 그냥 해야 할 일이라고만 말한다. 나는 편지 끄트머리에 우리가 이 북쪽 고장, 화이트피시 호수라 불리는 곳에서 보내던 휴가들에 관해 이야기하면서 이곳의 풍경을 보니 그 호시절이 생각난다고 말한다. 나는 부모님에게 난 괜찮다고 말한다. 나는 부모님에게 위니펙이나 몬트리올 혹은 내가 이르게 될 어디서든 다시 편지를 쓰겠다고 말한다.

• • •

엿새째에, 내 마지막 날 꼬박, 노인은 낚시를 하러 나를 레이니강에 데려갔다. 그날 오후는 햇살이 좋았고 추웠다. 북쪽에서 강한 바람이 불어왔고, 기억하건대 우리가 선창에서 밀어내자 14피트(약 4.2미터)짜리 작은 보트가 격하게 기우뚱거렸다. 유속은 빨랐다. 우리 주위에는 세상모를 광대함, 인적 없는 날것, 아무 데로도 뻗어나가지 않는 나무와 하늘과 물이 있었다. 공기에서 10월의 덧없는 향기가 났다.

엘로이는 출렁거리는 은백색의 강 상류로 10분에서 15분을 거슬러 오르다가 북쪽을 향해 보트를 똑바로 틀더니 엔진을 전속력으로 당겼다. 내 밑에서 뱃머리가 들리는 느낌이 났다. 내 귓가의 바람, 낡은 에빈루드 아웃보드엔진 소리가 기억난다. 나는 잠깐 생각을 놓은 채 얼굴을 때리는 차가운 물방울만을 느끼다가 어느 시점인가 두 세계를 가르는 점선을 넘어 캐나다의 내해에 들어섰다는 생각이 번쩍 들었는데, 고개를 들어 멀리서 뭍이 다가오는 걸 보자 가슴이 콱 막히던 기억이 난다. 이것은 백일몽이 아니었다. 만질 수 있는 현실이었다. 육지에 접근하자 엘로이는 엔진을 끄고 배가 20야드(약 18미터) 밖에서 꽁무니를 살랑대게 내버려두었다. 노인은 나를 쳐다보지도, 내게 말을 건네지도 않았다. 그는 몸을 수그려 낚시 상자를 열고 찌와 와이어 리더를 분주하게 만지면서 눈을 내리깔고 콧노래를 불렀다.

그러자 그가 계획한 일이 틀림없다는 생각이 덮쳤다. 물론 확신할 수는 없지만, 나는 그가 내게 현실을 똑바로 보여줄 속셈으로 나를 강 건너로 안내해 벼랑으로 몰아, 스스로 선택한 삶이니 하다못해 철야 기도라도 해보길 권한 것 같다.

그러고 바로 나는 무릎을 꿇었다.

내가 전쟁에 갈게요 — 가서 사람을 죽이고 그러다 어쩌면 죽을게요 — 쪽팔리기 싫으니까요.

바로 그것이 슬펐다. 그래서 나는 뱃머리에 앉아 울었다.

이제 시끄러웠다. 시끄럽고 힘든 울음이었다.

엘로이 버달은 가만있었다. 그는 낚시 중이었다. 그는 손끝으로 낚싯줄을 매만지면서 레이니강에 떠 있는 희고 붉은 찌를 가는눈으로 끈지게 바라보았다. 그의 눈은 생기 없고 무표정했다. 그는 말이 없었다. 그저 강처럼 늦여름 태양처럼 거기 있었다. 그는 자신의 존재로, 자신의 말없는 사려 깊음으로 모든 걸 현실로 만들었다. 그가 진정한 관중이었다. 그는 우리가 자신의 삶을 살 때, 우리가 스스로 선택을 하거나 선택을 하는 데 실패할 때 하느님처럼 또는 여느 신처럼 완전한 침묵 속에서 지켜보는 목격자였다.

"영 물질 않는구먼," 그가 말했다.

그러더니 잠시 후 노인은 낚싯줄을 감고서 보트를 미네소타 쪽으로 돌렸다.

작별 인사를 했는지 기억나지 않는다. 마지막 밤에 우리는 함께 저녁을 먹었고, 나는 일찍 잠자리에 들었고, 이튿날 아침 엘로이가 내게 식사를 차려주었다. 내가 떠난다고 하자 노인은 벌써 알고 있다는 듯 고개를 끄덕였다. 그는 식탁을 내려다보며 웃었다.

그날 아침 언젠가 우리가 악수를 했는지도 모르지만 — 단지 기억이 나지 않는다 — 짐을 다 싸고 보니 노인이 온데간데없었다는 것만은 확실히 알고 있다. 정오께 여행 가방을 차로 옮기다가 나는 그의 낡은 검정색 픽업트럭이 본채 앞에 주차돼 있지 않음을 알아차렸다. 나는 안에 들어가 한동안 기다렸으나 그가 돌아오지 않을 거라는 확신이 뼛속 깊이 들었다. 어떤 면에서는 적절한 방식이라고 생각했다. 나는 아침 먹은 그릇을 설거지하고 그가 준 200달러를 부엌 조리대에 올려둔 뒤 자동차에 올라 집이 있는 남쪽으로 달렸다.

그날은 구름이 끼어 있었다. 나는 소나무 숲들을 거쳐 대평원에 들어섰고 친숙한 이름의 마을들을 지나 내가 군인이었던 베트남에, 그러고 다시 집에 다다랐다. 나는 살아남았지만 그것은 해피엔드가 아니다. 나는 겁쟁이였다. 나는 전쟁을 치르러 갔다.

적

7월 말 어느 아침 우리가 게이터 착륙지대 가까이 정찰을 나갔을 때 리 스트렁크와 데이브 젠슨이 주먹싸움을 했다. 사소한 것—분실된 주머니칼—때문이었는데 싸움은 지독했다. 얼마간은 비등비등했지만 데이브 젠슨이 덩치도 훨씬 크고 힘도 훨씬 세서 마침내 팔로 스트렁크의 목을 감아 꼼짝 못 하게 만들더니 코를 계속 때렸다. 그는 거세게 때렸다. 그리고 멈추지 않았다. 스트렁크의 코에서 폭죽처럼 빠직 부러지는 소리가 났지만 젠슨은 아랑곳하지 않고 계속해서 빠르고 맹렬한 주먹을 정타로 날렸다. 그를 말리는 데에는 나까지 세 사람이 달려들어야 했다. 상황이 종료되었을 때 스트렁크는 헬기를 타고 후방으로 날아가야 했는데, 거기서 치료를 받고서 이틀 뒤에야 철심을 박고 거즈를 잔뜩 감은 채 다시 합류했다.

다른 환경이었다면 거기서 끝날 일이었다. 하지만 여기는 사내들이 총을 소지하고 다니는 베트남이라 데이브 젠슨은 걱정이 들기 시작했다. 그의 머릿속이 그 일로 가득 찼다. 둘 사이에는 위협도 복수의 다짐도 없이 그저 조용한 긴장감만 흘렀는데 그게 젠슨을 각별히 경계하게 만들었다. 정찰을 나가서도 그는 스트렁크의 소재를 주의 깊게 좇았다. 그는 스트렁크 주변에서 멀리 떨어진 곳에다 참호를 팠다. 그는 등을 보이지 않았다. 그는 단둘이 놓이는 상황을 피했다. 결국 이렇게 일주일이 지나자 그 스트레스로 문제가 생기기 시작했다. 젠슨은 휴식을 취할 수 없었다. 두 개의 전쟁을 치르는 것 같아, 그가 말했다. 안전지대가 없었다. 사방이 적이었다. 전방도 후방도 없었다. 그는 시종일관 경계를 하느라 밤잠도 설쳤는데—깜짝깜짝 놀라곤 했다—어둠 속에서 이상한 소리가 들렸고 수류탄이 그의 참호로 굴러들거나 칼이 그의 귓가를 간질이는 망상이 떠올랐다. 그에게 아군과 적군의 구분이 사라져버렸다. 다른 모두가 태평스럽고 비교적 안전할 때조차 젠슨은 돌담을 등지고 앉아서 소총을 무릎에 가로로 올리고 신속하고 초조한 눈길로 리 스트렁크의 동향을 살폈다. 마침내 그의 자제심이 한계에 다다랐다. 무언가 폭발한 게 틀림없었다. 어느 날 오후 그는 허공에 총질을 해대며 스트렁크의 이름을 내질렀는데 단지 총질과 고함에 지나지 않던 그 일은 그가 탄창 하나를 싹 비우고 빈총을 달가닥거릴 때까지 멈추지 않았다. 우리는 모두 바닥에 납작 엎드려 있었다. 아무도 그에게 다가갈 엄두를 못 냈다. 젠슨은 재장전을 하려다 갑자기 풀썩 앉더니 두 팔로 머리를 감싸고 꼼짝하지 않았다. 그는 두세 시간을 그냥 그러고 앉아 있었다.

하지만 기이한 부분은 따로 있었다.

그날 밤늦게 그는 권총 하나를 빌리더니 총열을 쥐고서 망치처럼 휘둘러 제 코를 부러뜨렸다.

나중에 그는 스트렁크의 참호 경계를 넘었다. 그는 자기가 한 일을 보여주며 둘 사이에 모든 게 공정해졌는지 물었다.

스트렁크는 고개를 끄덕이며 말했다. 물론이지, 공정해.

하지만 이튿날 아침 리 스트렁크는 웃음을 멈추지 못했다. “미친 놈이야,” 그가 말했다. “그 좆같은 주머니칼 내가 훔쳤는데.”

친구

데이브 젠슨과 리 스트렁크는 즉각 단짝이 되지는 못했지만 서로 신뢰하는 법을 제대로 배웠다. 그들은 그다음 달 매복을 나갈 때 종종 팀을 이루었다. 그들은 정찰을 할 때 서로를 엄호했고, 참호를 같이 썼고, 밤에 교대로 경계를 섰다. 8월 말에 그들은 조약을 하나 맺었는데 만약 둘 중 하나가 언제든 완전히 좆되면—휠체어를 탈 정도의 부상을 당하면—다른 하나가 자동적으로 끝장을 내주자는 거였다. 내가 보기에는 진심이었다. 그들은 그 내용을 문서로 작성해 서명하더니 두어 사람에게 보증을 서달라고 했다. 그러고 나서 10월에 리 스트렁크가 교묘히 매설된 박격포탄을 밟았다. 그의 오른쪽 다리가 무릎까지 날아갔다. 그는 껑충 뛰듯 우스꽝스럽고 짧은 반보를 내딛더니 옆으로 기우뚱하다 주저앉았다. "오, 제기랄," 그가 말했다. "제기랄 오 제기랄," 그는 발가락을 찧은 것처럼 얼마간 그 말을 계속했다. 그러더니 공황에 빠져버렸다. 그는 일어나서 달리려고 했지만 달릴 때 디딜 게 남아 있지 않았다. 그는 심하게 무너져버

진실한 전쟁 이야기를 들려주는 법

이것은 진실이다. 나는 베트남에서 친한 친구가 있었다. 그의 이름은 밥 카일리였지만 다들 그를 랫이라 불렀다.

랫은 친구 하나가 전사하자 일주일쯤 뒤 엉덩이를 붙이고 앉아 그 친구의 여동생에게 편지를 쓴다. 랫은 그녀가 얼마나 대단한 오빠를 두었는지, 으뜸가는 친구이자 전우였던 그와 함께 지내 얼마나 좋았는지 그녀에게 들려준다. 진정한 군인 중의 군인이었죠, 랫은 말한다. 그러고 그럴듯한 일화를 몇 개 들려주는데, 그녀의 오빠는 위험한 일이라 100만 년 동안 아무도 나서지 않을 일, 이를테면 수색을 하거나 정말 혹독한 야간 정찰을 나가는 일에 늘 자원을 하곤 했다는 것이다. 녹슬지 않는 강철 공이었어요, 랫은 그녀에게 말한다. 그 녀석은 좀 미쳤고, 물론 좋은 쪽으로요, 정말 저돌적이었는데, 도전 자체를 즐겨서 스스로 시험에 들길 좋아하는, 베트콩 새끼들*과

* 원문은 gook. 베트남 사람 외에도 동남아시아인 일반을 뜻하는 멸칭.

는 영 딴판인 상남자였죠. 아주아주 대단한 녀석이었어요, 랫은 말한다.

아무튼 매우 사적이고 뭉클한 끝내주는 편지다. 랫은 고래고래 편지를 쓴다. 그는 둘이서 함께한 호시절에 관해 온통 눈물겨운 이야기를 꺼내는데, 그녀의 오빠가 번번이 요란을 떨면서 마을을 불살라 사방에 연기를 피우는 통에 전쟁이 재미있을 지경이었다고 말한다. 유머 감각도 대단했죠. 한번은 그가 빌어먹을 수류탄 한 상자를 가지고 이곳 강에 낚시를 갔어요. 아마 세계사에서 제일 웃기고 유혈이 낭자한 경우일 텐데, 2조 마리쯤 되는 베트콩 물고기 새끼들이 하늘나라로 갔죠, 랫은 말한다. 당신 오빠는, 그는 올바른 태도를 지녔어요. 그는 어떡해야 즐거운 시간을 보낼지 알았죠. 핼러윈에는 말이죠, 정말 화끈하고 으스스한 이날 밤에, 녀석이 몸을 온갖 색깔로 칠하고 섬뜩한 가면을 쓴 채 마을로 하이킹을 가서 군화랑 불알이랑 M-16만 걸친 거의 알몸으로 사탕을 안 주면 장난을 치겠다고 말하는 거예요. 무시무시한 인간이죠, 랫은 말한다. 아주 미치광이 같을 때도 있지만 그는 인생을 걸고 믿을 만한 사람이었어요.

그러더니 편지는 매우 슬프고 진지해진다. 랫은 속마음을 터놓는다. 자기가 그를 매우 아꼈다고 말한다. 녀석이 세상에서 제일가는 친구였다고 말한다. 쌍둥이 같은 영혼의 단짝으로서 모든 걸 나누었다고 말한다. 그는 친구의 여동생에게 전쟁이 끝나면 한번 들르겠다고 말한다.

그러고 어떻게 되었을까?

랫은 편지를 부친다. 그러고 두 달을 기다린다. 그 벙어리 같은 갈보는 답장 한 줄 없다.

• • •

진실한 전쟁 이야기는 결코 교훈적이지 않다. 그것은 가르침을 주지도, 선을 고양하지도, 인간 행동의 모범을 제시하지도, 인간이 지금껏 해오던 일들을 하지 않도록 말리지도 못한다. 만약 이야기가 교훈적으로 보인다면 믿지 마라. 전쟁 이야기의 끝에서 희망이 차오름을 느낀다면, 혹은 거대한 폐허 속에서 일말의 올바름을 건진 느낌이 든다면 당신은 케케묵은 지독한 거짓말의 희생양이 된 것이다. 올바름 따위는 없다. 선은 없다. 따라서 첫 번째 경험칙은, 절대 타협하지 않고 외설과 악에 충실해야만 진실한 전쟁 이야기를 들려줄 수 있다는 것이다. 랫 카일리의 얘기를 들어보자. 그는 갈보(cooze)라고 말한다. 그는 쌍년이라고 말하지 않는다. 여자 또는 소녀라고는 더더욱 말하지 않는다. 그는 갈보라고 말한다. 그러고는 침을 뱉고 빤히 쳐다본다. 그는 열아홉 살이고—그에겐 어른이 되고도 남을 나이다—그래서 그 커다랗고 순하고 우수에 찬 끝내주는 눈망울로 당신을 똑바로 쳐다보며 갈보라고 말하는데, 왜냐하면 자신의 친구가 죽었고 그게 믿을 수 없을 만큼 슬픈 진실이기 때문이다. 그녀는 결코 답장이 없었다.

당신이 난처해지는 이야기라면 진실한 전쟁 이야기를 들려줄 수 있다. 외설적인 것을 돌보지 않는 건 진실을 돌보지 않는 것이다. 진실을 돌보지 않으려거든 당신의 표가 어떻게 쓰이는지 보라. 사내들이 전쟁에 나가고, 더러운 입으로 집에 돌아온다.

랫의 얘기를 들어보자. "맙소사, 있잖아, 내가 이 좆같이 아름다운 편지를 쓰느라 노력했는데 어떻게 됐게? 그 벙어리 같은 갈보가 답장 한 줄 없어."

• • •

죽은 녀석의 이름은 커트 레몬이다. 일인즉, 흙탕물 강을 건너 서쪽 산으로 행군하던 우리는 사흘째에 깊은 정글 속 오솔길 교차로에 늘어앉아 휴식을 취하고 있었다. 이윽고 레몬과 랫 카일리가 장난거리를 찾기 시작했다. 그들은 불길함 따위 이해하지 못했다. 그들은 애였다. 그냥 무지했다. 그들은 전쟁은커녕 자연 탐방이라고 생각했고, 그래서 거대한 나무 몇 그루가 드리운 그늘—햇살 한 줄기 들지 않는 네 겹의 캐노피*—로 걸어 들어가 낄낄거리는 소리와 함께 서로를 누렁이 쌍놈이라 부르며 자기들이 개발한 바보 같은 게임을 했다. 그 게임은 어리석은 짓만 하지 않으면 해될 게 없는 연막탄을 가지고 하는 것으로, 이른바 안전핀 뽑고 몇 발짝 떨어져 서서 웅장한 나무 그늘 아래 캐치볼 하기였다. 누구든 먼저 내빼는 사람이 누렁이 쌍놈이었다. 만약 아무도 내빼지 않으면 연막탄이 가벼운 폭발음과 함께 연기로 그들을 덮는데 그들은 웃고 자지러지다 이내 또 그 짓을 했다.

그 일은 전부 틀림없는 진실이다.

그 일은 **내게** 20년쯤 전에 일어났지만 나는 아직도 그 오솔길 교차로와 거대한 나무들과 나무 너머 어디선가 졸졸 떨어지던 액체의 소리를 기억한다. 그때의 이끼 냄새를 기억한다. 위쪽 캐노피에는 앙증맞은 흰 꽃들이 피었으나 햇살은 전혀 없었는데, 내 기억에 커트 레몬과 랫 카일리는 그 나무들 아래 드리운 그늘 속에서 연막탄 캐치볼을 하고 있었다. 미첼 샌더스는 앉아서 요요를 가지고 놀고

* 식물이 우거져서 지붕처럼 드리운 부분.

있었다. 노먼 보커와 카이오와와 데이브 젠슨은 선잠에 들거나 비몽사몽이었고 우리 주위에는 온통 들쭉날쭉한 녹색의 산뿐이었다.

웃음소리 말고는 모든 게 고요했다.

기억하건대 어느 시점에 미첼 샌더스는 나를 돌아보더니 뭔가 주의하라는 듯 고개를 끄덕이는 둥 마는 둥 하고는 곧 요요를 감고 자리를 떴다.

그다음에 무슨 일이 벌어졌는지는 말하기 어렵다.

그들은 그냥 장난을 치던 중이었다. 짐작건대 틀림없는 뇌관 작동 소리가 났을 것이고, 그래서 나는 등 뒤를 힐끔 돌아본 다음 레몬이 그늘에서 환한 햇살로 걸어 나오는 모습을 지켜보았다. 그의 얼굴이 일순 갈색으로 광이 났다. 정말 잘생긴 아이였다. 또렷한 회색 눈, 군살 없는 가느다란 허리, 그는 죽을 때 아름답기까지 했는데 이를테면 햇살이 그를 감싸 안고 이끼와 덩굴과 흰 꽃 가득한 나무 위로 높이 들어 올리는 것 같았다.

으레 전쟁 이야기는, 특히 진실한 전쟁 이야기는 일어난 일과 일어난 것 같은 일을 구분하기 어렵다. 일어난 것 같은 일은 제 나름의 양상으로 발생하므로 그에 걸맞은 방식으로 이야기되어야 한다. 시야가 왜곡되는 것이다. 부비트랩이 폭발하면 당신은 눈길을 돌리고 몸을 움츠리고 혼이 나간 상태가 된다. 동료가 죽으면, 커트 레몬의 경우처럼, 당신은 눈길을 피했다가 슬쩍 돌아보고는 다시 눈길을 피하게 된다. 영상이 뒤죽박죽된다. 많은 걸 놓치기 쉽다. 그러다 나중에 그 일에 관해 이야기할라치면 번번이 초현실적인 인상이 끼어들어 이야기를 거짓처럼 보이게 만드는데, 실은 그것이 **본 대로의** 엄연하고 정확한 진실에 해당한다.

많은 경우 진실한 전쟁 이야기는 믿어지지 않는다. 믿어진다면 의심하라. 신뢰성의 문제인 것이다. 더러 비정상적인 것이 진실하고 정상적인 것이 진실하지 않을 때가 있는데, 왜냐하면 정말 말도 안 되는 비정상적인 것을 믿게 하려면 정상적인 것이 필요하기 때문이다.

어떤 경우 진실한 전쟁 이야기는 입에 올리기조차 어렵다. 가끔씩 어떤 이야기는 말로는 불가능하다.

예를 들어 나는 미첼 샌더스에게 이런 이야기를 들었다. 해가 저물 무렵이었고 우리는 꽝응아이 북쪽 넓은 흙탕물 강 주변에 판 내 참호에 앉아 있었다. 기억하건대 정말로 평온한 노을이었다. 분홍빛의 그윽한 붉은색이 강에 쏟아져 소리 없이 넘실거렸고 우리는 이튿날 아침 강을 건너 서쪽으로 행군해 산에 들어설 예정이었다. 괜찮은 이야기가 나올 법한 때였다.

"절대로 사실인데," 미첼 샌더스가 말했다. "6인조 정찰대가 청음초* 기본 작전 때문에 산에 올라간다 이거야. 거기서 일주일을 보낸다는 계획이지. 바닥에 착 달라붙어서 적의 움직임을 듣는 거야. 무전기를 가져가니까 만약에 무슨 의심스러운 소리를 들으면 — 무슨 소리든 말이야 — 대포든 무장 헬기든 되는대로 부르게 돼 있어. 그러지 않으면 엄한 기합을 받고. 절대 침묵. 그들은 그냥 듣기만 해."

샌더스는 내가 듣고 있는지 확인하려고 나를 힐끗 보았다. 그는

* 소리로 적의 동태를 파악하려고 마련한 첩보 초소.

요요를 가지고 노느라 손목을 춤추듯이 짧고 절도 있게 움직이고 있었다.

그의 얼굴은 노을을 받아 백지 같았다.

"우린 지금 규정을 얘기하는 거야, 청음초의 규정. 남자 여섯이 일주일 꼬박 찍소리도 내면 안 돼. 벙어리가 되는 거지. **오로지** 귀."

"그래," 내가 말했다.

"알아들었어?"

"안 보인다는 거잖아."

샌더스는 고개를 끄덕였다.

"인정," 그가 말했다. "안 보인단 얘기야. 그래서 어떻게 되느냐, 이 친구들이 숲속 깊숙이 몸을 숨겨, 완전 위장한 채로. 그러고 누워서 기다리는데 그게 전부야, 그거 말고는 없어, 다들 일주일 내내 거기 누워서 듣기만 한다고. 게다가 있잖아, 내 말해두는데 — 으스스해. 여긴 산지잖아. 거기 가보면 으스스한 게 뭔지 **알게 될** 거야. 정글은, 말하자면, 구름 위로 벗어나지 않는 한 항상 이런 안개가 있어 — 비도 안 오는데 비가 오는 것 같지 — 죄다 흠뻑 젖은 데다 뒤죽박죽 개뿔 안 보여서 소변 볼 자지도 못 찾을 정도라니까. 육체가 없는 것처럼. 진짜 으스스하지. 네가 수증기가 되는 거야 — 안개가 널 빨아들인다고 할까……. 있지, 소리는 또 어떻고. 그 소리는 영원히 간단 말이야. 평생 아무도 들어선 안 될 소릴 듣는 거지."

샌더스는 잠깐 말없이 요요를 당기다가 나를 보고 웃었다.

"그러니까 며칠 있다가 그들은 그 아주 은은한, 일종의 별난 음악을 듣기 시작해. 섬뜩한 울림 같은 거. 라디오 소리 같지만 라디오는 아닌 그 요상한 베트콩 새끼들 음악이 바위에서 바로 흘러나온다니까. 뭐랄까, 먼 소리 같은데 또 바로 근처에서 나는 거야. 그들은 그 소릴 무시하려고 하지. 하지만 거긴 청음초잖아, 안 그래? 귀를 기울이는 게 일이야. 그렇게 매일 밤 미친 베트콩 새끼들 콘서트를 계속 듣는 거지. 온갖 차임벨이랑 실로폰 소리를. 내 말은, 여기는 야생이잖아 — 절대로 현실적이지 않지 — 아무렴, 그런데도 마치 온 산이 빌어먹을 〈라디오 하노이〉 채널에 맞춰진 것 같단 말이야. 초조해지는 게 당연한 일이지. 어떤 친구는 과일 껌으로 귓구멍을 쑤셔 막아. 또 어떤 친구는 돌아버릴 지경이고. 중요한 건, 그래도 그들이 음악 소리를 보고할 순 없다는 거야. 전화를 걸어서 기지에 이렇게 말할 순 없잖아. '저기요, 들어보세요, 우리가 화력을 좀 지원받아야겠어요, 이 미치광이 베트콩 록그룹을 쓸어버려야 하거든요.' 그들은 그럴 수 없지. 음악도 멈출 수 없고. 그래서 그들은 거기 안개 속에 누워서 입만 꾹 다물고 있는 거야. 그런데 그보다 더 안 좋은 것은, 봐봐, 그 딱한 친구들이 평소처럼 장난도 못 친다는 거야. 농담으로 웃어넘기지도 못해. 서로 떠들지도 못하고 맨 쉬쉬거리면서 속삭이기만 하는데 그래봐야 오싹함만 돋울 뿐이지. 그들이 하는 일이라곤 듣는 거라고."

미첼 샌더스가 강을 내다볼 때 다시 잠깐의 침묵이 돌았다. 이제 밤은 바짝 다가왔고 서쪽 멀리서 산들의 검은 윤곽이, 모든 미궁과 미지가 고개를 드는 게 보였다.

"이다음 부분은," 샌더스가 조용히 말했다. "넌 못 믿을걸."

"아마 그렇겠지," 나는 말했다.

"못 믿을 거야. 왜인 줄 알아?" 그는 내게 길고 지친 웃음을 지었다. "왜냐하면 진짜 있었던 일이거든. 모든 얘기가 절대적으로 있는

샌더스는 군낭을 메고 잠시 눈을 감더니 짧은 한숨으로 목을 가다듬었다. 나는 무엇이 올지 알았다.

“좋아,” 내가 말했다. “교훈이 뭐야?”

“잊어버려.”

“아니야, 계속해봐.”

그는 한동안 말없이 고개를 돌리고 있었고 침묵은 거의 당황스러울 만큼 늘어졌다. 그러다 그는 어깨를 으쓱하더니 그날 내내 아른거릴 또렷한 눈길을 내게 보냈다.

“있잖아, 저 조용함 들려?” 그가 말했다. “저 조용함 — 잠자코 들어봐. 저기에 너한테 줄 교훈이 있어.”

진실한 전쟁 이야기에서 교훈은, 만약 교훈이란 게 있다면, 옷감을 이루는 실과 같다. 그것은 한 올만 고이 골라낼 수 없다. 그 의미를 추출하려면 더 깊은 의미를 헤집어놓아야 한다. 그러면 결국, 정말로, 진실한 전쟁 이야기에 관해 “이런”이라는 말 외에는 할 말이 남지 않을 것이다.

진실한 전쟁 이야기들은 일반화하지 않는다. 그것들은 관념이나 분석에 빠지지 않는다.

예를 들어보자. 전쟁은 지옥이다, 라는 말. 교훈적인 진술로서 오랜 이치라 완벽한 진실처럼 보이지만 그게 추출을 하기 때문에, 일반화를 하기 때문에 내 뱃속에서는 믿음이 가지 않는다. 속에 아무런 울림이 없다.

결국 직감이다. 진실한 전쟁 이야기는, 진심으로 들려주기만 한다면, 뱃속부터 믿게 만든다.

• • •

내게는 이 이야기가 효력이 있다. 전에도 — 여러 번 여러 형태로 — 말한 적 있는 이야기지만 실제로 일어났던 일은 이렇다.

우리는 그 강을 건너 서쪽으로 행군해 산에 들어섰다. 셋째 날에 커트 레몬이 105밀리 포탄 부비트랩을 밟았다. 그는 랫 카일리와 캐치볼을 하면서 웃고 있었고 그러다 죽었다. 나무들은 굵었다. 나무를 잘라 후송 헬기가 앉을 착륙지대를 만드는 데 한 시간 가까이 걸렸다.

나중에 산속 더 높은 곳에서 우리는 아기 베트콩 물소를 맞닥뜨렸다. 그 녀석이 거기서 무엇을 하던 중인지 모르지만 — 농장도 논도 없었다 — 우리는 녀석을 쫓아가 밧줄로 묶고 우리가 그날 밤 야영을 하기로 한 버림받은 마을로 데려갔다. 저녁 식사 후 랫 카일리가 다가가 녀석의 코를 쓰다듬었다.

그가 돼지고기와 콩으로 된 전투식량 통조림 하나를 따서 줬지만 아기 물소는 흥미가 없었다.

랫은 어깨를 으쓱했다.

그는 물러서더니 녀석의 오른쪽 앞다리 무릎을 총으로 쏘았다. 그 짐승은 아무 소리도 못 냈다. 녀석이 쿵 엎어졌다가 다시 일어나자 랫은 정밀하게 조준을 하더니 한쪽 귀를 날려버렸다. 그는 녀석의 두 뒷다리와 궁둥이 그리고 등에 난 작은 혹에 총을 쏘았다. 양쪽 옆구리에는 두 차례 쏘았다. 죽이려는 게 아니었다. 상처를 내려는 거였다. 그는 총구를 들어 주둥이에 갖다 대더니 총알로 날려버렸다. 누구도 별말 않았다. 소대 전체가 거기 서서 지켜보며 만감이 교차했지만 아기 물소에 대한 연민은 크지 않았다. 커트 레몬은 죽었다. 랫 카일리는 그의 세상없을 친구를 잃었다. 그 주 후반에 그는 그 친구의 여동생에게, 답장이 없을 그녀에게 장문의 개인적인 편지를 쓰려고 했으나 이제 그것은 고통스러운 문제였다. 그는 총알로 꼬리를 날려버렸다. 그는 총알로 갈비 아래 두툼한 고깃덩이를 날려버렸다. 우리 주위에서 화약과 오물과 초목의 냄새가 났고 그날 저녁은 습하고 매우 더웠다. 랫은 자동소총으로 갔다. 그는 배와 엉덩이를 겨냥해 마구잡이로, 거의 무념무상으로 신속하고 짧게 갈겨댔다. 그러더니 재장전을 하고 웅그리고 앉아서 녀석의 왼쪽 앞다리 무릎을 쏘았다. 그 짐승은 다시 세차게 고꾸라지고서 일어나려고 안간힘을 냈으나 이번에는 무리였다. 녀석은 비틀거리며 좌로 우로 자빠졌다. 랫이 녀석의 코를 쏘았다. 그는 몸을 숙여 반려동물에게 하듯 뭐라고 속삭이더니 녀석의 목구멍을 쏘았다. 그러는 내내 아기 물소는 말없이, 아니 거의 말없이, 코가 있었던 곳에서 가벼운 거품소리를 냈다. 녀석은 아주 가만히 누워 있었다. 꼼짝도 않고 눈만 껌뻑였는데, 거대한 눈에서 검은 동공이 바보같이 빛났다.

랫 카일리는 울고 있었다. 그는 뭔가 말하려다가 자신의 소총을 슬며시 들고 제풀에 자리를 떴다.

나머지 인원은 아기 물소 주위에 들쭉날쭉 둘러섰다. 한참 동안 누구도 말이 없었다. 우리는 무언가 본질적인 것, 참신하고 심오한 것, 아직 마땅한 이름이 없는 매우 놀라운 세상 단편을 목격한 것이었다.

누군가 아기 물소를 걷어찼다.

녀석의 눈빛에는 희미하게나마 숨이 붙어 있었다.

"놀라워," 데이브 젠슨이 말했다. "내 평생 이런 건 본 적이 없어."

"한 번도?"

"전혀. 한 번도."

카이오와와 미첼 샌더스가 아기 물소를 집었다. 그들은 녀석을 탁 트인 마당으로 끌고 가더니 높이 들어 올려 마을 우물에 던져버렸다.

나중에 우리는 앉아서 랫이 합류하기를 기다렸다.

"놀라워," 데이브 젠슨이 계속 말했다. "참신한 발상이야. 전에는 본 적이 없어."

미첼 샌더스가 요요를 꺼냈다. "그래, 저게 베트남이지," 그가 말했다. "악의 정원이라고. 여기서는 있잖아, 죄란 죄가 다 아주 신선하고 독창적이야."

당신은 어떻게 일반화하는가?

전쟁은 지옥이다. 하지만 그 말은 전쟁을 절반도 설명 못 하는데, 왜냐하면 전쟁은 미궁이자 공포이자 모험이자 용기이자 발견이자 신성함이자 연민이자 절망이자 갈망이자 사랑이기도 하기 때문이다. 전쟁은 심술궂다. 재미있어서. 전쟁은 긴장된다. 고역이라서. 전쟁은 당신을 남자로 만든다. 당신을 죽음으로 몰아서.

진실들은 모순된다. 가령 전쟁이 기괴하다는 논쟁이 있을 수 있다. 하지만 사실 전쟁은 아름답기도 하다. 공포에 질려서도 엄청나게 웅장한 전투를 입을 떡 벌리고 바라보지 않을 수 없다. 예광탄*이

---

* 발광 물질이 있어서 꽁지에 빛을 달고 날아가는 탄환. 어둠 속에서 총탄의 궤적을 확인하는 데 유용하다.

눈부신 빨강 리본처럼 어둠을 휘휘 가르는 모습에 멀리서 눈을 떼지 못한다. 웅크린 채 매복하노라면 차분하고 태연한 달이 밤중에 논 위로 떠오른다. 이동 중인 부대의 유려한 균형미에, 소리와 형태와 비율의 조화에, 무장 헬리콥터에서 줄줄 쏟아지는 억수 같은 금속 화염에, 즉 조명탄, 백린탄, 자줏빛 오렌지색으로 이글거리는 네이팜탄, 붉은 섬광의 로켓탄에 감탄하게 된다. 정확히 말해 그 모습은 예쁘지 않다. 놀랍다. 눈을 가득 메운다. 당신을 휘어잡는다. 당신이 그것을 혐오해도, 그렇다, 당신의 눈은 그러지 못한다. 숲속의 치명적인 불씨처럼, 현미경에 놓인 암세포처럼 어떤 전투나 폭격이나 포격도 도덕에는 절대 무관심한—강력하고 무자비한—심미적인 순수함이 있고, 진실한 전쟁 이야기라면 비록 진실이 추하더라도 그 순수함에 관해 말할 것이다.

전쟁을 일반화하는 건 평화를 일반화하는 것과 같다. 거의 모든 게 진실이다. 거의 아무것도 진실이 아니다. 핵심을 보면 전쟁은 아마 죽음의 다른 이름일 것이고, 진실을 말하는 군인이라면 누구라도 이렇게 말하겠지만, 죽음이 가까워지는 만큼 삶이 가까워진다. 화력전이 끝나면 항상 살아 있다는 엄청난 기쁨이 든다. 나무들이 살아 있다. 풀, 흙—모든 게 살아 있다. 당신 주변의 사물들이 온전히 살아 있고, 그것들 사이에서 당신이 살아 있고, 그 살아 있음이 당신을 전율하게 만든다. 당신은 당신의 살아 있는 자아를 강렬하게, 사무치게 깨닫는다—당신의 가장 진정한 자아, 당신이 되길 바라고 그 간절함에 언젠가 되고 말 인간. 악의 한가운데서 당신은 선한 사람이길 바란다. 당신은 품위를 바란다. 당신은 정의와 관용과 인간적인 화합을, 당신이 바라는 줄 몰랐던 것들을 바란다. 거기에는 일종의 관대함, 일종의 독실함이 있다. 좀 터무니없지만, 죽음이 코앞에 닥쳤을 때만큼 당신이 살아 있는 때도 없다. 당신은 가치 있는 게 무엇인지 깨닫는다. 이제 막, 마치 처음인 양 당신은 당신 자신과 세상 속에서 으뜸인 것, 잃어버릴지 모를 모든 것을 사랑하게 된다. 저물녘, 당신은 참호에 앉아 분홍빛의 붉은색으로 물들어가는 넓은 강을 마주하고 저 너머 산들을 바라보면서, 비록 아침에는 저 강을 건너 산에 들어가 끔찍한 짓들을 해야 하고 어쩌면 그사이 죽을지도 모르지만, 그렇더라도 강물에 비친 고운 색깔을 꼼꼼히 살펴보는 자신을 깨닫게 되고, 해가 지는 모습에 경이감과 경외감을 느끼게 되고, 그러다 세상이 따를 수 있었고 언제나 따라야 했지만 이제는 따르지 않는 방식에 대한 열렬하고 아픈 사랑으로 충만해진다.

미첼 샌더스가 옳았다. 적어도 보통의 군인에게 전쟁은 짙고 영원한, 거대한 유령 같은 안개의 느낌이 — 영적인 감촉이 — 있다. 명확함이 없다. 모든 게 어질어질하다. 오랜 법칙들이 더는 의무적이지 않고 오랜 진실들이 더는 참이 아니다. 옳은 것이 엎질러져 그른 것에 흘러든다. 질서가 혼돈에 섞여든다. 사랑이 혐오에, 추함이 아름다움에, 법이 무법에, 교양이 미개함에. 수증기가 당신을 흡수한다. 당신은 자기가 어디에 있는지 또는 왜 거기 있는지 말할 수 없고, 오직 확실한 것은 감당 못 할 모호함뿐이다.

전쟁에서 당신은 확실한 것에 대한 감을 잃으므로 진실 자체에 대한 감도 잃고, 따라서 진실한 전쟁 이야기에서는 무엇도 절대적인 진실이 아니라고 안심하고 말할 수 있다.

으레 진실한 전쟁 이야기는 요점이 하나도 없거나 아니면 20년이

치과의

커트 레몬이 죽었을 때 나는 딱히 애도할 길이 없었다. 나는 그를 가볍게 알았을 뿐이고 내가 제대로 아는 면은 대수롭지 않았다. 그는 강한 군인 역할을 맡고서 언제나 폼을 잡고 뻐기는 경향이 있었고 가끔은 선을 넘었다. 그가 일부 위험한 객기를 잘 완수한 건 사실이지만 몇 개의 일은 딱 봐도 미친 짓이었는데 이를테면 핼러윈 날 몸에 색칠을 하고 유령 가면을 걸친 채 사탕을 안 주면 장난을 치겠다던 일이 그렇다. 나중에 그는 허세질을 멈추지 못했다. 그는 있지도 않았던 일들로 조금씩 윤색을 더하며 저만의 위업을 되풀이했다. 내 생각에 그는 제 장점에 비해 스스로를 너무 높이 샀다. 아니, 어쩌면 그 반대였는지도 모른다. 어쩌면 그는 스스로 낮게 사던 면을 끊임없이 지우려 했을 것이다.

어느 경우든 죽은 사람에 관해서는 감상에 빠지기 쉽고, 그래서 커트 레몬 이야기를 빨리 끝내고 싶은 마음을 경계하기도 쉽다.

2월에 우리는 로켓 포켓이라는 작전지역에서 작업을 했는데 그곳

이름은 적이 쭐라이 지역의 비행장에 로켓 공격을 개시할 때 그곳을 종종 이용하던 데서 유래했다. 하지만 우리에게는 2주짜리 휴가나 다름없었다. 작전지역이 남중국해를 따라 펼쳐져서 하얀 백사장과 야자나무와 작고 다정한 마을들이 있는 리조트 느낌이 났다. 조용한 시간이었다. 사상자도 교전도 전혀 없었다. 하지만 윗사람들은 평소처럼 어지간히 간섭하는 게 일이었고, 그래서 어느 날 오후 육군 치과의가 우리 치아를 진단하고 사소한 치료를 하러 헬기로 수송되었다. 그는 큰 키에 깡마른 젊은 대위로 구취가 심했다. 그는 30분 동안 우리에게 구강위생을 교육하면서 올바른 치실질과 칫솔질을 시범하더니 나중에는 작은 야전 텐트에 치과를 차렸고, 우리는 한 명도 빠짐없이 개별 진단을 받으러 들어갔다. 끽해도 아주 보잘것없는 구색이었다. 배터리 전원식 드릴 하나, 캔버스 천으로 된 간이침대 하나, 입을 헹굴 바닷물 한 양동이, 여러 도구로 꽉 찬 철제 가방 하나가 있었다. 진료는 공장식에 가까워 가차 없고 순식간이었고, 젊은 대위의 주 관심사는 시계인 것 같았다.

우리가 앉아서 기다리는 동안 커트 레몬이 발동을 하기 시작했다. 그는 진득하게 못 있고 인식표를 계속 조몰락거렸다. 마침내 누군가 뭐가 문제냐고 묻자 레몬은 제 손을 내려다보더니 고등학교 때 치과의랑 안 좋았던 기억이 몇 개 있다고 말했다. 진짜 가학증이야, 그가 말했다. 고문실이 따로 없어. 그는 피나 고통은 아무렇지 않았지만 — 그는 실제로 전투를 즐겼다 — 마냥 소름 끼쳤던 치과의한테만큼은 뭔가 특별한 것이 있었다. 그는 야전 텐트를 슬쩍 건너다보더니 말했다. "안 돼. 난 빠질래. 이 이빨은 아무도 못 건드려."

하지만 몇 분 후 치과의가 이름을 부르자 레몬은 일어나서 텐트로 걸어 들어갔다.

일은 빠르게 끝났다. 그는 그 남자가 손대기도 전에 의식을 잃었다.

우리 네 사람은 그를 들어 올려 간이침대에 눕혀야 했다. 그가 정신을 차렸을 때 그의 얼굴에는 멋쩍음에 가까운, 전에 본 적 없는 우스꽝스러운 표정이 있었는데 마치 뭔가 끔찍한 범죄를 저지르고 붙잡힌 것 같았다. 그는 아무한테도 말을 걸지 않았다. 그는 그날 내내 사람들을 멀리하고 나무 아래 외로이 앉아 야전 텐트만 빤히 쳐다보았다. 조금 멍해 보였다. 이따금 우리는 그가 스스로에게 호통치며 욕하는 걸 들을 수 있었다. 다른 누구였다면 웃어넘겼을 테지만 커트 레몬에게는 너무나 큰일이었다. 쪽팔림 때문에 그의 머릿속 나사 하나가 풀린 게 틀림없었다. 그는 그날 밤늦게 치과 텐트로 기어들었다. 그는 손전등을 켜고 젊은 대위를 깨워 자기가 괴물 같은 치통을 앓고 있다고 말했다. 죽을 것 같아요, 그는 말했다 — 턱에 못이 박힌 것 같아요. 치과의는 아무런 문제도 발견할 수 없었지만 레몬은 계속 억지를 부렸고, 그래서 그 남자는 마지못해 어깨를 으쓱하더니 국소마취제를 투여하고 완전한 생니를 뽑았다. 두말할 것 없이 고통이 좀 따랐지만 아침이 되자 커트 레몬은 활짝 웃고 있었다.

뜨라봉강의 연인

베트남은 더러 있을 법하지 않은 이야기, 더러 그마저도 훌쩍 뛰어넘는 이야기, 그런 낯선 이야기들로 가득하지만 평생 기억에 남는 것은 상식과 몰상식, 평범한 것과 미친 것의 경계를 오락가락하는 이야기들이다. 이 이야기가 자꾸 나를 찾아온다. 랫 카일리가 들려준 이야기인데, 그는 그것이 맹세코 진실이라고 했지만 따지고 보면 썩 믿을 만한 이야기가 아님을 나는 인정해야겠다. 알파중대원들 사이에서 랫은 사실을 부풀리려는 충동, 즉 과장과 허풍으로 이름나 있었고 우리 대다수는 그가 말하는 것을 60-70퍼센트 깎아서 듣는 게 예사였다. 만약에 랫이 어느 날 네 명의 여자와 잤다고 말하면 한 명 반과 잤다고 생각할 수 있었다. 그것은 기만의 문제가 아니었다. 정확히 그 반대였다. 그는 진실을 가열해 활활 태워서 자신이 느낀 것을 듣는 사람이 정확하게 느끼길 바랐다. 내 생각에 랫 카일리에게 사실이란 감각에 따라 형성되는 것이지 형성된 뒤에 감각되는 게 아니었기 때문에, 그의 이야기를 하나라도 듣는 사람은 엉겁결에 극치를 제하고 절댓값의 제곱근을 구하고 근삿값을 제곱하느라 머릿속으로 빠른 계산을 돌리곤 했다.

랫은 이 특별한 이야기에 관해 아직 물러서지 않고 있었다. 그는 그 일을 제 눈으로 똑똑히 목격했다고 주장했는데, 어느 날 아침 미첼 샌더스가 그의 기본 전제에 이의를 제기하자 그가 불쾌감을 드러냈던 일이 기억난다.

"있을 수 없는 일이야," 샌더스가 말했다. "베트남까지 배에다 애인을 실어 올 사람이 어디 있어. 말도 안 되지. 내 말은, 네 전용 창부를 들여오는 건 불가능하다고."

랫은 고개를 설레설레 저었다. "아이, 내가 **봤다니까**. 내가 딱 거기 있었어. 그놈이 진짜 데려왔어."

"그놈 여자 친구라고?"

"그렇다고. 사실이야." 랫의 목소리가 살짝 새되었다. 그는 말하다 말고 자기 손을 쳐다보았다. "들어봐, 그 녀석이 여자한테 돈을 부쳐. 여자를 배에 태워. 그 귀여운 금발 머리가 — 학교를 막 졸업해서 아직 애야 — 여행 가방 하나랑 플라스틱 화장품 가방 하나를 들고 나타나. 이 벽지에 짠 하고 등장하는 거야. 내가 맹세하는데, 이봐, 그녀가 치마바지를 입고 있었다니까. 하얀 치마바지랑 아주 섹시한 분홍 스웨터. **아무렴**."

내 기억에 미첼 샌더스는 팔짱을 끼고 있었다. 그는 웃음기 없이 한 마디 말도 않고 잠시 내게 눈치를 보냈는데 나는 그의 눈에서 우습다는 인상을 읽을 수 있었다.

랫도 눈치를 챘다.

"거짓말 아니라니까," 그가 투덜거렸다. "치마바지였어."

• • •

알파중대에 합류하기 전 처음으로 내륙에 떨어졌을 때 랫은 쭐라이 서쪽 산 위의 뜨라봉 마을 근처에 있는 소규모 의무대에 배속되었는데, 거기서 그는 다른 여덟 명의 사병과 마찬가지로 전방 응급치료소를 운영하며 기본 응급처치를 하고 트라우마를 돌보았다. 부상자는 헬리콥터로 날아와 안정을 취하고 쭐라이나 다낭에 있는 병원으로 옮겨졌다. 피투성이 업무지만 예측은 가능했다고 랫은 말했다. 대개 절단상이었다—다리와 발이 잘려 있었다. 그 지역은 지뢰가 엄청나게 매설돼 바운싱 베티와 수제 부비트랩이 즐비했다. 그래도 위생병에게는 이상적인 직무라서 랫은 행운이라고 여겼다. 거기엔 시원한 맥주가 많았고 하루 세 끼 따뜻한 식사에다 머리 위에는 양철 지붕이 있었다. 짊어질 일이 전혀 없었다. 장교들도 없었다. 머리도 기를 수 있었고 군화에 광을 내거나 착착 경례를 하거나 후방의 일상적인 불합리를 참지 않아도 되었다고 그는 말했다. 최고참 부사관은 에디 다이아몬드라는 하사로 그의 낙은 마리화나부터 다르본*까지 망라했는데, 드물게 행해지던 현장 순시 때가 아니면 군율 때문에 구경도 하기 어려운 물건이었다.

랫이 묘사한 대로 막사는 뜨라봉 북쪽 외곽에 있는 판판한 산마루의 꼭대기에 자리하고 있었다. 한쪽 끝에는 작고 먼지 나는 헬기장이 있었고 대략 반원형인 맞은편 끝에는 뜨라봉이라 불리는 강을 내려다보는 식당과 의료용 초가집들이 있었다. 그곳 주변에는 둘둘 말린 철조망들이 얽히고설킨 데다 벙커며 강화 사격진지가 띄엄띄엄 간격을 벌리고 있었고 기지 경계는 향토군과 민병대, 남베트남군 보병으로 구성된 혼합 부대가 맡고 있었다.** 말하자면 사실상 안전하지 않다는 얘기였다. 군인으로서 남베트남군은 형편없었다. 주름쟁이와 빼끔이*** 들은 노골적으로 위험했다. 하지만 괜찮은 부대였더라도 그곳은 무방비일 게 뻔했다. 그 지역은 북쪽과 서쪽으로 야생의 두꺼운 벽들을 두르고, 즉 세 겹의 캐노피로 된 정글, 갈수록 더 높이 접어드는 산맥, 계곡과 협곡과 쏜살처럼 흐르는 강과 폭포와 이국적인 나비와 깎아지른 절벽과 연기가 피어오르는 작은 촌락들과 거대한 대나무 골짜기와 목초지를 두르고 융기해 있었다. 그 장소는 원래 1960년대 초반 특수부대의 전초기지로 세워졌는데 10여 년 뒤 랫 카일리가 도착했을 때에는 6인으로 된 그린베레**** 한 분대가 그 막사를 여전히 작전기지로 사용 중이었다. 그리니*****들은 사회적 동물이 아니었다. 동물은 맞지만 사회적인 것과는 거리가 멀었다고 랫은 말했다. 그들은 모래주머니와 철책으로 방어막을 두른 초가집을 방어선 끄트머리에 따로 두고 있었고, 필수품 때문이 아니면 그나마도 의무대와의 접촉을 피했다. 은밀하고 수상한 천생 외톨이들, 여섯 명의 그리니는 때로 한 번에 며칠씩 또는 몇 주씩 사라졌다가 밤늦게 마술처럼 다시 나타나곤 했는데, 달빛을 가르는 그림자 같은 움직임으로 서쪽 멀찍이 떨어진 울창한 열대우림에서 말없이 줄지어 나왔다. 위생병들 사이에서는 이에 관한 농담들이 나돌았지

---

* Darvon. 진통제 상표. 염산염의 형태로 쓰이는 비(非)마비성 화합물.

** 원문으로 향토군은 Regional Forces(RF), 민병대는 Popular Forces(PF).

*** Ruff-and-Puff. 향토군과 민병대를 묶어서 부르는 말로 원래는 러프 퍼프 페이스트리라는 빵 이름에 빗댄 농담.

**** 대게릴라전이 목표인 미 육군 특수부대로 녹색 베레모를 쓴다.

***** Greenie. 그린베레를 비아냥거리는 말.

만 가서 궁금증을 해결하는 사람은 아무도 없었다.

전초기지가 고립되고 취약한데도 이상하게 그곳은 늘 안전한 느낌이 들었다고 랫은 말했다. 대단한 일은 일어나지 않았다. 그곳은 박격포 공격, 포화 세례를 당하는 일이 없었고 전쟁이 어딘가 먼 곳의 일 같았다. 가끔씩 부상자가 들어오면 재빠른 놀림으로 맡은 역할을 했지만 그 밖에는 사고 없는 날들, 부드럽고 평온한 시간이 이어졌다. 아침은 대개 배구장에서 보냈다. 대원들은 한낮의 열기 속에서 그늘로 자리를 피해 긴 오후 내 게으름을 부렸고, 일몰 뒤에는 영화와 카드 게임과 이따금 밤샘 술자리가 기다리곤 했다.

그러던 어느 늦은 밤 에디 다이아몬드가 처음으로 어떤 흥미로운 가능성을 화제로 꺼냈다. 근거 없는 얘기였다. 실은 농담이었다. 우리의 임무는 돈을 몇 푼씩 걷어 사이공에서 마마상을 몇 명 데려와 흥을 돋우는 거라고 에디가 말하자 조금 뒤 대원들이 웃으면서 말했다. “소수 정예 사병 클럽이네.” 그러자 또 누군가 말했다. “오, 맞아, 우리 떡값은 우리가 걷고, 안 그래?” 결코 진지한 얘기는 아니었다. 여러 가능성을 가지고 놀면서 그냥 시간을 때우는 중이었고, 그래서 그들은 장교도 뭣도 없어서 단속도 못 하는데 네가 진짜 돈을 갖고 튀면 어쩌느냐며 한동안 의견을 주고받다가 뜬금없이 자동차와 야구로 주제를 옮겼다.

하지만 나중에 밤늦은 시각이 되자 마크 포시라는 어린 위생병이 다시 그 주제로 돌아왔다.

“봐봐, 생각해보면,” 그가 말했다. “그렇게 미친 짓도 아니야. 진짜 할 수 있어.”

“뭘 하는데?” 랫이 말했다.

"알면서. 여자 데려오는 거 말이야. 내 말은, 어려울 게 뭐 있어?"

랫은 어깨를 으쓱했다. "어려울 거 없지. 전쟁 중이란 거 말고는."

"자, 봐봐, 바로 그거야," 마크 포시가 말했다. "**여기**엔 전쟁이 없잖아. 진짜 할 수 있다니까. 황동처럼 단단한 불알 두 짝, 그것만 있으면 돼."

큰 웃음이 터졌고 에디 다이아몬드는 불알을 제 음경에다 단단히 매두었다고 말했지만 포시는 눈살을 찌푸리고 잠시 천장을 바라보더니 이윽고 편지를 쓰러 자리를 떴다.

6주 뒤 그의 여자 친구가 모습을 드러냈다.

랫이 들려준 대로라면 그녀는 일일 재보급 선적물을 따라 헬리콥터를 타고 쭐라이에서 들어왔다. 큰 키에 골격이 우람한 금발 머리였다. 끽해야 클리블랜드 하이츠 고등학교를 막 나온 열일곱 살짜리였다고 랫은 말했다. 그녀는 길고 흰 다리에 파란 눈에 혈색은 딸기 아이스크림 같았다. 또한 매우 상냥했다.

그날 아침 헬기장에서 마크 포시는 함박웃음으로 환영하며 그녀에게 팔을 두르고 말했다. "여러분, 메리 앤을 소개합니다."

소녀는 피곤한 데다 좀 어리둥절한 듯했지만 웃음을 지어 보였다.

무거운 침묵이 돌았다. 고참 부사관 에디 다이아몬드는 손을 가볍게 흔들었고 다른 몇몇 사람은 한두 마디 웅얼거렸는데, 그러고 나서는 다들 마크 포시가 그녀의 여행 가방을 집어 들고 팔을 이끌어 초가집으로 가는 걸 지켜보았다. 그들은 오랫동안 말이 없었다.

"저 미친놈," 누군가 마침내 말했다.

저녁 식사 때 마크 포시가 자초지종을 설명했다. 비싸고 계획도 복잡했지만 자지러질 만큼은 아니었다고 그는 털어놓았다. 클리블랜드에서 로스앤젤레스, 로스앤젤레스에서 방콕, 방콕에서 사이공. 그녀는 C-130 수송기에 올라타 쭐라이까지 여행하고 미국위문협회에서 하룻밤을 보낸 뒤 다음 날 아침 재보급 헬기에 숨어들었다.

"식은 죽 먹기였어," 포시가 말하고는 예쁜 여자 친구를 지긋이 내려다보았다. "명심할 건, 간절해야 이뤄진다는 거야."

메리 앤 벨과 마크 포시는 중학교 때부터 연인이었다. 그들은 6학년 때부터 언젠가 자기들이 결혼을 하여 이리호 근처의 고급으로 요란하게 장식한 집에 정착하고서 건강한 노랑머리 아이 셋을 낳아 함께 늙다가 두말할 것 없이 서로의 품에서 생을 다한 뒤 똑같은 호두나무 관에 묻히리란 걸 기정사실로 삼아왔다. 계획은 그랬다. 그들은 사랑에 푹 빠져 꿈으로 가득했고, 그들의 삶이 평범하게 흘렀다면 모든 시나리오는 실현되었을지 모른다.

첫날 밤에 그들은 방어선을 따라 있는, 특수부대 초가집 근처 벙커 중 하나에 살림을 꾸리더니 한 쌍의 고등학생 연인처럼 2주 내내 꼭 붙어 다녔다. 서로 좋아 죽는 거 보면 토할 것 같았다고 랫은 말했다. 한시도 손을 안 놓고 은밀한 농담 몇 마디에 늘 깔깔깔. 커플 스웨터만 맞추면 딱이었다고 그는 말했다. 하지만 위생병들 중에는 부러워하는 사람도 몇 명 있었다. 어쨌든 여기는 베트남이었고 메리 앤 벨은 매력적인 소녀였다. 어쩌면 어깨는 너무 넓은지 몰라도 끝내주는 다리에 시종일관 명랑한 성격에 기분 좋은 웃음을 지니고 있었다. 대원들은 그녀를 순수한 마음으로 좋아했다. 배구장에 나갈 때 그녀는 잘라낸 청바지에 검정색 수영복 상의, 사내들이 알아주는 차림을 했고 저녁이면 랫의 휴대용 테이프덱에서 흘러나오는 음악에 맞춰 춤추길 좋아했다. 거기에는 참신함이 있었다. 그녀는 사기를 돋우기에 좋았다. 그녀는 이를테면 나를 가져봐 하는, 내숭에 교태 어린 활기를 자주 풍겼지만 마크 포시에게는 전혀 불편하지 않았던 게 분명하다. 사실 그는 그 모습을 즐기는 듯 그녀를 보고 활짝 웃었는데, 왜냐하면 그는 사랑에 푹 빠져 있었고, 그건 여자아이가 이따금 앙탈로써 남자 친구를 길들이려고 벌이는 쇼 같은 것이었기 때문이다.

메리 앤 벨이 어리기는 해도 어리숙한 애는 아니었다고 랫은 말했다. 그녀는 여러 것에 호기심이 있었다. 내륙에 머물던 초반에 그녀는 막사를 돌아다니며 이것저것 묻길 좋아했다. 조명 지뢰가 정확히 뭐예요? 클레이모어는 어떻게 작동해요? 서쪽 산들은 으스스한데 그 너머엔 뭐가 있어요? 그러고서 그녀는 누군가 그녀를 채워주는 동안 눈을 가늘게 뜨고 귀담아들었다. 그녀는 머리가 좋았고 재까닥 돌아갔다. 그녀는 집중했다. 그녀는 자주, 특히 푹푹 찌는 낮 시간이면 남베트남군들과 방어선을 따라 바깥에서 시간을 보내며 짧은 베트남 관용구를 익혔고 스터노 깡통 위에다 밥을 안치는 법이며 손으로 먹는 법을 배웠다. 사내들은 그 모습을 보고 종종 그녀를 놀렸지만 — 원주민 다 됐네, 하고 그들은 말했다 — 메리 앤은 단지 웃으며 혀를 날름할 뿐이었다. “저 여기 있어요,” 그녀는 말하곤 했다. “뭐 좀 배우려고요.”

전쟁은 그녀의 호기심을 강렬하게 자극했다. 그 땅도 그랬고 미궁도. 2주 차 초반에 그녀는 산자락에 있는 아랫마을에 데려가달라고 마크 포시를 조르기 시작했다. 그는 차분한 목소리로 매우 참을성 있게 그건 안 좋은 생각이고 길이 너무 험하다고 설득하려 애썼지만 메리 앤은 끈질기게 매달렸다. 그녀는 사람들이 어떻게 사는지, 냄새며 관습이 어떤지 느끼고 싶었다. 베트콩이 그곳의 주인이라는 사실은 그녀에게 큰 인상을 주지 못했다.

"들어봐, 그렇게 나쁘진 않을 거야," 그녀는 말했다. "그들도 인간이잖아, 안 그래? 다른 사람들이랑 똑같잖아?"

포시는 고개를 끄덕였다. 그는 그녀를 사랑했다.

그리하여 아침에 마크와 메리 앤이 한 쌍의 관광객처럼 마을을 거니는 동안 랫 카일리와 다른 두 위생병이 따라붙었다. 그 여자아이는 불안해도 겉으로 드러내지 않았다. 그녀는 완전히 제집인 듯 편안해 보였다. 적대적인 기미는 없는 것 같았다. 메리 앤은 그 장소가 얼마나 진풍경인지, 초가지붕이며 벌거벗은 아이며 시골 생활의 끝내주는 소박함이 얼마나 사랑스러운지 아침 내내 재잘거렸다. 보고 있자니 이상하더라고 랫은 말했다. 망할 치마바지를 입은 열일곱 살짜리 인형 같은 애가 치어리더같이 팔팔하고 생기 있는 얼굴로 상대편 로커 룸에 놀러 간 거잖아. 그녀의 예쁘고 파란 눈이 이글거리는 듯했다. 그녀는 그걸로 만족하지 못했다. 막사로 돌아오는 길에 그녀는 뜨라봉강에서 수영을 하겠다고 멈추고는 속옷을 벗어서 내려놓고 다리를 자랑했는데, 그러는 동안 포시는 매복과 저격수와 AK-47 소총의 저지력 따위를 설명하느라 식은땀을 흘렸다.

하지만 사내들은 깊은 인상을 받았다.

"진짜 용감하네," 에디 다이아몬드가 말했다. "D컵짜리 배짱에 트레이닝 브라를 입은 인재야."

"그 애도 깨닫게 되겠지," 누군가 말했다.

에디 다이아몬드가 근엄하게 고개를 끄덕끄덕했다. "무서운 부분이 남았으니까. 내 장담하는데 이 여자애는 최고로 확실하게 깨닫게 될 거야."

적어도 부분적으로는 웃긴 이야기였지만 랫 카일리의 말을 들으면 순수 비극에 가깝다고 생각될 것이다. 그는 전혀 웃지 않았다. 얼빠진 짓을 보면서도 그랬다. 그의 눈에는 언제나 어둡고 아득한 기미, 일종의 슬픔이 있었는데 마치 무언가 이야기의 이면을 파고든 탓에 고통스러운 것 같았다. 기억하건대 우리가 웃을 때면 그는 한숨을 내쉬며 웃음이 멎기를 기다렸지만 단 하나, 불신만큼은 참지 못했다. 그는 누군가 사소한 것 하나라도 의문시하면 날카로워졌다. "그녀는 바보가 **아니었어,**" 그는 일축했다. "내가 그런 얘기 한 적 없잖아. 젊다고 했을 뿐이지. 너랑 나처럼. **여자아이**라는 게 유일한 차이점이라고. 분명히 말해두지. 그딴 차이는 개뿔도 아니야. 무슨 말이냐, 우리도 여기 처음 왔을 때 다들 — 한 사람도 빠짐없이 — 낭만적인 개소리나 읊어댈 만큼 진짜 젊고 순수했지만 빌어먹을 만큼 빨리 깨달았잖아. 메리 앤도 마찬가지였다고."

랫은 생각에 잠겨 말없이 눈을 내리깔고 자기 손을 자세히 살폈다. 잠시 후 그의 목소리가 낮아졌다.

"믿지 않는 거지?" 그가 말했다. "나야 상관없지. 하지만 너희는 인간 본성을 모르는 거야. 베트남을 모르는 거라고."

그러더니 그는 진지하게 들으라며 말했다.

머리가 좋고 날랬다고 랫은 말했다. 맞아, 가끔 어리석은 여자였지만 하나하나 이해가 빨랐어. 2주 차가 끝나갈 무렵 네 명의 부상자가 들어왔는데 메리 앤은 자기 손이 피에 젖어도 겁내지 않았다. 실은 거기에 매료된 것처럼 보일 때도 있었다. 피 칠갑을 좋아했다기보다 그 일에 수반되는 것을, 즉 헬기가 착륙하고 일을 실수 없이 서둘러야 할 때 아드레날린이 혈관을 타고 일순 뜨겁게 퍼지는 흥분을 좋아했다. 선택하고 자시고 할 시간도 없었고 생각도 전혀 필요 없었다. 그냥 손을 찔러 냉큼 구멍을 막는 일이었다. 그녀는 묵묵하고 진득했다. 참혹한 경우에도 물러나지 않았다. 그렇게 하루이틀 동안 사상자가 드문드문 추가되면서 그녀는 동맥을 자르고 플라스틱 부목을 대고 모르핀 투여하는 법을 배웠다. 조처 중 그녀의 얼굴은 갑자기 전에 없던 침착함을 띠다 못해 평온하다시피 했고, 모호한 파란 눈은 단호하고 총기 있게 초점을 맞추느라 가늘어졌다. 마크 포시는 이 모습을 보고 싱글벙글했다. 그는 자랑스러웠는데, 그렇다, 하지만 놀라기도 했다. 전혀 다른 사람 같았고 무엇이 그렇게 만들었는지 잘 몰랐다.

다른 것들도 그랬다. 그녀가 숲속의 관습에 재빨리 젖어드는 모습. 화장도 손톱 소제도 하지 않았다. 그녀는 장신구를 차지 않았고 머리는 짧게 잘라 짙은 녹색 밴대너를 둘렀다. 위생은 그리 중요하지 않은 문제가 됐다. 그녀가 온 지 2주 차에 에디 다이아몬드가 그녀에게 M-16을 어떻게 분해하고 각 부품이 어떻게 기능하는지 가르쳐주었는데 그때부터 총기 사용법을 익히는 데 자연스러운 발전이 있었다. 그녀는 한 번에 몇 시간씩 전투식량 깡통을 쏘아 날리면서 자신감을 조금 잃기도 했지만 나중에는 정말로 소질이 보였다. 그녀의 목소리에는 전에 없던 자신감이 붙었고 행동하는 방식에는 전에 없던 권위가 따랐다. 많은 면에서 그녀는 순진함과 미숙함이 남아 있는 아직 애송이였지만 이제 클리블랜드 하이츠는 한참 멀어진 듯 했다.

마크 포시는 한 번인가 두 번쯤 완곡하게 귀향을 고민할 시간이 되지 않았느냐고 속을 내비쳤지만 메리 앤은 웃더니 신경 쓰지 말랬다. "내가 원하는 건," 그녀는 말했다. "다 여기에 있어."

그녀는 그의 팔을 어루만지고서 키스를 했다.

한 가지 측면에서 두 사람은 많은 게 그대로였다. 그들은 같이 잠을 잤다. 그들은 서로 손을 잡고 전쟁 이후의 계획을 세웠다. 하지만 메리 앤은 어떤 주제들에 관해선 생각을 모호하게 드러냈다. 아이가 꼭 셋일 필요는 없다고 그녀는 말했다. 집이 꼭 이리호에 있을 필요도 없다고. "당연히 우리는 그래도 결혼을 할 거야," 그녀는 그에게 말했다. "하지만 당장일 필요는 없잖아. 어쩌면 여행이 먼저겠지. 같이 살아보는 게. 한번 시험해보자고, 알았지?"

마크 포시는 이 말에 고개를 끄덕이며 심지어 웃음을 섞어 동의했지만 불편하지 않을 수 없었다. 그는 그 말을 정확히 이해할 수 없었다. 그녀의 몸이 왠지 낯설었다—곳곳이 뻣뻣했고 부드럽던 데가 굳어 있었다. 명랑함이 사라졌다. 초조할 때 흘리던 웃음도 마찬가지였다. 이제 그녀는, 그나마도 드물었지만, 뭔가 진심으로 웃긴 것을 맞닥뜨릴 때에만 웃었다. 그녀의 목소리는 낮은음으로 재조직된 것 같았다. 저녁이 되어 사내들이 카드 게임을 하는 동안 그녀는 종종 팔짱을 끼고 암호문을 두드리듯 바닥을 동동 구르면서 어둠에 눈을 고정한 채 고무줄 같은 긴 침묵에 잠기곤 했다. 어느 저녁 포시가 그것에 관해 묻자 메리 앤은 오랫동안 그를 쳐다보더니 어깨를 으쓱했다. "아무것도 아니야," 그녀는 말했다. "정말 아무것도 아니야.

사실을 말하자면 내 인생에서 이보다 더 행복했던 적이 없어. 한 번도."

하지만 두 차례, 그녀는 밤늦게 들어왔다. 매우 늦게. 그러다 결국에는 아예 들어오지 않았다.

랫 카일리는 그 이야기를 당사자인 포시에게서 들었다. 어느 날 아침 동트기 전 그 아이가 랫을 깨웠다. 랫은 몸이 좋지 않았다. 목소리가 푹 잠기고 막혀 코맹맹이 소리가 나는 게 독감에 걸린 듯했다. 그 아이는 손전등을 들고서 스위치를 껐다 켰다 했다.

"메리 앤 말이야," 그 아이가 속삭였다. "걔를 찾을 수가 없어."

랫은 일어나 얼굴을 문질렀다. 희미한 빛 속에서도 그 아이가 곤경에 처했다는 걸 분명히 알 수 있었다. 오랫동안 잠을 못 자 눈가가 해졌는지 눈 밑에 거뭇한 얼룩이 있었다.

"사라졌어," 포시가 말했다. "랫, 있잖아, 걔가 다른 사람이랑 자나 봐. 어젯밤에는 심지어……. 어째야 좋을지 모르겠어."

포시는 그러고 즉시 무너져내리는 듯했다. 그는 몸을 웅크린 채 뒤축을 동동거리면서도 손전등은 아직 움켜잡고 있었다. 그냥 소년이었다 — 열여덟 살. 큰 키에 금발. 타고난 운동선수. 예의를 알고 마음 따뜻한 좋은 아이지만 그 순간에는 그런 것들이 그에게 도움이 되지 않는 듯했다.

그는 손전등을 자꾸 껐다 켰다 했다.

"좋아, 출발점부터 시작하자," 랫이 말했다. "기분 좋게 천천히. 누구와 잔다고?"

"누군지 모르겠어. 에디 다이아몬드인가."

"에디?"

"틀림없어. 그놈이 번번이 거기 있잖아, 항상 달라붙어서." 랫은 고개를 저었다. "어, 난 잘 모르겠네. 헛다리 짚은 것 같아, 에디는 아니야."

"그래, 하지만 그가—"

"성급하게 굴지 마," 랫이 말했다. 그는 손을 뻗어 소년의 어깨를 토닥였다. "그냥 침대를 뒤져볼까? 우리가 아홉 명이야. 너랑 내가 둘이니까 일곱이 가능하군. 후딱 집계를 내보자고."

포시는 망설였다. "하지만 난 좀……. 만약에 그녀가 거기 있으면, 그러니까 다른 놈이랑 있으면—"

"이런, 맙소사."

랫은 몸을 일으켰다. 그는 손전등을 들고서 뭐라 중얼거리고 막사 끄트머리로 이동했다. 대원들은 사생활을 챙기느라 간이침대 주변에 되는대로 커튼 벽을 쳐서 침실로 삼고 있었는데, 랫은 어둠 속에서 재빨리 방과 방을 옮겨 다니며 손전등으로 얼굴들을 낚았다. 에디 다이아몬드는 깊게 곯아떨어져 있었다—다른 사람들도 마찬가지였다. 그래도 랫은 확실히 하기 위해 한 번 더, 매우 유심히 확인한 뒤 포시에게 보고했다.

"전원 확인. 이상 무."

"에디는?"

"다르본에 취해서 뻗었어." 랫은 손전등을 끄고 곰곰이 머리를 굴렸다. "어쩌면 그녀는—모르겠다—아무래도 간밤에 야영 나간 거 아닐까. 별빛을 받거나 뭐 그러러. 너 막사 뒤져봤어?"

"진작 뒤져봤지."

"자, 이리 와," 랫이 말했다. "한 번 더 뒤져보자."

바깥은 연보랏빛이 동쪽 산허리를 가르며 번지고 있었다. 남베트남군 두세 명이 아침 차릴 불을 지펴둔 상태였지만 거의 조용했고 움직임도 없었다. 둘은 우선 헬기장을, 그다음 식당과 보급품 창고를 뒤진 뒤 600미터나 되는 방어선을 전부 돌았다.

"자," 랫이 마침내 말했다. "문제가 하나 있어."

처음 이야기를 들려주었을 때 랫은 거기서 끊고 한동안 미첼 샌더스를 쳐다보았다.

"그래, 누구일 것 같아? 그녀가 어디 있었게?"

"그리니들이네," 샌더스가 말했다.

"그래?"

샌더스는 다 안다는 듯 히죽거렸다. "그럼 뭐겠어. 특수부대에 관한 이런저런 게 — 걔들이 거기를 작전기지로 쓰는 거 하며 조용히 드나드는 게 — 다 **이유**가 있는 거야. 봐, 그래야 이야기가 되는 거라고."

랫은 그 말을 곱씹어보고는 어깨를 으쓱했다.

"그래, 그리니들이 맞아. 그런데 포시 생각하고는 달랐지. 그녀는 그들 중 누구하고도 잠을 자지 않았어. 적어도 엄밀한 뜻에서는 말이야. 무슨 말이냐, 어떤 면에서 그녀는 그들 **모두**와 잤어, 다만 그게 섹스 따위가 아니다 뿐이지. 그들은 그냥 함께 누워 있었어, 말하자면 말이야, 메리 앤이랑 그 더럽고 얼빠진 그린베레 여섯 놈이."

"누워 있었다고?" 샌더스가 말했다.

"그렇다니까."

"어떻게 누워 있었는데?"

랫은 웃었다. "매복을 하면서. 메리 앤이 있잖아, 밤새 그 좆같은 **매복**을 나갔던 거야."

그녀는 동튼 직후 철조망을 지나 떼를 지어 들어왔는데 지쳤지만 생기 있는 표정으로 장비를 풀더니 마크 포시한테 사무적인 포옹을 하더라고 랫은 말했다. 여섯 명의 그린베레는 아무 말도 하지 않았다. 그중 한 명이 그녀에게 고개를 끄덕했고 나머지는 포시를 오랫동안 뚫어지게 쳐다보다가 다들 막사 끝에 있는 자기네 초가집으로 퇴장했다.

"부탁인데," 그녀가 말했다. "아무 말도 하지 마."

포시는 앞으로 반보 내딛더니 머뭇거렸다. 마치 그녀를 식별하기가 어려운 모양이었다. 그녀는 정글모와 지저분한 녹색 전투복을 걸치고 있었다. 그녀는 표준 M-16 돌격 자동소총을 가지고 있었다. 그녀의 얼굴은 숯을 발라 검었다.

메리 앤은 그에게 총기를 건넸다. "완전 녹초야," 그녀가 말했다. "나중에 얘기해."

그녀는 특수부대 구역을 힐끗 건너다보더니 몸을 돌리고는 재빨리 막사를 가로질러 자기 벙커로 향했다. 포시는 몇 초 동안 그대로 서 있었다. 얼이 나간 것 같았다. 하지만 조금 뒤 그는 이를 악물고서 거세고 빠른 걸음으로 성큼성큼 그녀를 쫓았다.

"나중은 안 돼!" 그가 소리쳤다. "지금 얘기해!"

둘 사이에 어떤 일이 있었는지는 아무도 확실히 모른다고 랫은 말했다. 하지만 그날 저녁 식당에서 보니 어떤 합의가 있었던 게 분명했다. 아니, 몇 가지 새로운 규칙을 정했다는 게 더 맞을 거라고 그는 말했다. 메리 앤은 방금 샴푸로 머리를 감은 상태였다. 그녀는 흰 블라우스, 짙은 남색 스커트에 무늬 없는 검정 플랫슈즈를 신고 있었다. 그녀는 저녁을 먹는 내내 눈을 내리깐 채 포크질을 하고 침묵에 가까울 만큼 감정을 가라앉혔다. 에디 다이아몬드와 몇 사람이 매복 이야기를 들으려고 그녀를 부추겼지만 ― 거기 나가니 느낌이 어땠어? 정확히 뭘 보고 들었어? ― 그녀는 질문에 난처해하는 것 같았다. 그녀는 식탁 너머에 있는 포시를 신경질적으로 쳐다보았다. 그녀는 어떤 승인을 받으려는 듯 잠시 기다리더니 고개를 숙이고 한두 마디 모호한 말을 웅얼거렸다. 답변다운 건 없었다.

마크 포시 또한 할 말이 없었다.

"다들 신경 쓸 거 없어," 그날 밤 그는 랫에게 말했다. "한 가지 확실한 건, 이제 매복은 절대 없을 거야. 밤늦게 들어오는 일도."

"법으로 정한 거야?"

"타협이지," 포시가 말했다. "이러자고 할 거야 ― 공식적으로 약혼하자고."

랫은 신중히 고개를 끄덕였다.

"저기 있잖아, 그녀는 다정한 신부가 될 거야," 그가 말했다. "전투 준비 끝이군."

그 뒤 며칠간 두 사람이 서로를 대하는 방식에는 숨 막힐 정도로 긴장되고 피곤한 면, 즉 융통성 없는 올바름이 있었는데, 그것은 절제된 행위를 반복함으로써 집행되었다. 멀리서 둘을 보면 이 행성에서 가장 행복한 두 사람 같았을 거라고 랫은 말했다. 두 사람은 자기들 벙커 위에 대자로 나란히 뻗어 함께 일광욕을 하거나 거대한 야자나무 그늘 아래서 주사위 놀이를 하거나 혹은 가만히 앉아서 긴 오후를 보냈다. 단란함의 본보기 같았다. 하지만 근거리에서 보면 둘의 얼굴에는 긴장감이 서려 있었다. 너무 예의 발랐고 너무 사려 깊었다. 마크 포시는 마치 둘 사이에 아무것도 끼어든 적 없고 앞으로도 끼어들 수 없다는 자신감 있는 태도를 유지하려고 매우 애를 썼지만 거기엔 깨지기 쉬운 것, 뭔가 임시적이고 거짓된 게 있었다. 만약 메리 앤이 그에게서 잠시라도 몇 발짝 벗어나는 일이 생기면 그는 스스로 고삐를 조여 애써 그녀를 쳐다보지 않으려 했다. 하지만 그러다 잠시 뒤에는 그녀를 쳐다보고 있기 일쑤였다.

두 사람은 적어도 다른 사람들 속에서는 제 가면을 유지했다. 두 사람은 식사 때면 클리블랜드 하이츠에서 올릴 거창한 결혼식 계획을 이야기했다 — 이틀간의 피로연, 무수한 꽃 장식. 하지만 그럴 때조차 둘의 웃음은 치열해 보였다. 두 사람은 정다운 농담을 너무 신속하게 주고받았다. 두 사람은 놓칠까 두려운 듯이 손을 잡고 있었다.

그것은 끝나야만 했고 결국 그렇게 됐다.

3주 차가 지날 무렵 포시는 그녀를 집에 돌려보낼 준비를 하기 시작했다. 메리 앤은 처음에는 받아들이는 것 같더니 하루이틀 지나니까 가만있지 못할 만큼 우울함에 빠져서 막사 방어선에 홀로 앉아 있더라고 랫은 말했다. 그녀는 활처럼 구부린 어깨, 빛바랜 파란 눈을 남기고 자기 내부로 사라지는 것 같았다. 포시는 두어 번 그녀에게 다가가 이야길 꺼내려고 했지만 메리 앤은 서쪽에 솟은 짙은 녹색의 산들을 뚫어지게 바라다볼 뿐이었다. 야생이 그녀를 끌어당기는 것 같았다. 무언가에 사로잡힌 표정이었다고 랫은 말했다 — 반은 공포, 반은 황홀감에. 마치 그녀가 무언가의 가장자리에 걸쳐 있는 것 같았고 클리블랜드 하이츠와 깊은 정글 사이의 완충지대에 갇힌 것 같았다. 열일곱 살이었다. 금발에 마냥 순진한 애송이, 하지만 그게 다였을까?

다음 날 그녀는 사라졌다. 여섯 명의 그리니도 마찬가지였다.

불쌍한 포시는 그 일을, 아니 그 비슷한 일을 어느 정도 예상했지만 그게 상처에 얼마나 도움이 되었겠느냐고 랫은 말했다. 그 아이는 제 기능을 할 수 없었다. 상심이 그의 목을 콱 움켜쥐고서 놓아주질 않았다.

"잃어버렸어," 그는 계속 속삭였다.

3주가량 지나자 그녀는 돌아왔다. 하지만 어떤 면에서는 돌아온 게 아니었다. 온전하지 않았고, 그녀의 전부가 아니었다.

잠자다 깨서 우연히 그 모습을 봤다고 랫은 말했다. 축축하고 안개 낀 밤이었는데 그는 잠이 안 와서 담배나 후딱 피우려고 밖에 나갔다. 거기 그냥 서서 달을 쳐다보다가 서쪽으로 눈을 돌리니 정글 끄트머리에서 검은 윤곽들이 대열을 이루어 마법처럼 나타나더라고 그는 말했다. 처음에는 그녀인 줄 몰랐다—여섯 개의 그림 자 사이에 낀 작고 여린 그림자. 소리가 없었다. 진짜 실체도 아니었다. 일곱 개의 검은 윤곽이 수증기 같은 비현실적인 혼령처럼 지구 표면을 떠가는 것 같았다. 그 모습을 보자니 아편에 취해 환각을 보는 기분이었다고 랫은 말했다. 검은 윤곽들은 미동 없이 이동했다. 그들은 말없이 한 명 한 명 언덕을 올라 철조망을 지나더니 대열을 헤쳐 막사 맞은편으로 빠졌다. 메리 앤의 얼굴을 알아본 건 그때였다고 랫은 말했다. 그녀의 눈은 어둠 속에서 빛나 보였다 — 파란색이 아니라 정글의 녹색으로 환하게 이글거리고 있었다. 그녀는 포시의 벙커에 멈추지 않았다. 그녀는 소총을 살며시 안고서 신속히 특수부대 초가집으로 이동해 다른 사람들을 따라 들어갔다.

잠시 불빛이 새어나왔고, 누군가 웃었고, 그러더니 그곳은 다시 어두워졌다.

그 이야길 들려줄 때마다 랫은 중간중간 멈추어 흐름을 끊고 약간의 설명 내지 사소한 분석과 저만의 의견을 끼워 넣는 경향이 있었다. 미첼 샌더스에 따르면 그건 안 좋은 습관이었다. 왜냐, 모든 주재료는 원재료고 그 물건 자체인데 네가 어설픈 의견을 뒤섞으면 어떡해. 그건 그냥 마법을 푸는 거야. 마법을 망치는 거라고. 네가 할 일은 네 이야기를 믿는 거야, 샌더스는 말했다. 껴들지 말고 이야기가 알아서 흐르게 놔둬.

하지만 랫 카일리로서는 도리가 없었다. 그는 전 방위의 의미를 담고 싶었다.

"이야기가 심오하게 들릴 거란 건 아는데," 그는 우리에게 말하곤 했다. "그건 **불가능**하다거나 그런 일은 아니야. 우리 모두 그보다도 터무니없는 얘기를 많이 들어봤잖아. 웬 놈이 숲에서 돌아와서는 자기가 동정녀 마리아를 거기서 봤다, 그녀가 빌어먹을 거위 같은 걸 타고 있더라 얘기하잖아. 다들 그걸 믿고. 다들 웃으면서 그래, 얼마나 빨랐느냐, 그녀가 박차를 가하더냐 묻는다고. 있잖아, 내 얘기는 그거랑 달라. 이 메리 앤은 동정녀는 아닐지 몰라도 최소한 진짜야. 내가 봤어. 그녀가 그날 밤 철조망을 지나서 들어올 때 내가 버젓이 거기 있었고, 그녀의 눈을 보고서 이제 더는 그 사람이 아니구나 하고 깨달았다고. 그게 뭐가 불가능하다는 거야? 그녀는 소녀였어, 그게 다야. 내 말은, 만약 그녀가 남자였다면 다들 그러겠지. 야, 별일 아니야, 걔가 베트남 물이 들었어, 그리니들 꾐에 넘어갔다고. 내 말 이해돼? 너희가 이런 색안경을 끼고 여자를 본단 얘기야. 마냥 다정하고 평온한 존재로만 본다고. 대통령한테 바칠 보지가 우리에게 있었다면 전쟁은 없었을 텐데 하는 건 다 개소리지. 말 그대로 쓰레기 같은 소리. 너희는 그런 성차별적 태도를 버려야 돼."

랫은 미첼 샌더스가 더는 못 들어줄 때까지 그렇게 할 말을 계속하곤 했다. 그것은 미첼 샌더스의 내면의 귀에 거슬렸다.

"그 이야기," 샌더스는 말했다. "그 전체 어조 있잖아, 넌 그걸 해치고 있어."

"어조?"

"**소리** 말이야. 빠르든 느리든, 웃기든 슬프든 일관된 소리를 낼 필요가 있다니까. 그런 곁다리 얘기들은 다 네 이야기의 **소리**를 망칠 뿐이지. 일어난 일을 전달하는 데 충실하라고."

랫은 인상을 쓰며 눈을 감았다.

"어조?" 그는 말했다. "내 얘기가 그렇게 복잡한 줄 몰랐네. 소녀가 동물원에 합류했다. 동물이 하나 늘었다 — 얘기 끝."

"그래, 좋아. 그래도 얘기는 제대로 해야지."

다음 날 새벽 마크 포시는 그녀가 돌아왔다는 소식을 듣자 철책을 두른 특수부대 구역 바깥에 진을 쳤다. 그는 오전 내내 그녀를 기다렸고 오후에도 그러고 있었다. 해 질 무렵이 되자 랫이 그에게 먹을 거리를 가져다주었다.

"그녀가 나와야 하는데," 포시가 말했다. "언제가 됐든 나와야 해."

"안 나오면?" 랫이 말했다.

"내가 가서 데려와야지. 내가 끄집어낼 거야."

랫은 고개를 설레설레했다. "네 결심이 그렇다면야. 그래도 내가 너라면 그리니 같은 놈들하곤 절대로 엮이지 않을 거야, 다 그럴 만한 이유가 있어."

"메리 앤이 거기 있는걸."

"그래, 알아. 그렇거나 말거나 나라면 정말로 아주 공손하게 노크를 하겠어."

밤공기가 선선한데도 포시의 얼굴은 땀방울로 반들반들했다. 그는 아파 보였다. 눈에 핏발이 서 있었다. 낯빛이 희다 못해 창백할 정도였다. 랫은 초가집을 가만히 바라보면서 몇 분 동안 곁을 지켜주다가 어깨를 토닥이고는 아이를 혼자 남겨두고 떠났다.

랫과 에디 다이아몬드가 그를 살펴보러 나간 건 자정이 지나서였다. 산에서 흘러내린 낮은 안개로 냉기가 도는 뿌연 밤이었고 어둠 저편에서는 음악이 흘러나오고 있었다. 시끄럽지 않지만 은은하지도 않았다. 그것은 무질서한, 음악적이지 않은 소리로 박자나 형식이나 진행이 없는 자연의 소음 같았다. 신시사이저 소리 같았고 어쩌면 전자오르간인지도 몰랐다. 그 뒤에서 여자 목소리가 희미하게 섞여 나왔는데 반은 노래, 반은 영창을 하고 있었지만 가사는 외국어처럼 들렸다.

그들은 특수부대 구역 정문 근처에 쪼그려 앉아 있는 포시를 발견했다. 그는 고개를 숙인 채, 젖어 있는 반들반들한 얼굴로 음악에 맞춰 흔들거리고 있었다. 에디가 그의 옆에서 몸을 수그리자 아이는 초점이 잘 안 맞는 창백하고 뿌연 눈으로 올려다보았다.

"저 소리 들려?" 그가 속삭였다. "들려? 메리 앤이야." 에디 다이아몬드가 그의 팔을 잡았다. "들어가자. 누가 라디오 켠 거야, 그냥 그런 거라고. 얼른 일어나."

"메리 앤이야. 한번 들어봐."

"그렇겠지, 그래도—"

"들어봐!"

포시는 갑자기 뿌리치더니 좌우로 비틀거리다 문 쪽을 등지고 자빠졌다. 그는 그대로 누워 눈을 감았다. 음악이—소음인지 뭔지 몰라도—철책 너머 초가집에서 흘러나왔다. 그곳은 작은 불빛이 일렁이는 살짝 열린 창문 빼고는 캄캄했는데, 붉고 노란 빛이 창유리에서 춤추는 게 꼭 유리에 불이 붙은 것 같았다. 이제 영창이 더 우렁차게 들렸다. 또한 더 격렬하고 더 고조되었다.

포시가 몸을 일으켰다. 그는 잠시 주저하다가 힘껏 정문을 열었다.

"저거," 그가 말했다. "메리 앤의 목소리야."

랫이 한 발 내디디며 그에게 손을 뻗었지만 포시는 이미 정문을 지나 초가집을 향하고 있었다. 그는 발을 한번 헛디디고는 스스로를 가누고서 두 팔로 문을 쾅 때렸다. 소음이—고양이 소리처럼 짧은 끼익 소리가—한 차례 나고 문이 안쪽으로 열리자 포시는 두 팔을 든 채 잠시 그 자세로 얼어 있었고, 그러다 안으로 스륵 들어갔다. 이내 랫과 에디가 조용히 뒤를 따랐다. 문을 들어서자마자 그들은 한쪽 무릎을 꿇고 몸을 수그린 포시를 발견했다. 그는 꼼짝 않았다.

방 건너편의 열린 창문 근처 바닥에서 열두 개의 초가 타고 있었다. 그곳은 깊숙한 야생의 소리—부족 음악—대나무 피리와 타악기와 차임 소리가 메아리치는 것 같았다. 하지만 제일 먼저 와닿은 건 냄새였다고 랫은 말했다. 두 종류의 냄새였다. 위쪽으로는 이국 어느 훈연실의 연기 같은 향냄새가 났지만 연기 아래로는 더 짙고 훨씬 코를 찌르는 악취가 깔려 있었다. 말로 표현하기 어렵다고 랫은 말했다. 폐를 마비시키는 것 같았다. 진하고 멍한 냄새, 짐승 우리처럼 피와 그은 털과 배설물과 시들어가는 살덩어리의 달고 시큼한 악취가 뒤섞인 냄새—살인의 역한 냄새. 하지만 그게 전부가 아니었다. 초가집 뒤쪽 지주에 커다란 검은 표범의 썩은 대가리가 걸려 있었다. 들보에 매달린 황갈색 가죽. 그리고 뼈. 여러 무더기의 뼈—모든 부위의 뼈. 그 한쪽에는 반듯한 검정 글씨로 이렇게 적힌 포스터 하나가 벽에 기대어 있었다. **당신만의 베트콩 새끼를 조립하세요! 무료 견본 세트!** 완성품의 이미지가 눈에 아른거려 조립할 엄두가 안 나더라고 랫은 말했다. 어둠 속에서 몇 사람의 흐릿한 형체가 해먹 혹은 간이침대에 누워 쉬고 있었지만 누구 하나 움직이거나 말하지 않았다. 원형으로 놓아둔 초 근처의 테이프덱에서 배경음악이 흘러나왔으나 높은 음성은 메리 앤의 것이었다.

마크 포시는 일어서려 했지만 곧장 근육이 뻐근해졌다.

"메리 앤?" 그가 말했다.

그러자 그녀가 조용히 어둠 밖으로 나왔다. 잠깐이지만 그녀는 몇 주 전 이곳에 왔을 때의 예쁘고 어린 소녀와 똑같은 사람처럼 보였다. 그녀는 맨발이었다. 그녀는 자신의 분홍 스웨터와 흰 블라우스와 단조로운 면 스커트를 입고 있었다.

소녀는 한동안 우두커니 포시를 내려다보았는데 촛불에 비친 그녀의 얼굴은 저 스스로와 완전한 화해를 이룬 사람의 평정심을 띠고 있었다. 얼핏 봐도 전혀 딴사람이었다고 랫은 말했다. 뜯어보자면 눈이 그랬다. 말 그대로 생기 없고 무관심한 눈이었다. 그녀의 눈길에는 감정이, 이면에 있어야 할 사람다움이 없었다. 하지만 기괴한 부분은 그녀의 장신구였다고 그는 말했다. 소녀의 목에는 사람 혀로 만든 목걸이가 걸려 있었다. 길고 가느다랗게 늘인, 가죽 조각처럼 검게 때가 탄 혀들을 한 가닥 구리선을 이용해 엮은 것으로, 이웃한 혀끼리 포개어져 있고 혀끝은 마치 새된 마지막 음절을 내뱉듯 말려 올라가 있었다.

소녀는 경멸에 가까운 무언가를 담아 마크 포시를 잠깐 쳐다보았다.

"말해봐야 소용없어," 그녀가 말했다. "네가 무슨 생각 하는지 알지만 그렇게…… 그렇게 **나쁘지는** 않아."

"나쁘지 않다고?" 포시가 웅얼거렸다.

"그래."

그림자들 중에서 웃음소리가 났다.

그리니들 중 한 명이 일어앉더니 시가에 불을 붙였다. 다른 이들은 말없이 누워 있었다.

"너는," 메리 앤이 부드럽게 말했다. "네게 맞지 않는 곳에 있어."

그녀는 손을 들어 초가집뿐 아니라 주변의 모든 것을, 전쟁 전부를, 산, 작고 초라한 마을, 산길과 나무와 강과 안개를 뒤집어쓴 깊은 골짜기를 죄다 가리켰다.

도록 청하는 것 같았다. 그녀는 자기 안에서 길을 잃었다. 이따금 그들이 공격을 받을 때 메리 앤은 예광탄들이 쉭 하고 스쳐 가는 모습을 가만히 서서 지켜보며 입술에 살며시 웃음을 머금고 전쟁과의 어떤 사적인 용무에 전념하곤 했다. 그 밖의 시간에는 그냥 자취를 감추었다 — 몇 시간이고 며칠이고.

그러던 어느 날 아침 메리 앤은 오로지 혼자서 산속으로 떠나 돌아오지 않았다.

아무런 시체도 발견되지 않았다. 장비도 옷도 없었다. 자기가 아는 건 그 여자애가 아직 살아 있다는 게 전부라고 랫은 말했다. 어쩌면 높은 산마을 중 하나에 있거나 몽타냐르족*하고 있을지 몰랐다. 하지만 그것은 추측이었다.

당연한 일이지만 수사와 일주일간의 항공 탐색이 있었고 뜨라봉 막사는 한동안 헌병대와 수사과 사람들로 어수선했다. 하지만 밝혀진 것은 결국 아무것도 없었다. 그것은 전쟁이었고 전쟁은 진행 중이었다. 마크 포시는 일병으로 강등되어 배를 타고 미합중국 병원에 회송되었고 두 달 뒤 의가사제대를 했다. 메리 앤 벨은 실종자 명단에 합류했다.

하지만 이야기는 거기서 끝나지 않았다. 그리니들의 말을 믿어본다면 메리 앤은 아직도 거기 어딘가 어둠 속에 있다고 랫은 말했다. 기괴한 움직임, 기괴한 형태로. 밤늦게 그리니들이 매복을 나가면 온 열대우림이 그들을 뚫어지게 굽어보는 듯한데 — 감시당하는 느

---

* Montagnard. 베트남 서부 고원지대에 사는 토착민. 몽타냐르는 프랑스어로 산사람을 뜻한다.

낌이 드는데 — 그러다 두어 차례, 그들은 그녀가 어둠을 가르며 활주하는 모습을 본 듯했다. 확실하진 않지만 그런 듯했다. 그녀는 벌써 저쪽으로 건너가 있었다. 그녀는 그 땅의 일부였다. 그녀는 치마바지, 분홍 스웨터 그리고 사람 혀로 만든 목걸이를 걸치고 있었다. 그녀는 위협적이었다. 그녀는 살인할 준비가 되어 있었다.

스타킹

헨리 도빈스는 좋은 사람이었고 최고의 군인이었지만 교양은 그의 주특기가 아니었다. 아이러니는 그에게 버거웠다. 그는 많은 점이 미국 자체와 닮아서 크고 강했고, 선의로 차 있었고, 배가 지방덩어리로 출렁였고, 걸음은 느리지만 늘 묵묵히 나아갔고, 필요로 할 때 꼭 거기 있었고, 겸소함과 솔직함과 고된 노동의 미덕을 신봉했다. 자신의 고국처럼 도빈스도 감상적인 데 끌렸다.

20년이 지난 지금도 나는 그가 매복을 나가기 전에 여자 친구의 팬티스타킹을 목에 둘둘 감던 모습이 선하다.

그것이 그의 유일한 기행이었다. 팬티스타킹은 행운의 증표 같은 거라고 그는 말했다. 그는 그 나일론 섬유를 코에 가져가 여자 친구의 향기를 들이마시길 좋아했다. 그것이 불러일으키는 추억들이 좋았다. 그는 때로 스타킹을 얼굴에 올리고 잤는데, 아기들이 플란넬 담요를 끼고 안정감과 평온함 속에 잠드는 것과 마찬가지였다. 하지만 그 스타킹은 그에게 무엇보다 부적이었다. 그것은 그를 지켜주었다. 그것은 만물이 포근하고 친숙한, 그가 언젠가 여자 친구를 데려가 살지 모를 영적인 세계에 가닿게 해주었다. 베트남에서 우리가 많이들 그랬던 것처럼 도빈스도 미신의 마력에 이끌렸고 절대적으로 확고하게 스타킹의 방어력을 믿었다. 그는 그것을 방탄복인 양 여겼다. 우리가 심야 매복을 준비하느라 헬멧을 쓰고 방탄조끼를 착용할 때면 헨리 도빈스는 그 나일론을 목에 감아 조심스레 매듭을 짓고 그것의 두 다리 부위를 왼쪽 어깨에 걸치는 의식을 치르곤 했다. 당연히 그걸 두고 농담이 돌았지만 우리는 결국 그 불가사의한 것의 진가를 인정하지 않을 수 없었다. 도빈스는 불사신이었다. 부상은커녕 상처 하나 없었다. 8월, 그가 바운싱 베티를 건드렸는데 불발이었다. 그리고 일주일 뒤에는 소규모의 격렬한 총격전 중에 아무런 엄호 없이 적에게 노출됐지만 그가 한 일은 팬티스타킹을 코 위로 끌어올리고 깊은 숨을 쉬며 마법에 내맡긴 게 전부였다.

그것은 우리를 신봉자들의 소대로 바꿔놓았다. 사실을 두고는 왈가왈부할 수 없는 법이다.

하지만 그러고 10월 말에 접어들자 그의 여자 친구가 그를 차버렸다. 충격이 컸다. 도빈스는 그녀의 편지를 뚫어지게 내려다보면서 얼마간 말을 않더니 잠시 후 스타킹을 들고 나가 목에다 위안물로 둘둘 감았다.

"걱정 마," 그가 말했다. "마법은 도망 안 가니까."

교회

어느 날 오후 우리는 바탕안반도 서쪽 어디서 버려진 사원을 우연히 발견했다. 아니, 버려지다 말았다고 할 수 있는데, 왜냐하면 한 쌍의 승려가 거기서 타르지 바른 판잣집을 짓고 살면서 작은 정원과 망가진 성지를 돌보고 있었기 때문이다. 그들은 영어를 거의 할 줄 몰랐다. 우리가 마당에 참호를 파도 승려들은 화를 내거나 불쾌해하는 기색이 없었고 다만 젊은 쪽 승려가 두 손으로 씻는 동작을 해 보일 뿐이었다. 그게 무슨 뜻인지 다들 어리둥절했다. 늙은 쪽 승려가 우리를 사원으로 이끌었다. 내 기억에 그곳은 어둡고 서늘했는데, 바스러진 벽에다 모래주머니로 막은 창에다 천장은 구멍이 숭숭했다. "안 좋은 소식인걸," 카이오와가 말했다. "교회에서 난리 칠 순 없잖아." 하지만 우리는 거기서 밤을 보내며 사원을 작은 요새로 탈바꿈했고 그렇게 일고여덟 날 더 그곳을 작전기지로 사용했다. 대부분 아주 평온한 시간이었다. 두 승려는 매일 아침 양동이에 물을 담아 가져다주었다. 그들은 우리가 목욕을 하려고 옷을 벗어젖히자 피

식거렸다. 우리가 비누칠을 하고 서로 물을 끼얹는 동안 그들은 흡족한 웃음을 지었다. 둘째 날 늙은 쪽 승려가 지미 크로스 중위가 앉을 등의자를 들고 들어와 제단부에 놓더니 허리 굽혀 인사하고서 그에게 앉으라는 몸짓을 했다. 노승은 그 의자에, 그리고 크로스 중위 같은 남자가 거기 앉는다는 데 자부심을 느끼는 것 같았다. 또 언젠가는 젊은 쪽 승려가 정원에서 가꾼 무르익은 수박 네 통을 우리한테 가져다주었다. 그는 수박 껍질에 잇자국이 남을 때까지 서서 지켜보더니 웃음을 짓고는 두 손으로 이상한 씻는 동작을 해 보였다.

두 승려는 우리 모두한테 친절했지만 헨리 도빈스에 대한 애정은 각별했다.

"군인 예수," 그들은 말했다. "착한 군인 예수."

그들은 서늘한 사원에 조용히 쪼그려 앉아서 헨리 도빈스의 기관총 분해 손질을 돕느라 부품들을 솔로 조심스럽게 기름칠하곤 했다. 세 사람은 통하는 것 같았다. 그들은 아무것도 말로 옮기지 않은 채 단지 고요함을 함께했다.

"있잖아," 도빈스가 어느 날 아침 카이오와에게 말했다. "전쟁이 끝나면 나 이 사람들한테 합류할까 봐."

"어떻게 합류하는데?" 카이오와가 물었다.

"승복 입고. 맹세도 하고."

카이오와가 생각에 잠겼다. "거 새롭네. 네가 그렇게 종교적인 줄 몰랐어."

"아, 종교적이진 않아," 도빈스가 말했다. 두 승려는 그의 옆에서 M-60을 작업하고 있었다. 그는 두 사람이 번갈아서 기름 적신 탈지면으로 총열 쑤시는 모습을 지켜보았다. "내 말은, 난 교회 타입이 아니라고. 내가 어린애였을 때, 옛날에, 주일마다 거기 앉아서 벽에 벽돌이 몇 갠지 세고 있었어. 교회가 나랑 안 맞더라고. 근데 고등학교에 가서는 목사가 되고 싶단 생각이 들기 시작했지. 집도 공짜고 차도 공짜잖아. 소찬*도 많고. 그거면 꽤 괜찮은 인생 같던걸."

"진심으로?" 카이오와가 물었다.

도빈스는 어깨를 으쓱했다. "진심이 뭔데? 난 어린애였어. 중요한 건 뭐냐면, 하느님 같은 걸 믿었는데도 종교적인 부분에는 흥미가 없었다는 거야. 그냥 사람들한테 **친절**하자, 그게 다였다고. 예의를 갖추자."

"옳지," 카이오와가 말했다.

"병문안을 하거나 뭐 그런 거. 내가 또 그런 건 잘했을 거야. 머리 쓰는 부분은 꽝이지만—설교 같은 거 말이야—사람들에 관한 부분은 괜찮았을걸."

헨리 도빈스는 잠시 말이 없었다. 그는 늙은 쪽 승려를 보고 웃었는데 그 승려는 이제 기관총 방아틀뭉치를 청소하는 중이었다.

"하지만 어쨌든," 도빈스가 말했다. "난 평생 진짜 목사가 되긴 글러먹은 거였지. 엄청나게 영리해야 되잖아. 위쪽 말이야. 머리를 굴려야 한다고. 아주 어려운 걸 설명해야 돼. 사람은 왜 죽느냐라든가 하느님은 왜 폐렴 등등을 발명했느냐 같은 거." 그는 고개를 설레설레했다. "난 그냥 그런 머리가 없었던 거지. 종교적인 면도 그런 데다가. 세월이 한참 흘렀는데도 있잖아, 난 아직도 교회가 싫어."

"마음이 바뀔지도 모르지," 카이오와가 말했다.

---

* 원문은 potluck으로 각자가 조금씩 싸 와서 나누어 먹는 음식을 말한다.

헨리 도빈스는 잠깐 눈을 감았다가 곧 웃음을 터뜨렸다.

"한 가지 확실한 건, 저들이 입는 옷을 내가 입으면 그럴싸해 보일 걸—프라이어 턱*처럼. 어쩌면 정말 그렇게 될지도 몰라. 어디선가 수도원을 발견하는 거지. 승복을 입고 사람들한테 친절하게 구는 거야."

"거 좋은데," 카이오와가 말했다.

두 승려는 기관총을 닦고 기름칠하는 동안 말이 없었다. 비록 영어는 거의 못 했지만 마치 중요한 문제가 논의되는 중이라고 감지한 듯 대화를 무척 존중하는 것처럼 보였다. 젊은 쪽 승려가 누런 천을 사용해 탄띠에서 먼지를 훔쳤다.

"넌 어때?" 도빈스가 말했다.

"뭐가?"

"음, 그 성경을 온갖 데 가지고 다니고, 욕설 같은 것도 안 하고, 그러니까 넌 분명—"

"그렇게 자랐을 뿐이야," 카이오와가 말했다.

"너 한 번이라도—말하자면 말이야—목사 될 생각 해봤어?"

"아니. 전혀."

도빈스가 웃음을 터뜨렸다. "인디언 설교자라. 있지, 꼭 보고 싶다. 깃털 달린 버펄로 가죽 승복."

카이오와는 등을 대고 누워 천장을 바라보았고 한동안 말이 없었다. 그러다 일어앉아 수통을 들고 한 모금 들이켰다.

"목사는 안 할래," 그가 말했다. "하지만 교회는 정말 좋아. 그 안

---

* 가공의 인물. 로빈 후드의 동료로 호방하고 싸움 좋아하는 성격의 수도사.

에서 느껴지는 거 말이야. 거기 그냥 앉아만 있어도 좋잖아, 숲에 있는 것처럼 사방천지가 고요하고, 그러면서도 이런 들을 수 없는 소리가 계속 나고 말이야."

"맞아."

"그런 느낌 받아본 적 있어?"

"조금."

카이오와가 목구멍소리를 냈다. "이거 다 잘못됐어," 그가 말했다.

"뭐가?"

"여기에 진을 친 거. 잘못된 거라고. 나야 아무래도 좋지만 그래도 교회잖아."

도빈스가 고개를 끄덕였다. "맞아."

"교회라고," 카이오와가 말했다. "그냥 잘못된 거야."

두 승려가 기관총 손질을 끝내자 헨리 도빈스는 흐르는 기름을 닦으며 조립을 시작했고, 그러고 나서 승려들 각자에게 복숭아 통조림 한 통과 초콜릿 바 하나씩을 건넸다. "좋아," 그가 말했다. "Didi mau(빨리 가), 이것들아. 저리 가." 승려들은 절을 하고 사원을 나가 환한 아침 햇살에 들어섰다.

헨리 도빈스는 두 손으로 씻는 동작을 해 보였다.

"네 말이 맞아," 그가 말했다. "할 수 있는 거라곤 친절해지는 것뿐이지. 그들한테 예의를 갖추자, 알지?"

내가 죽인 남자

그의 아래턱은 목구멍에 박혀 있었고, 윗입술과 이는 사라졌고, 한쪽 눈은 감겨 있었고, 다른 쪽 눈은 별 모양의 구멍이었고, 눈썹은 여자 눈썹처럼 가느다란 활 모양이었고, 코는 성했고, 한쪽 귓불에 눈물이 살짝 맺혀 있었고, 단정한 검은 머리는 정수리 쪽으로 빗어 넘겨 두개골 뒤에서 뻗쳐 있었고, 이마는 주근깨가 조금 났고, 손톱은 청결했고, 왼쪽 뺨의 살갗은 세 부위로 너덜너덜하게 말려 올라가 있었고, 오른쪽 뺨은 털 오라기 없이 부드러웠고, 턱 끝에는 나비 한 마리가 앉아 있었고, 목은 척수가 드러나도록 개방돼 그곳의 걸쭉한 피가 반짝였는데 그의 목숨을 앗아 간 건 바로 이 상처였다. 오솔길 한중간에 얼굴을 위로 향하고 누워 있는 그는 야윈, 죽어버린, 고상하다 싶은 청년이었다. 그의 두 다리는 앙상했고 허리는 가느다랬고 손가락은 길고 미끈했다. 그의 가슴은 움푹 꺼졌고 거기 붙어 있는 근육도 보잘것없었다—아마 학자였을 것이다. 그의 손목은 아이의 손목이었다. 그는 검정 셔츠에 검정 파자마 바지, 회색 탄띠를 걸쳤고 오른손 약손가락에 금반지를 끼고 있었다. 그의 고무 샌들은 날아가버린 채였다. 한 짝은 그의 곁에 놓여 있었고 다른 짝은 오솔길을 몇 미터 거슬러 올라가 있었다. 그는 아마도 1946년에 꽝응아이성 중부 해안에서 멀지 않은 미케 마을에서, 그의 부모가 농사를 짓고 그의 가족이 대대로 살아왔으며 프랑스 식민지 시절 그의 아버지와 두 삼촌과 많은 이웃이 독립 투쟁에 나섰던 곳에서 태어났을 것이다. 그는 공산당원이 아니었다. 그는 일개 국민에 군인이었다. 꽝응아이 전역이 그랬듯 미케 마을에서도 애국적인 저항은 전통의 위력이 있었고 그것은 부분적으로 전설의 위력이나 마찬가지였으므로, 내가 죽인 남자는 자신의 가장 이른 소년기부터 영웅 쭝(Trung) 자매와 쩐훙다오(Tran Hung Dao)가 몽고군을 대패시켜 이름을 떨친 이야기며 레러이(Le Loi)가 똣동(Tot Dong)에서 명나라군을 마침내 쫓아낸 이야기를 들었을 것이다. 그는 나라를 지키는 게 남자의 고결한 의무이자 특권이라고 배웠을 것이다. 그는 이를 받아들였다. 의문을 품은 적은 없었다. 그래도 그것은 알게 모르게 겁나는 일이었다. 그는 전사가 아니었다. 그의 건강은 형편없었고 몸은 작고 연약했다. 그는 책을 좋아했다. 그는 언젠가 수학 선생님이 되고 싶었다. 밤에 요에 누우면 그는 아버지처럼, 혹은 삼촌들처럼, 혹은 이야기 속의 영웅들처럼 자기가 용맹한 일을 해내리라고는 상상할 수 없었다. 그는 내심 자기가 시험에 드는 일이 없기를 바랐다. 그는 미국인들이 물러나주기를 바랐다. 어서, 하고 그는 바랐다. 끊임없이 바라고 또 바랐다, 항상, 잠이 들고서도.

"이야, 너 저 빌어먹을 새끼 제대로 뭉개놨구나," 아자가 말했다. "몰골을 아주 짓이겨놨네, 저거 봐, 네가 해냈어, 네가 저놈을 좆같은 슈레디드 휘트*처럼 푹 담가버렸다고."

"저리 가," 카이오와가 말했다.

"왜, 사실인데. 오트밀 같잖아."

"가라니까," 카이오와가 말했다.

"알았어, 그럼 취소할게," 아자가 말했다. 그는 물러나는 듯하다가 멈추고는 말했다. "라이스 크리스피는 알지? 사망 테스트 해보면 이 특별한 개체는 에이 플러스감이야."

그는 제 말에 웃으면서 어깨를 으쓱하더니 나무 뒤편의 마을 쪽으로 오솔길을 걸어 올라갔다.

카이오와가 꿇어앉았다.

"저 지긋지긋한 놈은 잊어버려," 그가 말했다. 그는 자기 수통을 열어 내밀었다가 조금 뒤 한숨과 함께 도로 넣었다. "있잖아, 별일 아니야. 네가 뭘 할 수 있었겠어?"

나중에 카이오와는 말했다. "진지하게 하는 말이야. **아무도** 어쩔 수 없었다고. 자, 그만 들여다보자."

그 오솔길 교차로는 늘어선 나무들과 높다란 덤불로 그늘져 있었다. 그 야윈 청년은 두 다리를 그늘에 두고 누워 있었다. 그의 아래턱은 목구멍에 박혀 있었다. 그의 한쪽 눈은 감겨 있었고 다른 쪽 눈은 별 모양의 구멍이었다.

카이오와가 시체를 힐끗했다.

"좋아, 하나 물어보자," 그가 말했다. "너 저 사람이랑 자리 바꾸고

---

* 포스트에서 나온 시리얼 상품명. 뒤이어 나오는 라이스 크리스피는 켈로그에서 나온 시리얼 상품명.

깨어나리란 걸 알았다.

카이오와가 판초로 시신을 덮어주었다.

"야, 너 한결 나아 보인다," 그가 말했다. "그럼 그렇지. 시간이 필요했던 거야— 정신도 요양 휴가가 필요한 거지."

그러더니 그가 말했다. "저기, 미안해."

그러더니 나중에 그가 말했다. "왜 반응이 없어?"

그러더니 그가 말했다. "답답해, 아이, 말 좀 하라니까."

그는 야윈, 죽어버린, 스무 살가량의 고상하다 싶은 청년이었다. 그는 한쪽 다리가 접혀서 몸 아래 깔린 채 누워 있었고, 아래턱은 목구멍에 박혀 있었고, 얼굴은 표정이 풍부하지도 뚱하지도 않았다. 한쪽 눈은 감겨 있었다. 다른 쪽 눈은 별 모양의 구멍이었다.

"말 좀 하라고," 카이오와가 말했다.

매복

내 딸 캐슬린이 아홉 살 때 나더러 사람을 죽인 적 있느냐고 물었다. 그 애는 그 전쟁에 관해 알았다. 아빠가 군인이었다는 걸 알았다. "아빠가 이런 전쟁 이야기를 계속 쓰니까," 그 애가 말했다. "난 아빠가 진짜로 사람 죽였다고 생각하게 되잖아." 난감한 순간이었지만 나는 옳다고 생각되는 일을 했고, 즉 "물론 그런 적 없지" 하고 말했고, 그러고 나서 딸아이를 내 다리에 올리고 잠시 안고 있었다. 언젠가 그 애가 다시 물어봐주었으면 좋겠다. 일단 여기서는 그 애가 다 컸다고 가정하고 싶다. 무슨 일이 있었는지 혹은 있었다고 기억되는지 그 애한테 정확히 들려주고 싶고, 그러고서 네가 아이였을 때 한 말이 절대적으로 옳았다고 말하고 싶다. 내가 전쟁 이야기를 계속 쓰는 이유는 이렇다.

그는 키가 작고 가느다란 스무 살가량의 청년이었다. 나는 그가 두려웠고——무언가 겁이 났고——그가 오솔길에서 나를 지나갈 때 그의 발치에서 터져 목숨을 앗아 갈 수류탄을 던졌다.

아니, 더 앞으로 감아보자.

자정이 막 지나자 우리는 미케 외곽에 있는 매복 장소로 이동했다. 소대 전체가 거기서 오솔길을 따라 늘어선 울창한 덤불에 흩어져 있었고 다섯 시간 동안 아무 일도 일어나지 않았다. 우리는 둘씩 짝을 지어 매복했는데—하나가 자는 동안 하나는 불침번을 섰고 두 시간마다 교대했다—카이오와가 말번(末番)을 서라며 나를 흔들어 깨웠을 땐 아직 어두웠던 기억이 난다. 안개가 자욱하고 후텁지근한 새벽이었다. 처음 얼마간은 방향 분간 못 하고 갈피를 못 잡은 채 철모와 무기를 찾느라 더듬거렸다. 나는 손을 뻗어 수류탄 세 개를 찾고 그걸 내 앞에 정렬해두었다. 즉각 던질 수 있게 안전핀은 벌써 똑바로 펴둔 상태였다. 그 뒤 약 30분 동안 나는 거기 꿇고서 기다렸다. 새벽빛이 아주 서서히, 작은 조각들로 안개를 가르고 나타나기 시작했고, 덤불 속의 내 자세로는 오솔길이 10미터에서 15미터까지 보였다. 모기들은 맹렬했다. 기억하건대 녀석들을 손바닥으로 때려잡는 동안 카이오와를 깨워 방충제를 달라고 해야 하나 고민하다가 이내 별로다 싶은 생각에 고개를 들고 보니 그 청년이 안개 속에서 모습을 드러내고 있었다. 그는 검정색 옷과 고무 샌들과 회색 탄띠를 걸치고 있었다. 그의 어깨는 살짝 굽어 있었고 무언가에 귀 기울이듯 고개를 옆으로 젖히고 있었다. 그는 편안해 보였다. 그는 총구가 아래로 향하도록 한 손에 무기를 들고서 급할 것 없는 태도로 오솔길 한가운데를 나아가고 있었다. 소리는 전혀 없었다—기억에 남아 있는 소리가 없다. 어떤 면에서 그는 아침 안개 혹은 내 상상의 일부 같았지만 내 배 속에서는 한편 현실감이 일고 있었다. 나는 이미 수류탄에서 안전핀을 뽑은 채였다. 나는 진작

포복 자세가 되었다. 완전히 자동이었다. 나는 그 청년을 미워하지 않았다. 나는 그를 적으로 보지 않았다. 나는 도덕이나 정치나 병역에 관한 문제를 곰곰이 생각해보지 않았다. 나는 머리를 낮추고 포복했다. 나는 속에서 올라오는, 레모네이드처럼 과일 향이 나는 시큼한 게 뭔지는 몰라도 꾹 삼키느라 애썼다. 나는 겁에 질려 있었다. 사람을 죽인다는 생각은 없었다. 수류탄이 그를 사라지게 만들 거라서 — 단지 증발시킬 거라서 — 나는 상체를 뒤로 젖혔고 머릿속이 새하얘졌다가 다시 채워지는 걸 느꼈다. 나는 스스로에게 던지라고 말하기도 전에 이미 수류탄을 던져버렸다. 덤불이 울창해서 겨냥않고 높이 넘겨야 했는데 마치 카메라 셔터를 누른 것처럼 수류탄이 허공에서 순간적으로 멈춘 듯하던 기억이 나고, 내가 웅크린 몸으로 숨을 참고서 땅에서 피어오르는 아지랑이를 보고 있던 기억이 난다. 수류탄은 한 번 튕기더니 오솔길을 데구루루 굴렀다. 나는 소리를 듣지 못했지만 소리가 난 건 분명한데, 왜냐하면 그 청년이 총을 떨구고 고작 두세 걸음 황급히 내달았기 때문이다. 그러더니 그는 머뭇대다 제 오른쪽으로 홱 돌아 수류탄을 힐끔 내려다보고는 머리를 감싸려 했으나 그러지 못했다. 그 순간 그가 죽을 거라는 생각이 내게 스쳤다. 난 그에게 조심하라고 알리고 싶었다. 수류탄에서 펑 하는 소음이 났고 — 조용하지도 시끄럽지도 않았다 — 내 예상과 달랐다 — 한 모금의 먼지와 연기가 일었고 — 부피가 작은 하얀 모금이었다 — 청년은 보이지 않는 선이 잡아당긴 듯 위쪽으로 홱 딸려 올라갔다. 그는 등으로 추락했다. 그의 고무 샌들은 날아가버린 채였다. 그는 오른쪽 다리가 접혀서 몸 아래 깔린 채 오솔길 한중간에 누워 있었고, 한쪽 눈은 감겨 있었고, 다른 쪽 눈은 별 모양의 커다란 구멍이었다.

그것은 내게 생사의 문제가 아니었다. 나는 진짜 위험에 처해 있지 않았다. 그 청년은 십중팔구 나를 지나쳤을 것이다. 그 일은 언제나 그런 식일 것이다.

나중에 카이오와가 그 남자는 어쨌든 죽었을 거라고 나를 이해시키느라 애쓰던 기억이 난다. 그는 잘 죽였다고, 나는 군인이고 이건 전쟁이라고, 내가 마음을 다잡고 그만 들여다보고 만약 반대의 입장이었다면 죽은 남자가 무슨 짓을 했을지 자문해봐야 한다고 내게 말했다.

그런 건 하나도 중요하지 않았다. 그 말이 훨씬 더 난해한 것 같았다. 내가 할 수 있는 일이라곤 죽은 청년의 시신에 드러난 사실을 보고 입을 헤벌리는 것뿐이었다.

지금도 나는 해결을 보지 못했다. 나는 가끔은 나를 용서하고 가끔은 나를 용서하지 않는다. 평범한 일상 중에는 그 생각에 몰두하지 않으려고 하지만 때로는, 가령 신문을 읽고 있거나 방 안에 혼자 가만히 앉아 있다가 고개를 들면 그 청년이 아침 안개 속에서 걸어 나오는 모습을 보곤 한다. 나는 어깨가 살짝 굽은 채 무언가에 귀 기울이듯 고개를 옆으로 젖히고 내 쪽으로 걸어오는 그를 지켜보고, 그는 내게서 몇 야드 안 되는 거리를 지나가면서 어떤 은밀한 생각에 젖어 문득 웃음 짓고는 도로 안개 속으로 굽이진 오솔길을 따라 가던 길을 계속 가곤 한다.

스타일

음악은 없었다. 이제 연기가 되어버린 소녀의 집을 포함해 촌락 대부분이 전소했는데도 소녀는 눈을 반쯤 감고 맨발로 춤을 추었다. 그 애는 열네 살쯤 되었다. 검은 머리에 갈색 피부였다. "쟤 왜 춤추는 거야?" 아자가 의아해했다. 우리는 잔해를 샅샅이 뒤졌지만 건질 게 별로 없었다. 랫 카일리가 저녁거리로 닭을 잡았다. 크로스 중위는 무장 헬기에 무전을 치더니 돌아가라고 알렸다. 소녀는 거의 발가락으로 딛고 춤을 추었다. 그 애는 집 앞의 먼지 속에서 스텝을 종종거리며 어떨 땐 한 바퀴 천천히 돌고 어떨 땐 저 혼자 웃었다. "쟤 왜 춤추는 거야?" 아자가 묻자 헨리 도빈스가 왜인지는 중요하지 않다고, 그냥 춤추는 거라고 말했다. 얼마 뒤 우리는 집 안에서 그 애의 가족을 찾았다. 그들은 끔찍하게 불에 타 죽어 있었다. 대가족은 아니었다. 젖먹이 하나에 할머니 하나 그리고 나이를 가늠하기 어려운 여자 하나. 우리가 그들을 끌어냈는데도 소녀는 춤을 멈추지 않았다. 그 애는 분명 무슨 의미가 있는 것처럼 두 손바닥을 양쪽 귀에 대더니 잠깐 동안은 옆으로 옆으로, 그다음엔 뒤로 춤을 추었다. 그 애는 엉덩이로 우아한 동작을 했다. “아, 통 모르겠네,” 아자가 말했다. 초가집에서 피어오르는 연기에서 지푸라기 냄새가 났다. 연기는 마을 광장을 가로질러 발돼기까지 건너갔는데 더는 자욱하지 않은 것이 어떻게 보면 안개처럼 부옇게 일렁거리는 잔물결에 지나지 않았다. 돼지들도 죽어 있었다. 소녀는 발끝을 딛고 올라 한 바퀴 천천히 돌았고 연기를 가르며 춤췄다. 그 애의 얼굴은 조용하고 차분한, 꿈결 같은 표정이었다. 얼마 뒤 우리가 촌락을 나가는데도 그 애는 여전히 춤추고 있었다. “아마 어떤 괴상한 의식일 거야,” 아자가 말했으나 헨리 도빈스는 뒤를 돌아보더니 아니라고, 저 애는 단지 춤을 좋아할 뿐이라고 말했다.

그날 밤, 우리가 연기 자욱한 마을을 벗어나 행군을 마친 이후 아자가 소녀의 춤을 흉내 냈다. 그는 우스꽝스러운 도약과 회전을 했다. 그는 두 손바닥을 양쪽 귀에 대더니 잠깐 동안은 옆으로 옆으로, 그다음엔 뒤로 춤을 추다가 엉덩이로 야한 짓을 했다. 하지만 거구답지 않게 움직임이 우아하던 헨리 도빈스는 아자를 뒤에서 잡아 번쩍 들어 올리더니 깊은 우물에 들이밀고는 빠지고 싶으냐고 물었다.

아자는 싫다고 말했다.

“좋아, 그럼,” 헨리 도빈스가 말했다. “제대로 춰.”

용기에 관해 말하기

전쟁은 끝났고 딱히 갈 곳은 없었다. 노먼 보커는 타르 포장이 된 호수 주변 7마일(약 11킬로미터)의 순환도로를 돌았고, 그러더니 처음부터 다시 천천히 운전해 가면서 아버지의 커다란 셰비 안에서 안정감을 느끼며 가끔씩 호수 쪽으로 고개를 돌려 배들과 수상스키 타는 사람들과 풍경을 바라보았다. 주일에다 여름이었고 마을은 여느 때와 다르지 않은 듯했다. 호수는 단조로웠고 햇빛을 받아 은빛으로 빛났다. 도로를 따라 늘어선 집들은 하나같이 나직한 데다 복층 구조(split-level)에 현대식으로, 커다란 현관과 전망창이 물가를 향해 있었다. 잔디밭들은 널찍했다. 부동산 가치가 제일 높은 호수 쪽 도로변에는 밝은 페인트칠에다 관리를 잘한 잘빠진 집들이 호수로 내뻗은 선창, 캔버스 천을 덮고 정박한 배, 정돈된 정원, 심지어 어떤 때는 정원사, 바비큐 석쇠와 꼬치가 있는 돌 깔린 테라스, 누가 사는지 말해주는 널빤지와 함께 단단하게 뿌리내리고 있었다. 도로 너머 그 맞은편, 즉 그의 왼편에 있는 집들도 잘빠지긴 마찬가지였지

들은 흔한 무공을 기렸다. 매일 반복되는 — 마냥 짊어지고 견디는 — 규칙적인 과업이지만 그것도 뭔가 가치는 있잖아, 안 그래? 그래. 가치가 크지. 벽장 속 군복에 부착된 훈장들은 보기 좋았고, 만약 아버지가 물어보면 그는 각각 무슨 의미가 있는지, 그리고 전부 자랑스럽지만 그중에서도 전투 보병 기장이 얼마나 자랑스러운지 설명했을 텐데, 왜냐하면 그 기장은 그가 거기서 진짜 군인으로 복무하며 군인이 할 일을 다 했다는, 따라서 스스로를 남달리 용감하다 추켜세우지 못해도 꿀릴 것 없다는 뜻이었기 때문이다.

그러고 나면 그는 자기가 받지 못한 훈장과 그 이유에 관해 들려주었을 것이다.

"저 은성 훈장 받을 뻔하다 말았어요," 그는 말했을 것이다.

"어쩌다가?"

"그냥 사연이 있어요."

"얘기해보렴," 그의 아버지는 말했을 것이다.

그러면 노먼 보커는 호수를 천천히 돌면서 뜨라봉강에 관한 묘사로 입을 뗐을 것이다. "강이에요," 그는 말했을 것이다. "이것처럼 느리고 단조로운 흙탕물 강이에요." 그는 건기에는 그 강이 다른 강들과 마찬가지로 특별할 것 없지만 10월에 우기가 시작되면 상황이 싹 달라진다고 설명했을 것이다. 비가 일주일 내리 한 차례도 멈추지 않아서 며칠 뒤 뜨라봉강은 범람했고, 양쪽 방면의 땅 모두 4분의 1마일(약 400미터)에 걸쳐 깊고 질척거리는 오물로 변해버렸다. 딱 오물이었다 — 달리 걸맞은 단어가 없었다. 엄청난 악취 빼고는 모래늪과 비슷했다. "잠도 못 잘 정도였어요," 그는 아버지한테 말할 것이다. "밤에 높은 데 올라가서 선잠을 잤는데, 그러다 진흙에 몽땅 파묻혀서 잠이 깼어요. 그냥 잠기는 거예요. 진흙이 몸 위로 차오르고 뭐랄까 빨아들이는 게 느껴져요. 그러는 내내 비는 죽죽 내리고요. 그러니까 비가 아예 멈추질 않았다고요, 한 번도요."

"꽤나 축축하게 들리는구나," 그의 아버지가 말하고는 한숨 돌렸을 것이다. "그래서 어떻게 됐니?"

"정말 듣고 싶으세요?"

"얘야, 난 네 **아비**야."

노먼 보커는 웃음을 지었다. 그는 호수를 건너다보며 혀가 진실을 배신하는 느낌이 어떤지 떠올려보았다. "음, 이때 한 번, 강에 나가 있던 그날 밤…… 저는 그렇게 용감하지 못했어요."

"훈장을 일곱 개나 받았잖니."

"물론이죠."

"일곱 개야. 세어보렴. 네가 비겁자는 아니라는 거야."

"글쎄요, 아마 그렇겠죠. 하지만 저는 기회가 있었는데 날려먹었어요. 악취가, 그게 절 괴롭혀서요. 그 빌어먹을 끔찍한 **냄새**가 견딜 수 없었어요."

"말하기가 어려우면 ——"

"정말로 말하고 싶어요."

"그럼 좋아. 천천히 부드럽게, 여유를 갖고."

도로는 마을 변두리로 빠져 북서쪽으로 꺾이며 주니어 칼리지와 테니스장을 지난 다음 셔터쿼(Chautauqua) 파크를 지났는데 그곳에는 색깔 있는 비닐을 깐 소풍용 탁자들이 펼쳐져 있었고 나들이객들이 접의자에 앉아 음악당에서 들려오는 고등학교 악단의 수자 행진곡을 듣고 있었다. 몇 블록을 뒤로하자 음악은 잦아들었다. 그는 우거진 느릅나무 아래와 해안 따라 늘어진 길을 차례로 달린 뒤 시영 선창을 지났는데 그곳에서는 칠부바지를 입은 한 여자가 메기를 낚으려고 서서 낚싯줄을 던지고 있었다. 호수에는 퍼치와 몇몇 쓸모없는 잉어 외에 다른 물고기가 없었다. 수영과 낚시 모두에 형편없는 호수였다.

그는 차를 천천히 몰았다. 급하지 않았고 갈 곳도 없었다. 셰비 실내는 찬 공기에서 기름 냄새가 났고 그는 엔진과 에어컨의 안정된 소리를 즐겼다. 관광버스 느낌도 났으나 다만 관광 중인 마을이 죽은 것처럼 보인다는 점이 달랐다. 스톱모션 사진처럼 창을 통해 내다본 그곳은 신경가스가 살포된 듯 모든 게, 심지어 사람조차 정적이고 활기 없었다. 그 마을은 말할 줄도 들을 줄도 몰랐다. "전쟁 이야기 들려드릴까요?" 그가 물어보았는지는 모르지만 그 마을은 눈을 껌뻑이며 어깨를 으쓱할 줄만 알았다. 그곳은 기억을 가지고 있지 않았고, 따라서 죄책감도 없었다. 세금은 걷혔고 투표는 집계되었고 정부 기관은 사무적으로 정중하게 제 일을 했다. 사무적이고 정중한 마을이었다. 그곳은 똥에 관한 똥 같은 얘기는 알지 못했고 알고 싶어 하지도 않았다.

노먼 보커는 등을 파묻고 자기가 그 주제에 관해 무슨 얘기를 할 수 있을지 생각했다. 그는 똥 얘기를 할 줄 알았다. 그건 그의 주특기였다. 그중에서도 냄새. 하지만 질감도 맛도 다양하기 이를 데 없었다. 언젠가 그는 그것을 화제로 강연할 것이다. 한 벌로 된 정장을 걸치고 넥타이를 매고 키와니스 클럽 단상에 올라 그 새끼들한테 그가 아는 온갖 경이로운 똥 얘기를 들려줄 것이다. 괜찮다면 견본을 들이대면서.

그는 이런 생각에 웃으며 핸들을 꽉 잡고 살며시 우중간으로 돌렸고, 차는 시계방향의 부드러운 움직임으로 곡선 도로를 탔다. 세비는 제 길을 아는 것 같았다.

태양은 이제 더 낮아졌다. 5시 55분, 그는 판단했다 — 6시 정각, 정점.

사용하지 않는 지선 철도를 따라 네 명의 작업자가 어둑해진 붉은 열기 속에서 저녁 불꽃놀이를 위한 기반과 철제 발사대를 설치하느라 작업 중이었다. 그들은 카키색 바지, 작업용 셔츠, 챙 달린 캡 그리고 갈색 장화 복장이었다. 그들의 낯은 거멓고 얼룩투성이였다. "내가 받을 뻔한 은성 훈장 얘기 들어볼래요?" 노먼 보커가 속삭였지만 작업자들 중 누구도 쳐다보지 않았다. 그들은 나중에 하늘로 색깔을 쏘아 올릴 것이다. 호수는 거울처럼 빨강과 파랑과 녹색으로 반짝일 것이고 나들이객들은 낮은 소리로 감탄할 것이다.

"음, 들어보세요, 비가 한 번도 그치질 않았어요," 그는 말했을 것이다. "사방이 오물이라 거기서 벗어날 수가 없는 거예요."

그는 잠깐 말을 끊었을 것이다.

그러고 그는 그들이 뜨라봉강 변의 들판에서 야영한 그날 밤에 관해서 털어놓았을 것이다. 강가의 넓고 질퍽질퍽한 들판. 하류로 50미터 떨어진 곳에 촌락이 있었고 나이 든 마마상들이 열둘은 달려나와 고래고래 소리를 질렀다. 정신없는 광경이었다고 그는 말했을 것이다. 마마상들은 거기 그냥 서서 흠뻑 젖어가며 이 들판이 얼마나 형편없는 곳이냐고 시끄럽게 떠들어댔다. 최악이야, 그들은 말했다. 저주받은 땅이야. 착한 미군이 있을 데가 하나도 없어. 지미 크로스 중위는 급기야 권총을 꺼내 몇 발 쏘아 날리는 것으로 그들을 쫓아야 했다. 그때쯤 날은 어둑했다. 그래서 그들은 방어선을 구축하고 식량을 먹은 다음 각자 판초로 기어들어 하룻밤을 차분히 보내려고 애썼다.

하지만 비는 점점 거세졌다. 그러다가 자정께 들판이 수프로 변했다.

"막 이렇게 깊은 질퍽질퍽한 수프요," 그는 말했을 것이다. "하수나 뭐 그런 거랑 같아요. 걸쭉한 곤죽 같은. 잠을 못 잘 정도라니까요. 수프 밑으로 점점 가라앉으니까 오래는 누워 있지도 못해요. 진짜 진득거리고요. 군화랑 속옷에 침전물이 차오르는 게 느껴져요."

이 부분에서 노먼 보커는 낮아진 태양에 눈을 찡그렸을 것이다. 그는 자기 연민 없이 차분한 목소리를 유지했을 것이다.

"그래도 가장 끔찍한 건," 그는 소리 죽여 말했을 것이다. "냄새였어요. 일부는 강이 원인인데—썩은 물고기 냄새가 나거든요—그거 말고도 또 있었죠. 결국 누군가 알아냈어요. 뭐였냐면, 거기가 똥밭이었던 거예요. 마을 변소요. 실내에 배관이 없으니까요, 그렇잖아요? 그래서 그 사람들이 그 들판을 이용했던 거예요. 그러니까 우리가 망할 똥밭에서 야영을 했던 거죠."

그는 샐리 크레이머가 눈을 질끈 감는 상상을 했다.

그녀가 여기 차 안에, 그와 함께 있었다면 말했을 것이다. "그만해. 그 단어 싫어."

"사실이 그런걸."

"알았어, 그래도 그 단어는 쓰지 마."

"좋아. 그럼 뭐라고 부를까?"

그녀는 눈을 흘겼을 것이다. "몰라. 그냥 그만해."

분명 샐리 크레이머한테는 맞지 않는 이야기라고 그는 생각했다. 그녀는 이제 샐리 거스터프선이었다. 의심할 나위 없이 맥스는 이 이야기를, 특히 그 아이러니를 좋아했을 테지만 맥스는 순 관념이 되어버렸고 그것은 그것대로 아이러니였다. 그것은 그냥 운 없는 일이었다. 만약 그의 아버지가 여기 있었다면, 조수석에 앉아 호수를 돌았다면 아마 그 노인은 그를 잠시 훑어보고는 중요한 건 상스러운 말투가 아니라 사실 여부임을 완전히 이해했을지 모른다. 그의 아버지는 한숨을 내쉬고 팔짱을 낀 채 기다려주었을 것이다.

"똥밭이었어요," 노먼 보커는 말했을 것이다. "잘하면 그날 밤에 은성 무공훈장을 받을 수도 있었죠."

"그래," 그의 아버지는 나직하게 말했을 것이다. "무슨 얘긴지 알겠구나."

셰비는 고가교를 건넌 뒤 타르 포장이 된 좁은 도로를 부드럽게 굴러갔다. 오른쪽으로 호수가 트여 있었다. 왼쪽으로는 도로 너머로 잔디 대부분이 10월의 옥수수처럼 그을다 못해 말라 있었다. 스프링클러가 하릴없이 빙빙 돌면서 메이슨 박사의 채소밭에 호숫물을 흩뿌렸다. 대평원은 이미 건조하게 익어버렸지만 8월에는 더 악화될 것이다. 호수는 조류가 끼어 녹색으로 변하고, 골프장은 타들어가고, 잠자리는 마실 물을 갈구하며 말라비틀어질 것이다.

커다란 셰비는 곡선을 돌아 센테니얼 비치와 A&W 루트비어* 가판을 지났다.

호수를 돈 지 여덟 바퀴째였다.

---

* 알코올이 없는 탄산음료의 일종.

그는 선창과 널빤지가 있는 잘빠진 집들을 지나 도로를 따라갔다. 다시 슬레이터 파크, 둑길, 선셋 파크 주변, 마치 트랙을 돌듯이.

두 남자아이는 아직도 터덕터덕 걸으며 7마일 하이킹을 하고 있었다.

멀리 호수에서는 남자가 시동 꺼진 모터보트 위에서 엔진을 만지작거리고 있었다. 물닭 한 쌍은 나무로 만든 미끼처럼 떠다녔고 수상스키 타는 사람들은 그을어 탄탄해 보였고 고등학교 악단은 악기를 정리하고 있었고 칠부바지를 입은 여자는 또 한 번 낚싯줄을 던지려고 낚싯바늘에 미끼를 참을성 있게 달았다.

별나다고 그는 생각했다.

무더운 여름날이었고 죄다 별나고 동떨어져 있었다. 네 명의 작업자는 저녁 불꽃놀이 준비를 거의 마친 상태였다.

다시 태양을 마주하고서 노먼 보커는 7시 정각이 다 되었을 거라고 판단했다. 얼마 지나지 않아 지친 라디오 아나운서가 일요일의 깊은 낮잠에 들도록 스스로를 도닥이는 목소리로 시간을 밝혀주었다. 맥스 아널드가 여기 있었다면 그 아나운서의 피로에 관해 한마디 하며 그것을 하늘의 밝은 분홍빛과, 전쟁과, 용기와 관련지었을 것이다. 가버린 맥스가 가여웠다. 그리고 당신의 전쟁을 치르고 지금은 침묵을 선호하게 된 아버지가 가여웠다.

아직도 할 말이 너무 많았다.

비가 어찌나 그치질 않던지. 한기가 어찌나 뼛속에 스며들던지. 때로 세상에서 가장 용감한 일은 밤새 앉아서 뼛속의 한기를 느끼는 일이었다. 용기가 언제나 예, 아니요의 문제였던 건 아니다. 때로 그것은 한기처럼 정도의 문제로 다가왔다. 때로 어느 선까지는 매우 용감하다가도 그 선을 넘으면 별로 용감하지 못했다. 어떤 상황에서는 놀라운 일을 해내다가도, 적의 포화 속을 전진하다가도 다른 상황에서는, 별로 나쁘지 않다 싶은 상황인데도 눈을 뜨고 있기가 힘들었다. 똥밭에서 보낸 그날 밤처럼 때로 용기와 비겁함은 뭔가 작고 시시한 차이가 있었다.

땅이 부글거리던 모습. 그리고 그 냄새.

그는 부드러운 목소리로, 과장하지 않고서 정확한 진실을 들려주었을 것이다.

"밤늦게," 그는 말했을 것이다. "박격포 공격이 있었어요."

그는 아직도 얼마나 많은 비가 내리고 있었는지, 구름과 들판이 얼마나 바짝 붙어 있었는지, 박격포탄이 구름을 뚫고 곧장 날아드는 모습이 어땠는지 설명했을 것이다. 모든 게 캄캄하고 축축했다. 들판이 마구 터져나갔다. 비와 오물과 파편으로 도망갈 곳이 없었고 그들이 할 수 있는 일은 진흙을 꾸물꾸물 파고들어 몸을 숨기고 기다리는 것뿐이었다. 그는 자기가 본 기이한 광경을 묘사했을 것이다. 비정상인 광경. 이를테면 어느 시점인가 진창에 들어가 있자니 웬 동료 녀석이 그의 곁에서 몸을 완전히 파묻은 채 얼굴만 내놓고 있음을 알아차린 일, 그리고 조금 뒤 그 녀석이 눈알을 굴리다 그에게 윙크를 날린 일. 소음은 격렬했다. 우렁찬 천둥소리, 박격포탄의 폭발음, 사람들의 고함. 몇몇 대원이 조명탄을 쏘아 올리기 시작했다. 빨강색과 녹색과 은색의 조명, 모든 색이 있었고 비가 총천연색으로 내렸다.

들판은 부글부글 끓고 있었다. 포탄이 깊고 질퍽질퍽한 분화구를 만들면서 수 세기는 쌓였음 직한 오랜 세월의 쓰레기를 열어젖혔고 그 냄새가 땅에서 거품과 함께 올라왔다. 포탄 두 발이 근처를 때렸다. 그러고 세 번째 포탄이 더 가까이에서, 즉시, 그의 왼쪽에서 터졌고 그는 누군가의 비명을 들었다. 카이오와였다 — 녀석이란 걸 알았다. 만신창이에 피가 엉겨 붙은 소리였지만 그래도 그는 그 목소리를 알았다. 가르랑대는 기이한 잡음이었다. 그는 옆으로 굴러 비명이 나는 어둠 쪽으로 기어갔다. 비는 거세고 부지런하게 내렸다. 방어선 쪽에서 재빨리 일제 포격이 있었다. 또 다른 포탄이 지척에서 터져 똥과 물을 흩뿌리는 바람에 그는 얼마간 진흙에 몸을 파묻었다. 그는 제 심장판막 소리가 들렸다. 경첩이 빠르게 젖혀지며 작동하는 소리가 들렸다. 그는 놀랍다는 생각이 들었다. 그가 나오자 한 쌍의 붉은 조명탄이 부드럽고 뿌연 빛을 뻐끔 터뜨렸고, 그 빛으로 카이오와의 크게 뜬 두 눈이 거품 속에 가라앉는 모습이 보였다. 그가 할 수 있는 일은 지켜보는 것뿐이었다. 그는 자신의 신음 소리가 들렸다. 그러다 그는 다시 몸을 움직여 비스듬하게 나아갔으나 그가 다다랐을 때 카이오와는 철저하다시피 가라앉아 있었다. 무릎 하나가 보였다. 한쪽 팔, 금색 손목시계, 한쪽 군화 일부가 보였다.

그다음에 무슨 일이 있었는지 그는 한 번도 묘사할 수 없었지만 어쨌든 노력은 해보았을 것이다. 누군가 들어줄 사람에게 실제같이 들리도록 신중하게 말했을 것이다.

카이오와의 머리가 있어야 할 곳에서 거품이 일었다.

왼손은 펼친 채 손끝이 말려 있었다. 손가락은 더러웠다. 손목시계는 걸쭉한 물에 잠기면서 인광성의 초록빛을 냈다.

그는 이런 얘기를 했을 것이고, 나아가 그가 카이오와의 군화를 붙잡아 끄집어내려고 얼마나 안간힘을 썼는지 들려주었을 것이다. 그가 힘껏 잡아당겼지만 카이오와는 사라졌고, 그러자 갑자기 그 자신도 사라지는 느낌이 들었다. 그의 코와 눈은 똥 범벅이었다. 조명탄과 박격포탄이 날아다녔고, 오만 데서 — 그의 속, 그의 폐에서 — 악취가 났고, 그는 더 이상 견딜 수 없었다. 여기서는 아니야, 그는 생각했다. 이렇게는 아니야. 그는 카이오와의 군화를 놓았고 점점 멀어지는 모습을 지켜보았다. 그는 천천히, 한 발 한 발 신중히 디뎌 제 몸을 깊은 진창 밖으로 끄집어냈고, 그러고 나서 가만히 누워 입안의 똥을 맛보면서 눈을 감은 채 빗소리와 폭발음과 거품 소리를 들었다.

그는 혼자였다.

그는 무기를 잃어버렸지만 그건 중요하지 않았다. 목욕 생각만이 간절했다.

다른 건 필요 없어. 뜨거운 거품 목욕 한 번만.

호수를 돌면서 노먼 보커는 제 친구 카이오와가 쓰레기와 오수 속으로 어떻게 사라졌는지 기억을 더듬었다.

"저는 광분 상태가 아니었어요," 그는 말했을 것이다. "침착했다고요. 일이 잘 풀렸으면, 그 냄새가 아니었으면 은성 훈장을 받았을 거예요."

괜찮은 전쟁 이야기라고 그는 생각했지만 그것은 전쟁 이야기를 위한 전쟁도, 무용담을 위한 전쟁도 아니었고 마을 사람 누구도 그 지독한 악취에 관해 알고 싶어 하지 않았다. 그들은 선의와 선행을 원했다. 하지만 사실 마을은 떳떳했다. 그곳은 작고 친절한 마을로 매우 번창했고 정돈된 집들과 모든 위생적인 편의 시설이 있었다.

노먼 보커는 담배에 불을 붙이고 창문을 돌려 열었다. 7시 35분이라고 그는 판단했다.

호수는 양분돼 있었다. 반은 아직도 반짝반짝 빛났고 반은 그늘져 있었다. 두 남자아이는 둑길을 따라 행군을 계속했다. 시동 꺼진 모터보트에 탄 남자는 광분하며 엔진 끈을 잡아당겼고 물닭 두 마리는 호수 바닥에서 저녁거리를 찾느라 꼬리를 깐닥거렸다. 그는 선셋파크를 다시 한 번 지난 다음 더 많은 집들을, 그러고 주니어 칼리지와 테니스장을, 그러고 지금은 자리를 잡고 앉아 저녁 불꽃놀이를 기다리는 나들이객들을 지났다. 고등학교 악단은 가버리고 없었다. 칠부바지를 입은 여자는 참을성 있게 낚싯줄을 만지작거렸다.

아직 어스름이 깔리기 전인데도 A&W 가판은 이미 네온등을 뒤집어쓰고 있었다.

그는 아버지의 셰비를 주차 공간 한쪽에 대고 공회전하게 놔둔 채 뒤로 기댔다. 그곳은 공휴일 사업 수완이 좋았다. 아이들이 대부분인 것 같았고 그날따라 농부도 몇 있었다. 그가 아는 얼굴은 하나도 없었다. 드라이브인 식당에서 일하는 마르고 엉덩이가 빈약한 젊은 여종업원이 지나갔는데 그가 경적을 울려도 알아차리지 못한 것 같았다. 그녀는 곁눈질을 했다. 그녀는 파이어버드 창틀에 쟁반을 걸쳐놓고 몸을 수그린 채 안에 있는 세 남자아이와 노닥거리면서 가볍게 소리 내어 웃었다.

그는 부드러운 저녁노을 속에서 투명 인간이 된 느낌이었다. 직진, 테이크아웃 카운터 상단, 알루미늄 벌레 퇴치기에 날아들어 제풀에 감전사하는 모기떼.

침착하고 조용한 여름날 저녁이었다.

그는 다시 빵 울리고 이번에는 경적에 기대어 있었다. 젊은 여종업원이 어리둥절한 듯 천천히 돌아보더니 파이어버드 안의 남자아이들한테 뭐라 말하고서 그가 있는 쪽으로 마지못해 다가왔다. 그녀의 셔츠에는 **엄마 손 버거**라고 적힌 배지가 부착돼 있었다.

그녀가 창가에 다가와 너무 똑바로 허리를 세우는 바람에 그는 배지밖에 보이지 않았다.

"엄마 버거랑," 그가 말했다. "프렌치프라이도 있으면 주세요."

여자아이가 한숨을 내뱉고 허리를 수그리더니 고개를 설레설레 했다. 그녀의 눈은 솜사탕만큼 가볍고 거품 같았다.

"안 보여요?" 그녀가 말했다.

그녀는 손을 내밀어 철 기둥에 부착된 인터폰을 톡톡 두드렸다.

"버튼을 때려서 주문을 하시라고요. 저는 바보 같은 쟁반만 나르니까요."

그녀는 잠시 그를 빤히 쳐다보았다. 거품 같은 눈초리가 언뜻 못미더워하는 것 같다는 생각이 드는 사이 그녀는 몸을 돌려 그 대신 버튼을 때려주고 파이어버드에 있는 제 친구들에게 돌아갔다.

인터폰이 지지직거리더니 말했다. "주문하세요."

"엄마 버거랑 프렌치프라이," 노먼 보커가 말했다.

"확인, 이상 무. 홍분제(rootie-tootie)는 안 필요한가?"

"홍분제?"

"어허, 알면서 그래 — **루트**비어 말이야."

"작은 걸로 줘."

"알았다, 오버. 반복한다. 엄마 하나, 프라이 하나, 루트비어 소짜 하나. 집중포화. 대기."

오후면 YMCA에서 즉석 농구를 했고, 그러고 나서 밤에는 아버지의 차로 대개 혼자서, 또는 여섯 개들이 맥주와 함께 마을을 유랑했다.

“문제는,” 그는 적었다. “갈 곳이 없다는 거야. 볼품없는 작은 마을이니까. 주로 그래. 내 인생이 그래. 내가 저기 베트남에서 거의 죽은 것 같다고 할까…… 설명하기가 어려워. 카이오와가 죽던 날 밤에 나도 뭐랄까, 녀석이랑 하수 속으로 가라앉은 거지……. 아직도 깊은 똥 속에 있는 것 같아.”

편지는 수기로 장장 열일곱 장에 달했고 어조는 자기 연민에서 분노로 아이러니로 죄책감으로 일종의 위장된 무관심으로 불쑥불쑥 바뀌었다. 그는 감정을 어쩔 줄 몰랐다. 예를 들어 편지 중반에 그는 불평이 너무 많다고 스스로를 질책했다.

> 맙소사, 이거 참전 용사가 신세 한탄하면서 딸딸이 치는 소리 같네. 미안해. 나 머리 이상해진 거 아니야 — 심지어 악몽도 전혀 안 꿔. 게다가 누가 나를 홀대한다거나 뭐 그렇게 느끼지도 않고. 이따금 사람들이 자기 질문이 무례할까 봐 지레 겁먹고 **너무** 친절하고 예의 바르게 굴 때만 아니면……. 하지만 내가 욕을 해선 안 되지. 내가 싫어하는 하나가 — 진짜 싫은 건데 — 징징거리는 참전 용사들이니까. 자기가 퍼레이드 한 번 못 받았다고 투덜거리는 놈들. 그런 순 쓰레기들. 내 말은, 제정신이면 누가 **퍼레이드**를 바라겠어? 아니, 애국심에 불타는 멍청이 떼가 등 두드려주길 누가 바라겠느냐고. 그치들이 사람 죽이는 거나 총 맞는 거나 비 맞으면서 자는 거나 친구가 진흙탕에 가라앉는 게 뭔지 쥐뿔이나 알아? 그걸 누가 **바라는데**?
>
> 어쨌든 난 기본적으로 만사형통이야. 고비를 넘겼으니까! 그러니까

언제 한번 들러서 같이 여자도 낚고 수다도 떨고 오래된 전쟁 뻥카나 늘어놓지 않을래? 오랫동안 훌륭한 이빨을 까자고, 알았지?

나는 그 얘기가 나오겠다는 느낌이 들었고 편지가 끝나갈 즈음 그 얘기는 나왔다. 그는 내 첫 책 『내가 전장에서 죽으면』*을 읽었고 '정치적으로 물러터진 부분'**을 빼고는 좋았다고 설명했다. 그는 그 책이 자기한테 무척이나 의미심장하다고, 그 책이 촌락과 논과 강, 온갖 종류의 기억을 한껏 불러일으킨다고, 그리고 대부분 가명을 쓰긴 했지만 자기를 포함해 책 속 인물 거의 모두를 자기는 알아보았다고 반 페이지에 걸쳐서 이야기했다. 그러더니 보커는 단도직입적으로 그 얘길 꺼냈다.

팀, 네가 할 일은 그 똥구덩이에 빠져 죽은 느낌인 남자에 관해서 이야기를 쓰는 거야. 마음을 가다듬지 못하고 그냥 온종일 차로 마을을 돌면서 어느 망할 곳으로 갈지 어떻게 갈지 갈피를 못 잡는 남자 말이야. 이 남자는 그 일에 관해 이야기하고 싶지만 **그러지 못하지**……. 네가 원하면 이 편지에 적힌 얘기를 사용해도 좋아. (하지만 내 실명은 밝히지 말고, 알았지?) 내가 직접 써보려고 했지만 도저히 말이 안 떨어지는데, 넌 무슨 뜻인지 알 거야, 정확히 뭘 **말해야** 할지 나로선

---

* 팀 오브라이언의 자전적 이야기를 담은, 1973년 발표한 첫 책. 부제를 포함한 제목은 '내가 전장에서 죽으면 상자에 담아 집에 보내주오(If I Die in a Combat Zone: Box Me Up and Ship Me Home)'로 미군, 특히 해병대 군가 제목이기도 하다.

** 리버럴한 정치색을 가리키고 있다.

모르겠어. 그날 밤 들판에서 있었던 일 말이야. 카이오와가 오물 속으로 막 사라지던 모습. 너 거기 있었잖아 — 넌 들려줄 수 있어.

노먼 보커의 편지는 나를 후려쳤다. 몇 년 동안 나는 내가 전쟁에서 평화로 수월하게 건너왔다는 어떤 의기양양함에 젖어 있던 참이었다. 멋지고 부드러운 활공이었다 — 회상도 없고 한밤중에 식은땀도 흘리지 않는. 전쟁은 마침내 끝난 상태였다. 해야 할 일은 계속 나아가는 것이었다. 그래서 나는 베트남에서 대학원으로, 꽝응아이에서 하버드로, 한 세계에서 다른 세계로 우아하게 활주한 데 자부심을 가졌다. 내가 일상적인 대화 때 전쟁에 관해서, 특히 세세한 일들에 관해서 말을 아꼈다고는 하지만, 돌아온 이래로 나는 사실상 글쓰기를 통해 그 이야기를 멈추지 않고 해왔다. 이야기를 하는 게 마치 침을 삼키는 것처럼 자연스럽고 불가피한 과정 같았다. 그것은 일부 카타르시스, 일부 소통으로서 사람들의 셔츠를 움켜잡고 나한테 정확히 무슨 일이 있어났는지, 내가 어떻게 부당한 전쟁에 끌려가 온갖 실수를 저지르고 온갖 끔찍한 짓을 보고 행하도록 스스로를 용납했는지 설명하는 방식이었다.

나는 내 작업을 치유로 여기지 않았고 지금도 그렇다. 하지만 노먼 보커의 편지를 받고 내 머릿속에 불현듯 든 생각은, 어쩌면 마비 또는 그보다 심각한 상황으로 귀결됐을지 모를 기억의 소용돌이를 지나도록 글 쓰는 행위가 나를 인도해주었다는 것이다. 당신은 이야기를 들려줌으로써 경험을 객관화한다. 그것을 당신 자신에게서 분리한다. 당신은 어떤 진실들을 못 박아둔다. 그 밖의 것들은 지어낸다. 때로 당신은 그날 밤 똥밭에서 있었던 일처럼 실제 벌어졌던 사건으로 이야기를 시작하되, 실제로는 일어나지 않았으나 명료성과 설명에 보탬이 되는 사건들을 발명함으로써 이야기를 끌어간다.

어떻든 노먼 보커의 편지는 효과가 있었다. 그 편지는 말이라기보다 절망에 가까워 한 달 넘게 나를 괴롭혔고, 결국 나는 그의 제안을 받아들여 이야기를 쓰기로 결심했다. 그즈음 나는 『카차토를 좇아서』*라는 신작 장편소설을 쓰고 있었는데 어느 날 아침 앉은자리에서 「용기에 관해 말하기」라는 장을 시작해버렸다. 감정 면에서의 핵심은 보커의 편지에서 바로 가져왔다. 그저 이야기가 필요하다는 것. 극적인 틀을 마련하기 위해 나는 사건들을 단일한 시간과 장소로, 즉 한여름 조용한 오후에 호수를 도는 자동차로 축소했고, 호수를 이야기가 돌 궤도로 삼았다. 그가 부탁한 대로 나는 노먼 보커의 실명을 사용하는 대신 내 소설의 주인공인 폴 벌린의 이름을 내세웠다. 풍경은 내 고향에서 상당수 빌려 왔다. 사실은 도매로 훔쳤다. 나는 미네소타주 워딩턴을 ― 호수, 도로, 둑길, 칠부바지 입은 여자, 주니어 칼리지, 잘빠진 집들과 선창과 보트와 공원을 ― 그대로 들어서 몇 백 마일 남쪽으로 옮겨 아이오와 대평원에 심었다.

글쓰기는 빠르고 수월하게 진행됐다. 나는 한두 주 못 되어 초고를 마련했고 다시 일주일간 매만진 뒤 독립된 단편으로 출간했다.

하지만 실패작이라는 느낌이 바로 들었다. 노먼 보커의 이야기 중 세부가 빠져 있었다. 나는 내가 여전히 장편소설의 일부로 구상하던 이 원본에서 똥밭과 비와 카이오와의 죽음을 삭제하고, 그 소

* 원제 Going after Cacciato. 1978년 발표한 팀 오브라이언의 두 번째 장편소설. 이듬해에 전미도서상을 받았다.

재를 그 책의 내러티브에 더 어울리는 사건들로 교체하도록 강요받았다. 그 결과 나는 호수와 들판의 자연스러운 대비를 잃어버렸다. 은유의 통일성이 깨졌다. 그 단편이 필요로 하고 또 가지고 있지 않았던 건 똥밭의 가공할 살상력이었다.

이듬해 장편소설이 진척되면서, 그리고 내 발상이 명료해지면서 그 장이 그보다 큰 내러티브 안에서 설 곳이 없다는 게 명백해졌다. 『카차토를 좇아서』는 전쟁 이야기였다. 「용기에 관해 말하기」는 전후(戰後) 이야기였다. 두 개의 다른 시기, 두 벌의 다른 문제였다. 그 장을 통째로 들어내는 것 말고는 선택지가 없었다. 그 장을 장편소설에 무리하게 끼워 넣으려던 게 부분적으로 화근이었다. 하지만 그게 아니더라도 그 얘기에 관한 무엇이 나를 진작부터 두렵게 만들었던 터라 — 나는 진솔하게 말하기가, 기억해내기가 두려웠다 — 결국 그 단편은 똥밭에서 보낸 그날 밤에 관한 완전하고 엄밀한 진실을 말하는 데 실패해 허물어졌던 것이다.

그 뒤 몇 달 동안 나는, 종종 그러듯이, 그 얘기의 결함들을 내 머릿속에서 지우는 데 성공하고, 어슴푸레하고 이상화된 기억 속에서 그 얘기의 장점들에 자부심을 갖게 되었다. 그 단편이 단편소설 선집에 수록되자 나는 노먼 보커가 즐거워할지 모른다는 생각에 그에게 한 부를 부쳤다. 그의 반응은 퉁명스럽고 좀 쓰라렸다.

"최악은 아니지만," 그는 편지에 적었다. "그래도 넌 베트남을 빼먹었어. 카이오와는 어디 간 거야? 그 똥은?"

8개월 뒤 그는 목을 맸다.

1978년 8월, 그의 어머니가 내막을 적은 간단한 쪽지를 내게 보냈다. 그는 YMCA에서 즉석 농구를 하고 있었다. 두 시간 뒤 물을 마시러 자리를 떴다. 그는 줄넘기 줄을 사용했다. 수도관에 목을 매단 그를 친구들이 발견했다. 유서도, 아무런 전갈도 없었다. "노먼은 조용한 애였어요," 그의 어머니는 적었다. "그 애가 누굴 괴롭히려던 건 아닐 거예요."

그가 죽은 지 10년이 지난 지금 나는 「용기에 관해 말하기」가 노먼 보커의 침묵에 보상이 되기를 바라고 있다. 또 나는 이 이야기가 더 나아졌기를 바란다. 구조는 이전 그대로지만 이 단편은 상당한 수정을 거치느라 어떤 장소들은 과감히 잘려나갔고 또 어떤 장소들은 새로운 소재가 추가되었다. 노먼은 이야기 속으로 돌아와 그제야 제자리를 찾으므로 나는 실명을 밝혀도 그가 언짢아하지 않을 거라고 생각한다. 중심 사건은—뜨라봉강 변의 똥밭에서 보낸 우리의 긴긴 밤은—단편에 복구해두었다. 힘든 작업이었다. 무엇보다 카이오와는 막역한 친구였는데 나는 수년간 그의 죽음에 관한 생각과 그 죽음에 내가 연루되었다는 생각을 회피했었다. 지금도 쉽지 않은 일이다. 하지만 나는 진실의 이해관계 속에서 노먼 보커가 카이오와에게 일어난 일에 관해 아무런 책임이 없음을 분명히 해두고 싶다. 노먼은 그날 밤 용기를 내는 데 실패하지 않았다. 그는 꼼짝 못 하지도, 은성 무공훈장을 놓치지도 않았다. 그 부분은 내 이야기다.

품으로 바꿔놓은 듯했는데, 그것은 지미 크로스가 대원들을 대체 가능한 통솔 단위로 대하도록 교육받은 것과 꼭 같았다. 때로 어렵기는 했지만 그래도 그는 되도록 그런 생각 하지 않으려고 애썼다. 그는 군사적 야망이 없었다. 그는 자기 대원들을 단위가 아니라 사람으로 보는 게 더 좋았다. 더욱이 카이오와는 정말 뛰어난 사람이었고, 최고 중의 최고였고, 똑똑하고 온화하고 말투도 점잖았다. 매우 용감하기도 했다. 품위도 있었다. 카이오와의 아버지는 그 아이가 예수그리스도 아래서 구원의 약속을 믿도록 길러진 오클라호마시티 소재 주일학교에서 강의를 했고, 이 신념은 그 아이의 웃음 속에서, 세상에 임하는 그의 태도 속에서, 언젠가 1월에 그의 아버지가 생일 선물이라며 우편으로 보낸 삽화판 신약성경 없이는 아무 데도 가지 않으려던 그의 버릇 속에서 늘 현존했다.

범죄, 지미 크로스는 생각했다.

그는 강 쪽을 건너다보면서 여기 진을 치기로 한 건 자신의 잘못이었음을 뼈저리게 알았다. 그 명령은 사실 상급 부대에서 내린 것이지만 그래도 그는 현장의 재량권을 발휘했어야 한다. 그날 밤 더 높은 지대로 이동했어야 하고 틀린 좌표에서 무전을 보냈어야 한다. 이제 그가 할 수 있는 일은 없었지만 여전히 그것은 잘못이었고 극악한 낭비였다. 그 생각에 그는 속이 울렁거렸다. 들판의 깊숙한 지점에 선 지미 크로스 중위는 그 아이의 아버지에게 보낼 편지를 머릿속으로 작성하기 시작했는데, 똥밭에 관한 언급은 관두고 단지 그가 대단히 훌륭한 군인이자 대단히 훌륭한 사람이었으며 어떤 아버지든 평생토록 자랑스러워할 그런 아들이었다고만 말할 셈이었다.

• • •

수색은 더디게 진행되었다. 잠시 아침이 개려는 듯 하늘이 은빛의 색조로 밝아지더니 이내 줄기찬 비가 되돌아왔다. 영원히 어스름에 갇힌 느낌이었다.

횡대의 가장 왼쪽에서는 아자와 노먼 보커와 미첼 샌더스가 들판 가장자리를 걷느라 강에 바짝 다가붙어 있었다. 그들은 장신이었지만 오물은 때로 허벅지 중간까지, 때로 가랑이까지 닿았다.

아자는 자꾸 고개를 설레설레했다. 그는 헛기침을 하며 고개를 젓고 말했다. "있잖아, 아이러니 얘기 좀 해보자고. 내 장담하는데 카이오와가 여기 있었으면 분명 낄낄거렸을걸. 똥 씹으면서 — 그게 네가 말하는 전형적인 아이러니잖아."

"잘 아네," 노먼 보커가 말했다. "이제 입 다물어."

아자가 한숨을 내뱉었다. "쓰레기통에서 시간만 낭비하는 거야," 그가 말했다. "똥밭이라니. 너도 인정해야 될 게, 이건 세계적 수준의 아이러니야."

세 남자는 느리고 무거운 발걸음으로 이동했다. 균형을 잡기 어려웠다. 그들의 군화는 진흙에 푹푹 잠겨 밑으로 강하게 빨려들었고, 붙잡히지 않으려면 매 걸음 힘껏 발을 빼야 했다. 비는 조그만 입 같은 움푹한 자국들을 물속에 만들었고 악취는 사방에서 풍겼다.

그들은 강에 다다르자 북쪽으로 몇 미터 이동했다가 다시 들판으로 철벅철벅 유턴했다. 그들은 가끔가다 총기로 바닥을 찔러보기도 했지만 대개는 발로 대강 탐색을 했다.

"전형적인 경우야," 아자가 주절대고 있었다. "흙바닥을 나뒹굴다*, 말하자면 딱 그 얘기잖아."

"그만해," 보커가 말했다.

"옛날 카우보이 영화 같네. 흙바닥을 나뒹구는 인디언 하나 추가."

"어이, 진짜로 그만해. 지퍼 닫아."

아자가 웃으며 말했다. "전형적이야."

쌀쌀하고 축축한 아침이었다. 그들은 간밤에 고작 몇 분 못 잤고 세 사람 다 들판을 가로질러 강 쪽으로 이동하느라 불안한 느낌이었다. 카이오와를 위해 그들이 해줄 수 있는 일은 없었다. 단지 그를 찾아서 헬기에 밀어 넣는 것뿐이었다. 동료가 죽으면 으레 가식도 장례식도 없이 되도록 빨리 끝내려는 바람뿐이었고, 이제 그들이 원하는 건 촌락으로 걸음을 옮겨 지붕 밑에 들어가 간밤의 일을 잊는 거였다.

들판을 중간쯤 가로질렀을 때 미첼 샌더스가 정지했다. 그는 잠시 눈을 감고 서서 한쪽 발로 바닥을 더듬어본 다음 총기를 노먼 보커에게 건네더니 오물 속으로 손을 뻗었다. 조금 지나자 그가 더껑이가 앉은 녹색 군낭을 감아올렸다.

세 남자는 한동안 말을 하지 않았다. 그 짐은 진흙과 물로 무거웠고 죽은 모습이었다. 안에는 모카신 한 켤레와 삽화판 신약성경이 들어 있었다.

"음," 마침내 미첼 샌더스가 입을 열었다. "이 근처 어디에 있겠네."

"소대장한테 말해야겠어."

"엿이나 잡수라고 해."

---

* 원문은 biting the dirt로 '죽임을 당하다'라는 뜻의 관용구.

"그래, 그래도—"

"어떤 소대장이," 샌더스가 말했다. "우릴 똥밭에 재우냐고. 그 인간은 똥만큼도 몰라."

"누가 알았겠어," 보커가 말했다.

"알았는지 몰랐는지 모르지. 어젯밤 우리가 진을 칠 데가 100억 군데는 됐을 텐데 그 인간은 변소를 골랐어."

노먼 보커는 군낭을 빤히 내려다보았다. 그것은 알루미늄 틀에 질은 녹색 나일론으로 되어 있었지만 이상하게도 지금은 살덩이처럼 보였다.

"소대장 잘못이 아니야," 보커가 나직하게 말했다.

"그럼 누구 잘못인데?"

"누구의 잘못도 아니야. 닥치기 전까지는 아무도 몰랐잖아."

미첼 샌더스가 목을 큼큼거렸다. 그는 군낭을 추어올려 전술 조끼에 슥 걸더니 끈을 꽉 조였다. "좋아, 그래도 이건 확실해. 그 인간도 비 오는 건 알았어. 강이 있다는 것도 알았고. 1 더하기 1이야. 하나씩 더해보면 무슨 일이 벌어질지 뻔하지." 샌더스가 강을 노려보았다. "서둘러," 그가 말했다. "카이오와가 기다리겠다." 그러더니 아자와 노먼 보커와 미첼 샌더스는 천천히, 비 때문에 몸을 수그린 채 푹푹 잠기는 물속을 다시 철벅거리면서 눈을 아래로 두고 군낭 발견 지점 주변을 맴돌아 나갔다.

지미 크로스 중위는 50미터 떨어져 서 있었다. 그는 카이오와의 아버지에게 부칠 해명의 편지를 머릿속으로 끝낸 참이었고 지금은 소대가 너른 들판을 열십자로 가로지르는 걸 팔짱 끼고 지켜보았다.

아래로 몸을 파묻는 것뿐이었다.

나중에 그가 다시 나오자 더 이상 비명은 없었다. 한쪽 팔, 금색 손목시계, 한쪽 군화 일부가 보였다. 카이오와의 머리가 있어야 할 곳에서 거품이 일었다.

그는 그 군화를 붙잡은 기억이 났다. 그는 자기가 힘껏 잡아당겼지만 이길 수 없는 줄다리기처럼 들판이 쑥 물러나던 모습, 그리고 결국 자기가 친구의 이름을 속삭이며 손을 놓고 군화가 멀어지는 걸 지켜보던 모습이 기억났다. 그러고 나서 한동안의 일들은 기억나지 않았다. 이런저런 소리, 이런저런 냄새. 시간이 지나서야 그는 자기가 조금 언덕진 곳에 얼굴을 위로 하고 누워 입안의 똥을 맛보면서 빗소리와 폭발음과 거품 소리에 귀 기울이고 있단 걸 깨달았다. 그는 혼자였다. 모든 걸 잃어버린 채였다. 그는 카이오와와 제 총기와 제 손전등과 제 여자 친구의 사진을 잃어버렸다. 그는 이런 기억도 났다. 자기 자신도 잃어버릴 수 있을까 궁금해하던 기억.

이제 소강상태인 아침 빗발 속에서 소년은 제정신이 아닌 듯 보였다. 그는 지점에서 지점을 급하게 철벅거리면서 몸을 수그리고 두 손을 물속에 처넣었다. 그는 지미 크로스 중위가 다가가도 올려다보지 않았다.

"바로 여기예요," 소년은 말하고 있었다. "바로 여기가 맞을 거예요."

지미 크로스는 그 아이의 얼굴은 익숙했지만 이름은 기억나지 않았다. 종종 그랬다. 그는 대원들을 개인으로 대하려고 했지만 이름들은 종종 그에게서 달아났다.

그는 어린 군인이 물속으로 두 손을 삽처럼 힘껏 떠미는 모습을 지켜보았다. "바로 **여기**예요," 그는 쉬지 않고 말했다. 마구잡이에다 경련 같은 움직임이었다.

지미 크로스는 잠시 기다렸다가 좀 더 다가갔다. "들어봐," 그는 조용히 말했다. "녀석은 어딘가 있을 거야."

소년이 힐끗 올려다보았다. "누가요?"

"카이오와. 너도 그만 기대를—"

"카이오와가 **죽었어요**."

"그래, 맞아."

어린 군인은 고개를 끄덕였다. "그럼 빌리는 어떡하죠?"

"누구?"

"제 여자 친구요. 걔는 어떡하죠? 그 사진, 딱 하나밖에 없던 거예요. 바로 여기서 잃어버렸어요."

지미 크로스는 고개를 설레설레 저었다. 이름이 생각나지 않아 신경이 쓰였다.

"차분하게 해," 그가 말했다. "나도 아직—"

"빌리의 **사진**이라니까요. 내가 꽁꽁 싸놔서, 비닐에 담아놔서 찾으면 멀쩡할 텐데……. 어젯밤에 저희가, 저랑 카이오와가 그걸 들여다보고 있었어요. 여기 어디에 꼭 있을 거예요."

지미 크로스는 소년에게 웃음을 지어 보였다. "한 장 더 달라고 하면 되잖아. 더 잘 나온 걸로."

"안 **보내줄** 거예요. 이젠 제 여자 친구도 아니라서 아마…… 아, 찾은 것 같아요."

소년은 팔을 홱 잡아당겨 자유롭게 했다.

그는 발을 좌우로 비비더니 다시 몸을 수구려 양손을 오물에 담갔다. 그의 어깨가 들썩거리고 있었다. 순간 크로스 중위는 소년의 총기와 철모가 어디 갔는지 궁금했지만 묻지 않는 게 나을 것 같았다.

그는 소년에게 동정심이 일었다. 날은 잠시 누그러질 기미였다. 상처가 클 거라고 그는 생각했다. 그는 어린 군인이 물을 가르면서 수그렸다 일어섰다 다시 수그리는 모습을 지켜보았는데 어쩌면 온갖 쓰레기 속에서 무언가 끝내 구조될 것 같았다.

지미 크로스는 말없이 소년의 행운을 빌었다.

그러고서 그는 눈을 감고 카이오와의 아버지에게 부칠 편지를 쓰는 일로 돌아갔다.

들판 저쪽에서 아자와 노먼 보커와 미첼 샌더스가 들판 가장자리의 논둑을 따라 철벅철벅 걷고 있었다. 이제 정오께였다.

노먼 보커가 카이오와를 찾았다. 그는 2피트 깊이의 물 아래 묻혀 있었다. 군화 뒤축 말고는 아무것도 보이지 않았다.

"저게 녀석이야?" 아자가 말했다.

"그럼 누구게?"

"글쎄," 아자가 고개를 설레설레했다. "잘 모르겠는데."

노먼 보커는 군화에 손을 대고 잠시 눈을 감았다가 일어나 아자를 쳐다보았다.

"웬일로 농담을 안 해?" 그가 말했다.

"농담 안 해."

"똥 씹는다며. 그 농담 좀 들어보자."

"잊어버려."

미첼 샌더스가 그들에게 그만하라고 말했다. 세 군인은 논둑에 가서 총기와 짐을 내려놓고 군화가 보이는 곳으로 돌아왔다. 시체는 부분적으로 물속 진흙층에 쐐기처럼 박혀 있었다. 끌어당기기가 어려웠다. 움직일 때마다 오물이 그들의 발을 꽉 붙들었다. 이제 비는 세차게 내리고 있었다. 미첼 샌더스는 아래로 손을 뻗어 카이오와의 다른 쪽 군화를 찾았고, 그러고 다들 잠시 기다렸다가 샌더스가 한숨을 뱉으며 "됐어" 하고 말하자 셋이서 양쪽 군화를 잡고 힘껏 끌어당겼다. 딱 한 번 살짝 꿈쩍했다. 그들은 다시 시도했지만 이번에는 시체가 전혀 꿈쩍하지 않았다. 그들은 세 번째 시도 끝에 멈추고 잠시 내려다보았다. "한 번 더," 노먼 보커가 말했다. 그가 셋을 세자 다들 몸을 젖혀 끌어당겼다.

"제대로 박혔네," 미첼 샌더스가 말했다.

"그러게. 빌어먹을."

그들은 다시 시도해본 뒤에 헨리 도빈스와 랫 카일리를 불러 모았고, 다섯이서 손을 모아 갖은 애를 써보았지만 시체는 단단히 박혀 있었다.

아자가 논둑으로 가더니 배를 잡고 앉았다. 얼굴이 새하얬다.

다른 사람들은 둘러서서 물속을 지켜보았는데 조금 뒤 누군가 "저대로 **놔두고** 갈 순 없어" 하고 말하자 다들 고개를 끄덕이더니 야전삽을 꺼내 파기 시작했다. 힘들고 질척거리는 작업이었다. 파내는 속도가 진흙 메워지는 속도를 따라잡지 못하는 듯했지만 카이오와는 그들의 친구였고 그들은 메워지든 말든 그 일을 계속했다.

나머지 소대원들이 서서히 작게 무리들을 지어 구경하러 왔다. 지미 크로스 중위와 어린 군인만 아직도 들판을 뒤지고 있었다.

"이럴 게 아니라," 노먼 보커가 말했다. "소대장한테 말하는 게 좋겠어."

미첼 샌더스가 고개를 가로저었다. "일만 더 망칠걸. 게다가 저렇게 행복해 보이잖아, 아주 흡족해가지고. 저러게 놔둬."

10분이 지나자 카이오와의 하반신이 대부분 드러났다. 시체는 오물 속에 가파른 각도로 꼬라박혀 있었는데 꼭 높은 건물에서 머리부터 고꾸라진 다이빙 선수 같았다. 대원들은 조용히 서서 몇 초를 흘려보냈다. 경외심이 감돌았다. 미첼 샌더스가 마침내 고개를 끄덕이며 "마저 끝내야지" 하고 말하자 다들 두 다리를 붙잡아 힘껏 당기고 또 당겼고, 그러다 얼마 뒤 카이오와가 표면으로 미끄러져 나왔다. 한쪽 어깨 일부가 없었다. 두 팔과 가슴과 얼굴은 파편으로 만신창이였다. 그는 파르스레한 녹색 진흙투성이였다. "아," 헨리 도빈스가 말했다. "이만하길 다행이야." 그러자 데이브 젠슨이 말했다. "뭐, 이만하길? **이만한** 게 뭔데." 그들은 조심스럽게, 시체를 쳐다보지 않으려고 애쓰면서 카이오와를 논둑으로 날라 내려놓았다. 그들은 수건으로 더껑이를 닦아냈다. 랫 카일리는 카이오와의 주머니에서 꺼낸 소지품을 비닐봉지에 담아 테이프로 다시 그 아이의 손목에 감아준 뒤 무전으로 후송 헬기를 불렀다.

대원들은 물러나 몇몇은 담배를 피우고 몇몇은 전투식량 통조림을 따고 몇 안 되는 이들은 빗속에 하염없이 서 있는 등 저마다 할 거리를 찾았다.

일이 마무리되어 그들 모두 마음이 놓였다. 이제 어디선가 군장을 풀고 피로를 짜내고 잘하면 뜨거운 불을 쬘 초가집 내지 버려진 사원을 찾는 일이 기약돼 있었다. 그들은 카이오와가 안됐다고 느꼈다. 그러면서도 일종의 아찔함, 은밀한 기쁨을 느꼈는데, 왜냐하면 그들은 살았고, 똥밭에 빨려 들어가는 것보다는 차라리 비를 맞는 게 나았고, 모든 게 운과 우연의 문제였기 때문이다.

아자가 논둑으로 가 노먼 보커 옆에 앉았다.

"있잖아," 그가 말했다. "그 바보 같은 농담 말이야—아무 뜻 없었어."

"다들 그렇게 말하지."

"그래, 하지만 녀석을 보니까—왠지 모르게—꼭 듣고 있는 느낌이었거든."

"그랬을 리가."

"못 들었겠지. 그래도 뭐랄까 거의 죄책감을 느꼈어, 내가 입을 다물었으면 아무 일도 없었을 것 같았거든. 내 잘못 같았다고."

노먼 보커는 젖은 들판을 건너다보았다.

"누구의 잘못도 아니야," 그가 말했다. "모두의 잘못이지."

지미 크로스 중위는 들판 한가운데께 거의 온몸을 담그고 오물 속에 쪼그려 앉아 있었다. 그는 머릿속으로 카이오와의 아버지에게 부칠 편지를 고쳐 쓰고 있었다. 이번에는 비정하게. 장교다운 애도를 표하는 장교답게. 변명은 전혀 필요하지 않았는데, 왜냐하면 그 일은 실상 돌발적인 사고 중 하나였고, 전쟁은 순 돌발로 가득했고, 그걸 바꿀 수 있는 건 어차피 아무것도 없었기 때문이다. 그게 진실이라고 그는 생각했다. 엄연한 진실.

크로스 중위는 검은 물이 목구멍까지 차오를 만큼 오물 속으로 깊이 잠겼고 스스로에게 그게 진실이라고 말하려 안간힘을 냈다.

왼쪽으로 몇 발짝 떨어진 그의 곁에서는 어린 군인이 아직도 제 여자 친구의 사진을 찾고 있었다. 아직도 자기가 카이오와를 어떻게 죽였는지 떠올리면서.

소년은 털어놓고 싶었다. 자기가 한밤중에 빌리의 사진을 꺼내 카이오와에게 건네며 손전등을 켠 일, 카이오와가 "오, 귀엽네" 하고 속삭인 일, 잠깐 동안 손전등이 빌리의 얼굴을 환하게 만든 일, 그러자 곧바로 주변 일대가 쾅쾅 터져나가던 일을 중위에게 말하고 싶었다. 손전등 탓이었다. 어둠 속에서 빛나는 과녁이었다.

소년은 하늘을 올려다본 뒤 지미 크로스를 쳐다보았다.

"소대장님?" 그가 말했다.

비와 엷은 안개가 들판을 광대하게 가로지르며 회색으로 휘몰아쳤다. 멀지 않은 곳에서 번개가 내렸다.

"소대장님," 소년이 말했다. "설명드릴 게 있습니다."

하지만 지미 크로스 중위는 듣고 있지 않았다. 그는 눈을 감은 채 자기가 쓰레기 속에 더 깊이 잠기도록, 들판이 자기를 마구 데려가도록 내버려두었다. 그는 힘을 빼고 누워 떠다녔다.

대원이 죽으면 탓을 해야 했다. 지미 크로스는 이를 잘 알았다. 전쟁을 탓하면 되었다. 전쟁을 일으킨 머저리들을 탓하면 되었다. 전쟁에 나간 카이오와를 탓하면 되었다. 비를 탓하면 되었다. 강을 탓하면 되었다. 들판, 진흙, 기후를 탓하면 되었다. 적을 탓하면 되었다. 박격포탄을 탓하면 되었다. 신문 한 줄 안 읽는 게으른 사람들, 매일의 사상자 수에 진력난 사람들, 정치 얘기가 나오면 채널을 돌리는 사람들을 탓하면 되었다. 모든 나라를 탓하면 되었다. 하느님을 탓하면 되었다. 군수업체나 카를 마르크스나 운명의 장난이나 투표를 깜빡한 오마하 촌구석 늙은이를 탓하면 되었다.

하지만 들판에서는 원인이 직접적이었다. 순간적인 부주의나 오판이나 순진해빠진 우둔함이 영원히 지속될 결과를 가져왔다.

지미 크로스는 오랫동안 누워 떠다녔다. 동쪽 구름 속에서 헬리콥터 소리가 났지만 그는 알아채지 못했다. 아직도 눈을 감고서, 들판에서 깐닥깐닥 흔들리면서 그는 저 자신이 슬그머니 떠나버리게 내버려두었다. 그는 다시 뉴저지의 고향에 돌아가 있었다. 골프장에서 보내는 황금빛 오후, 호사스럽고 푸르른 페어웨이, 그는 1번 홀에서 첫 공을 치려고 골프공을 올리고 있었다. 책임질 게 없는 세상이었다. 그는 전쟁이 끝나면 그때쯤 카이오와의 아버지에게 편지를 쓸까 생각했다. 아니, 어쩌면 그는 쓰지 않았을지도 모른다. 어쩌면 그는 그냥 연습으로 두어 번 골프채를 휘두른 뒤 코스 한복판에 공을 착지시키고 골프채를 챙겨 오후 속으로 사라졌을지 모른다.

좋은 형식

무뎌질 때가 되었다. 나는 여지없이 마흔세 살이고 이제는 작가고 보병으로서 꽝응아이성을 돌아다닌 건 오래전 일이다.

그 밖에는 거의 전부 지어낸 얘기다.

하지만 그건 속임수가 아니다. 형식이다. 바로 여기에, 지금, 나 자신을 지어내느라 나는 이 책이 이렇게 써진 이유에 관해 온갖 하고 싶은 말을 구상 중이다. 가령 나는 이렇게 말하고 싶다. 나는 20년 전 미케 마을 근처 오솔길에서 한 남자가 죽는 모습을 지켜보았다. 나는 그를 죽이지 않았다. 하지만 당신도 알다시피 나는 거기 있었고, 따라서 내 존재는 충분히 유죄였다. 나는 아래턱이 목구멍에 박혀 있어서 매력적이지 않던 그의 얼굴을 기억하고, 내가 버거운 책임과 비탄을 느끼던 일을 기억한다. 나는 나를 탓했다. 그래야 옳았던 건 내가 거기 있었기 때문이다.

하지만 들어보라. **저** 이야기조차 지어낸 것이다.

나는 내가 느꼈던 걸 당신이 느꼈으면 좋겠다. 이야기의 진실

(story-truth)이 왜 때로 실제의 진실(happening-truth)보다 더 진실한 지 당신이 알았으면 좋겠다.

실제의 진실은 이렇다. 나는 한때 군인이었다. 진짜 표정을 지닌 진짜 시체가 많았지만 나는 그때 어려서 쳐다보기가 겁났다. 그렇게 20년이 지난 지금 내게는 표정 없는 책임과 표정 없는 비탄이 남겨졌다.

이야기의 진실은 이렇다. 그는 야윈, 죽어버린, 스무 살가량의 고상하다 싶은 청년이었다. 그는 미케 마을 근처 붉은 점토 오솔길 한가운데에 누워 있었다. 그의 아래턱은 목구멍에 박혀 있었다. 그의 한쪽 눈은 감겨 있었고 다른 쪽 눈은 별 모양의 구멍이었다. 나는 그를 죽였다.

이야기가 하는 일은, 내 생각에, 무언가를 거기 있게 만드는 것이다.

나는 내가 결코 쳐다보지 않았던 것들을 쳐다볼 수 있다. 나는 비탄과 사랑과 연민과 하느님에게 표정을 부여할 수 있다. 나는 용감할 수 있다. 나는 나를 다시 느끼게 만들 수 있다.

“아빠, 진실을 말해봐,” 캐슬린은 물어볼 것이다. “사람 죽인 적 있어?” 그러면 나는 정직하게 대답할 수 있다. “물론 그런 적 없어.”

아니, 정직하게 대답할 수 있다. “있어.”

의심할 것 없이 아직 거기 있었다. 이 작은 들판이 너무 많은 걸 집어삼켰다고 나는 생각했다. 내 가장 친한 친구. 내 자존심. 일말의 품위와 용기를 지닌 남자로서의 나 자신에 대한 믿음. 아직도 진짜 감정을 영 찾을 수 없었다. 그것은 아예 거기 없었다. 나는 빗속에서 긴긴 밤을 보낸 뒤 모든 환상이 걷히면서, 나에 대한 모든 포부와 희망이 진흙 속으로 빨려 들어가면서 속이 차가워지는 느낌이 들었었다. 그 냉혹함은 수년이 지나도록 완전히 사라진 적이 없었다. 살면서 슬픔도 연민도 열정도 크게 느낄 수 없던 때가 여러 번 있었는데 나는 왠지 모르지만 이 장소가 나를 그렇게 만들었다고, 이곳이 한때 나였던 사람을 제거해버렸다고 탓했다. 20년이 지나도록 이 들판은 과거 베트남이었던 모든 쓰레기의, 상스럽고 공포스러운 모든 것의 화신이었다.

이제 그것은 그저 들판이었다. 고르고 따분하고 모난 데 없는. 나는 강 쪽으로 걸어 올라가면서 랜드마크가 될 만한 것을 짚어보려 했지만 눈에 띄는 것이라곤 지미 크로스가 그날 밤 지휘소를 차렸던 야트막한 언덕뿐이었다. 그 밖에는 없었다. 나는 뜨거운 태양 아래서 일하는 두 늙은 농부를 얼마 동안 지켜보았다. 나는 사진을 두어 장 더 찍고 농부들에게 손을 흔든 뒤 몸을 돌려 지프차로 돌아갔다.

캐슬린이 내게 고개를 살짝 끄덕였다.

"음," 딸아이가 말했다. "아빠가 즐기는 중이면 좋겠어."

"물론이지."

"이제 갈까?"

"잠깐만," 내가 말했다. "좀 쉬고 있어."

나는 지프차 뒤로 가서 미국에서 들고 온 작은 보따리를 찾았다.

캐슬린의 눈이 가늘어졌다. "**그게** 뭐야?"

"사소한 거야," 나는 딸아이한테 말했다.

딸아이는 보따리를 또 한 번 힐끗하더니 지프차에서 내려 들판까지 내 뒤를 따랐다. 우리는 지미 크로스의 지휘소를 지나고 카이오와가 가라앉은 지점을 지난 다음 들판이 잠겨 있는 강가의 습지대로 걸어 내려갔다. 나는 신발과 양말을 벗었다.

"어이구," 캐슬린이 말했다. "무슨 일이람?"

"얼른 수영 좀 하고 나올게."

"어디서?"

"여기서," 내가 말했다. "고대로 기다려."

딸아이는 내가 보따리 푸는 걸 지켜보았다. 안에는 카이오와의 모카신이 들어 있었다.

나는 내의를 벗고 손목시계를 끄르고 첨벙첨벙 걸어 들어갔다. 강물이 발에 따뜻하게 느껴졌다. 나는 바닥의 부드럽고 살진 느낌을 즉각 알아차렸다. 이곳은 물이 8인치(약 20센티미터) 깊이였다.

캐슬린은 초조한 것 같았다. 그 아이는 두 손을 파닥거리면서 찡그린 눈으로 나를 쳐다보았다. "잠깐만, 이거 좀 어리석은 짓 같아," 딸아이가 말했다. "몸을 담그기도 어렵겠네. 거기서 무슨 **수영**을 한다는 거야?"

"아빠가 알아서 할게."

"그래도 그건 좀…… 그러니까, 맙소사, 그건 물이 아니라 죽 같은데."

딸아이는 내가 무릎 깊이까지 첨벙거리며 들어가는 모습을 코를 꼭 쥐고 지켜보았다. 미첼 샌더스가 카이오와의 군낭을 발견한 게 대략 여기쯤이라고 나는 판단했다. 나는 마음을 진정하고 우선 쪼그려 앉았다가 그 뒤 푹 주저앉았다. 즉각 알 수 있는 그 느낌이 또 한번 났다. 가슴 중간께 차오른 물은 짙은 녹갈색에다 거의 더울 정도였다. 작은 수생곤충들이 수면을 뛰어다녔다. 여기구나, 나는 생각했다. 나는 몸을 수그려 모카신 든 손을 뻗었고 그것을 무른 바닥에 쑤셔 박은 다음 슬그머니 사라지게 내버려두었다. 표면이 작은 거품들로 보글거렸다. 나는 뭔가 그럴듯한 말, 의미심장하고 알맞은 말을 생각해내려고 했지만 아무것도 떠오르지 않았다.

나는 바닥을 내려다보았다.

"에," 나는 마침내 해냈다. "거봐."

내 목소리에 나는 놀랐다. 거칠고 탁한 소리, 거기 있는 줄 몰랐던 것들로 꽉 찬 소리였다. 나는 카이오와에게 너는 정말 대단한 친구였다고, 최고 중의 최고였다고 말하고 싶었지만 내가 할 수 있는 일은 물을 쥐고 손뼉을 치는 게 전부였다.

햇빛에 눈이 찡그려졌다. 20년. 꼭 어제 같으면서 결코 어느 날 같지 않은. 어쩌면, 어떤 면에서 나는 카이오와와 함께 가라앉았고 20년이 지난 지금에야 수렁을 거의 벗어났다. 무더운 오후, 8월의 쨍한 태양, 전쟁은 끝나 있었다. 나는 잠깐 몸을 가눌 수 없었다. 나른하고 찌뿌드드한 느낌으로 한여름 낮잠에서 깨어난 것처럼 세상이 내 주변에서 저 자신을 추스르고 있었다. 들판 위로 50미터 지점, 두 늙은 농부 중 하나가 논둑에 가만히 서서 지켜보고 있었다. 그 남자의 얼굴은 어둡고 엄숙했다. 우리가 미동 없이 서로를 응시하는 동안 나는 내 마음속에서 무언가는 닫히고 무언가는 활짝 열리는 느낌이 들었다. 나는 노인이 건너와 전쟁 이야기를 좀 나눌까 싶은 생각이 얼핏 들었으나 그는 그러는 대신 삽을 집어 머리 위로 쳐들고는 깃발처럼 근엄하게 잠시 그대로 있었고, 그러다 삽을 내리고 친구에게 뭔가 말을 건넨 뒤 단단한 마른땅을 파기 시작했다.

나는 일어나서 물 밖으로 첨벙첨벙 걸어 나왔다.

"엉망진창이네," 캐슬린이 말했다. "온몸에 끈적끈적 묻은 거 보니까 딱 봐도…… 엄마한테 이를 테니까 두고 봐. 아마 아빠를 차고에 재울걸."

"네 말이 맞아," 내가 말했다. "엄마한테 이르지 마."

나는 신발을 당겨 신은 뒤 딸아이의 손을 잡고 앞장서서 지프차를 향해 들판을 가로질렀다. 부드러운 열기가 땅에서 흔들흔들 피어올랐다.

지프차에 다다르자 캐슬린이 몸을 돌려 들판을 슬쩍 건너다보았다.

"저 할아버지," 딸아이가 말했다. "아빠나 누구한테 화났나?"

"설마."

"화나 보여."

"아닐 거야," 내가 말했다. "다 끝난 일인걸."

걷지도 앉지도 못했다. 자지도 못했다. 나는 보비 조겐슨의 허옇게 겁먹은 얼굴이 계속해서 아른거렸다. 그 실성한 듯한 눈과 씰룩거리던 입술과 콧수염을 기른 우스꽝스러운 핑계. 괴저가 멎고 사고가 또렷해지자 나는 그에게 앙갚음할 방법을 궁리하는 데 많은 시간을 쏟았다.

총에 맞는 건 일말의 자부심을 건질 수 있는 경험이어야 한다. 마초적인 뜻으로 하는 말이 아니다. 내 말은 다만 그 일에 관해 **털어놓을** 수 있어야 한다는 뜻이다. 이를테면 총알이 주먹처럼 단단하게 날리는 타격, 숨을 토하고 콜록거리게 만드는 그 충돌, 웬일인지 오랜 시간이 지나서야 들려오는 총소리, 그리고 아득한 느낌, 당신 자신의 냄새, 이 직후 당신이 생각하고 말하고 할 일들, 작고 흰 조약돌 내지 풀잎에 주목하는 당신의 눈길과 그때 비로소 당신에게 드는 생각, 이런, 저게 내가 살아서 마지막으로 보는 거구나, **저** 조약돌, **저** 풀잎, 즉 당신을 울고 싶게 만드는 것들.

자부심이라는 단어는 알맞지 않다. 나는 알맞은 단어를 모르겠다. 다만 내가 아는 건 쪽팔림이 느껴지면 안 된다는 것이다. 수치심이 그 일의 일부여서는 안 된다.

간호사들은 그것을 기저귀 발진이라고 불렀다. 그들 사이의 농담이었던 것 같다. 하지만 그 때문에 나는 어떤 이들이 뼛속 깊이 베트콩을 증오하듯 보비 조겐슨을 증오했는데 그건 이를테면 꿈속까지 따라다니는 증오였다.

아무래도 상관들은 내가 총알을 부족하지 않게 맞았다고 판단한 것 같다. 12월 말 제91후송병원에서 퇴원하자 그들은 나를 본부중대로 전출시켰다 — 군수 지원, 대대 보급반이었다. 오지와 비교하면 편해빠진 직무였다. 근무시간이 규칙적이었다. 맥주와 영화, 심지어 가끔은 라이브 무대, 후방의 모든 흐리멍덩하고 느린 몸짓이 준비된 사병 클럽이 있었다. 나는 몇 달 만에 처음으로 납득할 만큼 안전하다고 느꼈다. 대대 중포(重砲) 기지는 1번 국도에서 살짝 떨어진 언덕에 설치되어 사방이 평평한 논마지기로 둘러싸여 있었고, 우리와 논 사이에는 강화 벙커와 관측탑과 조명 지뢰와 면도날같이 예리한 가시철망이 있었다. 물론 여전히 죽을 가능성은 있었지만 — 우리는 한 달에 한 번 박격포 공격을 받았다 — 하면 킬러브루가 만루에 타석에 오르는 미니애폴리스의 메트로폴리탄 경기장 관람석에서도 죽을 수 있기는 마찬가지였다.

나는 불평하지 않았다. 하지만 이상하게도 먼 오지에서 벌어지는 진짜 전쟁의 모험이, 심지어 위험이 그리워지는 때가 있었다. 그 느낌을 받아본 적 없는 누구에게 설명하기란 어려운 일이지만, 죽음과 위험의 존재는 으레 정신이 번쩍 들게 만든다. 주변이 생생해진다. 겁에 질리면, 정말로 겁에 질리면 전에 보이지 않던 것들이 보이고 세상에 관심이 간다. 막역한 친구를 만들게 된다. 한 집단의 일원이 되고 피를 나누게 된다 — 주는 것도 받는 것도 함께하게 된다. 반면에 나는 이미 두 발의 총알을 맞은 상태였다. 나는 미신적인 사람이었다. 나는 내 친구 카이오와가 한때 예수그리스도를 믿었던 만큼의 열정으로, 아니면 미첼 샌더스가 교훈의 힘을 믿었던 만큼의 열정으로 승산을 믿었다. 나는 내 전쟁이 끝났다고 판단했다. 엉덩이가 끊임없이 욱신거리지만 않았다면 나는 모든 게 원만히 해결됐을 것이라고 확신한다.

하지만 아팠다.

나는 밤에 배를 깔고 자야 했다. 평생 등을 대야 자던 사람이란 걸 헤아린다면 끔찍하지 않은 일일 수 없다. 나는 바짝 긴장한 채 꼼지락대며 거기 엎드려 있다가 조금 뒤 분노가 치밀어 오르곤 했다. 나는 이리저리 꿈틀거리면서 반쯤 미친 사람처럼 욕지거리를 내뱉다가 이내 보비 조겐슨이 나를 죽일 뻔했다는 사실이 떠올랐다. 쇼크, 나는 생각했다 — 도대체 어떡해야 쇼크 방지를 까먹을 수 있지? 나는 그가 나한테 오는 데 시간이 얼마나 걸렸는지 떠올랐고, 완전히 긴장해서 덜덜거리던 그의 손가락이며 우스꽝스럽고 얌생이 같은 콧수염 밑에서 씰룩거리던 그의 입술이 떠올랐다.

비참한 밤들이었다. 나는 이따금 기지를 배회했다. 나는 철망으로 내려가 저 멀리 어둠을, 전쟁이 벌어지는 곳을 응시하면서 보비 조겐슨에게 내 느낌을 고스란히 돌려줄 방법을 궁리했다. 나는 그를 아프게 하고 싶었다.

3월에 알파중대가 포상 휴가를 보내러 들어왔다. 나는 헬기를 맞으러 착륙장에 가 있었다. 미첼 샌더스와 아자와 헨리 도빈스와 데이브 젠슨과 노먼 보커가 나랑 손뼉을 쳤고 다들 내 지프차에 장비를 싣고서 알파 막사까지 차로 이동했다. 우리는 식사 시간이 될 때까지 파티를 벌였다. 나중에도 우리는 파티를 이어갔다. 그건 관례 중 하나였다. 그럴 기분이 아니더라도 치르는 게 원칙이었다.

자정께 이야기 시간이 되었다.

"모티 필립스는 운이 다했어," 보커가 말했다.

나는 웃으며 기다렸다. 이야기가 흘러나오는 템포가 있었다. 보커는 손가락 물집을 까발리더니 입으로 빨았다.

"계속해," 아자가 말했다. "이 친구한테 다 들려줘."

"뭐, 대충 그런 얘기야. 가엾은 모티가 운을 낭비했다. 운을 갖다 버렸다."

"허공에다 말이지," 아자가 말했다. "멍청이같이 **허공**에다 운을 갖다 버리다니."

노먼 보커가 고개를 끄덕인 뒤 말을 꺼내려다 말고 일어나 냉장고로 가서 얼음에 손을 담갔다. 그는 반바지와 인식표 외에 벌거벗은 차림이었다. 어떤 면에서 나는 그가 부러웠다 — 그들 모두가 부러웠다. 깊은 숲속에서 그은 피부, 염증과 물집, 이야깃거리, 그 속에서의 연대감. 나는 그들을 가깝게 느꼈지만, 그렇다, 그들과 분리되는 낯선 느낌도 받았다. 내 피로는 어색했다. 나는 단정한 두발에 청결하게 살균한 후방의 냄새를 풍겼다. 그들은 적어도 어떤 면에선 아직 내 친구였지만, 오지를 떠나는 순간 모든 전우 관계는 달라진다. 민간인이 되는 것이다. 가족, 혈연의 자격을 상실하고, 아무리 노력해도 그 구성원처럼 굴 수가 없다.

그것이 — 민간인 같은 — 내 기분이었고, 그래서 나는 슬펐다. 이 친구들은 내 형제였었다. 우리는 서로에게 애정을 주었었다.

노먼 보커는 몸을 수그려 얼음을 퍼 올리더니 가슴에 대고 누른 채 잠시 그대로 있었고, 그러다 맥주 하나를 낚아 뚜껑을 땄다.

"미케 외곽에서였어," 그는 조용히 말했다. "끝장나는, 진짜진짜 더운 날 중 하루여서 다들 정신이나 차리려고 정제 소금을 빨고 있었지. 숨도 못 쉬겠더라고. 다들 여기저기 널브러져서 그냥 빈둥거리고 있는데 좀 있다 누가 '어이, 모티 어디 갔어?' 이러는 거야. 그래서 소대장이 머릿수를 세어보니까 어떻게 됐게? 모티가 없는 거야."

"사라졌어," 아자가 말했다. "뿅. 염병할 모티가 없어졌다고."

노먼 보커가 고개를 끄덕였다. "아무튼 우리는 수색조를 두 팀 보냈지. 부질없이. 흔적도 없었거든." 보커는 잠깐 말을 끊더니 맥주를 물집에 가늘게 붓고서 핥았다. "그때쯤 날은 거의 캄캄했어. 크로스 소대장, 그 인간은 뒤집어지기 직전이었고 — 너도 그가 어떻게 돌변하는지 알지? — 그러고 나서 어떻게 됐게? 한번 맞혀봐."

"모티 등장," 내가 말했다.

"이야, 맞았어. 모티 등장. 우리가 놈을 실종자 명단에 올리려던 찰나, 짠, 녀석이 등장한 거야."

"흠뻑 젖어서," 아자가 말했다.

"아이, 껴들지 좀 —"

"알았어, 그냥 얘기해."

노먼 보커가 인상을 썼다. "흠뻑 젖어서 말이야," 그가 말했다. "알고 보니 그 등신이 수영을 하러 갔었더라고. 믿어져? 저 혼자서, 이탈을 해서, 몇 킬로미터를 걸어서, 강을 찾아내더니 홀딱 벗고 뛰어들어서 평영인지 뭔지 하는 그 빌어먹을 고상한 짓을 시작한다고. 안전이고 뭐고 안중에도 없이. 그러니까 내 말은, 그놈이 나체 수영을 한단 말이야."

아자가 낄낄거렸다. "얼마나 더웠으면."

"그만큼 덥진 않았어," 데이브 젠슨이 말했다.

"더웠어, 그만큼."

"사진 볼래?" 보커가 말했다. "이게 지금 우리가 얘기하는 미케인

데, 딩크가 쫙 깔린 데서 그 자식이 **수영**을 해."

"정신 나갔네," 내가 말했다.

나는 막사를 둘러보았다. 스물에서 서른 명이 거기서 각자 술을 마시거나 곯아떨어져 있었는데 그 가운데 모티 필립스는 보이지 않았다.

보커가 웃음을 지었다. 그는 손을 뻗어 내 무릎을 꽉 쥐었다.

"있잖아, 그게 바로 반전이야. 이제 모티는 없어."

"없다니?"

"모티의 운이 다했어," 보커가 말했다. 그의 손이 아직 내 무릎에, 매우 사뿐히 놓여 있었다. "며칠 후에, 아마 일주일 지났던가, 녀석이 심하게 어지럼증을 느끼더라고. 잔뜩 토하고 체온도 확 뛰고. 그러니까 녀석이 **병**이 난 거야. 조겐슨 말로는 녀석이 틀림없이 수영하다가 오염된 물을 마신 거래. 베트콩 바이러스 같은 걸 삼킨 거지."

"보비 조겐슨," 내가 말했다. "녀석은 어디 있어?"

"진정해."

"우리 착한 친구 보비 어디 있니?"

노먼 보커가 혀를 짧게 끌끌거렸다. "이 얘기 듣고 싶어? 들을래 말래?

"당연히 듣고 싶지."

"그럼 잘 들어. 모티가 병이 났어. 그렇게 형편없는 몰골은 너도 본 적 없을걸. 이거 진짜 굉장한 질병인 게, 걷지도 말하지도 못하고 방귀도 못 뀌더라고. 아무것도 못 해. 꼭 마비된 것처럼. 아마 폴리오일 거야."

헨리 도빈스가 고개를 가로저었다. "폴리오는 아니야. 잘못 짚었어."

"아마 그랬지."

"절대 아니야," 도빈스가 말했다. "폴리오는 아니야."

"아, 정말," 보커가 말했다. "난 그냥 조겐슨이 한 말을 하는 거야. 아마 좆같은 폴리오일 거라고. 아니면 그 무서운 코끼리병*이거나. 코끼리똥구멍병이든 뭐든 알 게 뭐야."

"그래, 그래도 폴리오는 아니야."

막사 저편에 혼자 떨어져 앉은 아자가 씩 웃으며 손가락을 딱딱 튕겼다. "뭐든 간에," 그가 말했다. "명백하잖아. 하찮은 곳에다 운을 내던지지 말라고. 아껴두라는 거지."

"아무렴," 미첼 샌더스가 말했다.

"모티는 만기가 된 거야," 데이브 젠슨이 말했다.

"만기가 지났지," 샌더스가 말했다.

노먼 보커는 엄숙하게 고개를 끄덕였다. "너는 그렇게 나다니지 마. 네 운을 헤프게 날려먹지 말라고."

"아멘," 샌더스가 말했다.

"좆같은 폴리오," 헨리 도빈스가 말했다.

우리는 얼마간 말없이 앉아 있었다. 같은 생각을 하고 있었으므로 말을 나눌 필요가 없었다. 즉, 모티 필립스와 운이 따르거나 따르지 않았던 일과 승산을 따지기가 얼마나 불가능한 일인지에 관한 생

---

* 우리말로 상피병. 열대지방의 풍토병으로 사상충 등이 원인이며 상처가 부풀어 오르고 피부가 코끼리 피부처럼 변한다.

각. 죽을 방법은 수없이 많았다. 총에 맞는 게 하나였다. 부비트랩과 지뢰와 괴저와 쇼크와 베트콩 바이러스로 인한 폴리오도 하나였다.

"조겐슨은 어디 있어?" 나는 말했다.

다른 이야기. 나는 무엇을 하고 있건 하루에 세 번은 무조건 멈춰야 했다. 은밀한 장소를 찾아 바지를 내리고 항균성 연고를 문질러야 했다. 그것은 자리에 앉으면 바지에 커다란 반점 같은 얼룩을 남겼고, 그래서 자연히 몇몇 농담이 돌았다. 하나는 후방경계 근무에 빗댄 것. 또 하나는 치질과 관련된 것으로 내가 칠칠맞게도 뒤를 떨치지 못한다는 것. 그 밖의 것들은 별로 웃기지 않았다.

알파 중대가 하루 꼬박 휴가를 보내던 첫날 나는 보비 조겐슨을 한 번도 마주치지 못했다. 식사 때에도, 사병 클럽에서도, 심지어 알파중대 막사에서 오랫동안 술자리를 이어가는 중에도. 어느 순간 나는 그를 찾아다니고 있었는데 내 친구 미첼 샌더스가 내게 그만 잊으라고 말했다.

"그냥 놔둬," 그가 말했다. "그 자식이 일을 망친 건 분명하지만 너도 그놈이 풋내기였단 걸 인정해야지. 신상품이었어, 기억나지? 중요한 건 녀석이 지금은 훨씬 잘하고 있다는 거야. 내 말은, 들어봐, 녀석도 자기가 똥 같은 놈이란 걸 알아. 하고 싶은 말은 해도 되지만 녀석이 모티 필립스를 살렸다는 건 알아둬."

"그걸로 다 해결된 거라고?"

샌더스는 어깨를 으쓱했다. "사람은 변해. 상황도 변하고. 있지, 이런 말 하긴 싫지만 넌 연결이 끊겼잖아. 조겐슨—그 녀석은 이제 우리랑 **함께**고."

"나는 아니고?"

샌더스는 잠시 나를 바라보았다.

"응," 그가 말했다. "아닌 것 같아."

샌더스는 허리를 쭉 펴고 낯선 사람처럼 막사를 가로지르더니 잡지를 들고 누워 읽는 시늉을 했다.

나는 속에서 무언가 변하는 느낌이 들었다. 그것은 부분적으로 분노였지만 또한 순전한 상실감이기도 했다. 나는 이제 적합하지 않았다. 그들은 군인이었고 나는 아니었다. 그들은 며칠 안에 짐을 싸서 숲으로 돌아갈 터였고 나는 헬기장에 서서 그들이 멀어지는 걸 지켜보다 시야에서 사라지고 나면 영화를 때리거나 카드 게임을 하거나 술 마시다 곯아떨어질 시간이 될 때까지 헬기에 보급품을 실으며 하루를 보낼 터였다. 웃긴 일이지만 나는 배신당했다고 느꼈다.

나는 미첼 샌더스를 오랫동안 빤히 쳐다보았다.

"의리," 나는 말했다. "그게 있어야 친구지."

이튿날 아침 나는 보비 조겐슨을 마주쳤다. 헬기장에서 휴이*에 짐을 싣던 중인데 마지막 새가 이륙할 때 셔츠를 입으면서 둘러보니 그가 내 지프차에 기대어 나를 기다리고 있었다. 뜻밖이었다. 그는 내가 기억하던 것보다 왜소해 보였고, 땅딸막한 게 조그만 인간 다람쥐 같았다.

그는 초조한 기색으로 고개를 끄덕였다.

"여," 그가 말했다.

---

* Huey. 벨(Bell)사에서 만든 UH-1 이로쿼이 헬리콥터의 애칭.

처음에 나는 이유 없이 그의 군화를 내려다보았다. 저 군화. 총에 맞던 때가 떠오르는 군화였다. 몸에 총알이 박힌 채 온갖 고통을 느끼며 뜨라봉강을 벗어났을 때에도 웬일인지 내 기억에 들러붙은 건 흠 하나 없는 가죽에다 공장에서 막 나와 굽도 멀쩡하고 먼지도 붉은 점토도 묻지 않은 그의 번듯한 새 군화였다. 군화는 기억에서 지워지지 않는 생생한 세목 중 하나였다. 조약돌이나 풀잎처럼 그냥 지긋이 보고 있으면 이런 생각이 드는. 하느님, 제가 이 세상에서 마지막으로 보는 게 저기 있나이다.

조겐슨은 눈을 껌벅거리며 웃음을 짓느라 애썼다. 이상하게도 나는 그에게 거의 연민을 느꼈다.

"저기," 그가 말했다. "얘기 좀 할 수 있을까?"

나는 꿈쩍하지 않았다. 나는 한 마디도 하지 않았다. 조겐슨의 혀가 콧수염 가장자리의 움직임을 따라 날름거리다가 사라졌다.

"저기 있잖아, 내가 다 망쳤어," 그가 말했다. "내가 무슨 할 말이 있겠어? 미안해. 네가 총에 맞았을 때 속으로 움직여 움직여 계속 말했는데 **그럴 수가** 없더라고, 약이라도 잔뜩 맞은 것처럼. 혹시 그런 느낌 받아본 적 있어? 꼼짝 못 한다든가?"

"아니," 내가 말했다. "나는 전혀."

"그래도 조금은—"

"변명하는 거야?"

조겐슨의 입술이 씰룩거렸다. "아니야, 내가 망쳤는걸. 그걸로 마침표. 완전히 얼어붙었던 것 같아. 소음에 사격에 전부 다—총격전은 처음이었어—감당이 안 되더라고……. 쇼크란 얘기를 들었을 때, 괴저 말이야, 꼭…… 비참한 기분이었어. 악몽 같기도 했고.

네가 거기 누워 있는 모습이 빤히 보이고 네 비명도 들리는데, 그런데도 다리가 모래로 꽉 찬 것처럼 **작동**을 안 하는 거야. 계속해서 애를 썼는데도 망할 **다리**를 작동시킬 수가 없었어."

그는 목구멍으로 어렴풋한, 뭔가 낮고 가벼운 소리를 냈고 나는 그가 울음을 터뜨릴까 일순 두려웠다. 그랬다면 그걸로 끝났을 것이다. 내가 그의 어깨를 두드리며 잊으라 말했을 것이다. 하지만 그는 자제력을 잃지 않았다. 그 소리가 뭐였건 그는 꾹 삼키더니 억지웃음을 짓고 나와 악수하려고 했다. 그게 내가 노려볼 구실을 주었다.

"그것참 쉽군," 내가 말했다.

"팀, 내가 돌아가서 바로잡을 순 없는 일이잖아."

"똥이나 처잡숴."

조겐슨은 계속해서 내게 손을 내밀었다. 그가 너무나 정직해 보여서, 너무나 슬프고 아파 보여서 나는 죄책감을 느낄 지경이었다. 하지만 아직 멀었다. 나는 조금 뒤 무슨 말인가 낮게 중얼거리고는 지프차에 올라 쏜살같이 내달려 그를 거기 멀뚱히 내버려두었다.

나는 그에 대한 증오를 거두게 만든 그를 증오했다.

무언가 일이 꼬여버린 것이었다. 이 전쟁에 막 왔을 때만 해도 나는 조용하고 사려 깊은 부류의 사람, 대학원생, 피 베타 카파에 숨마 쿰 라우데, 모든 자격을 갖춘 사람이었는데, 숲에서 일곱 달을 보낸 끝에 웬일로 그런 지체 높고 고상한 장식들이 매일같이 반복되는 단순한 현실의 무게에 으깨졌다는 걸 깨달았다. 내 속은 비열해졌다. 가끔은 잔인하기까지 했다. 내가 받은 교육, 나의 훌륭한 리버럴한 가치관에도 불구하고 이제 내 속에는 극악한 냉혹함이, 어둡고 이성을 넘어선 무엇이 들어섰다. 지금도 나 스스로 인정하기 어려운 일이지만 나는 악이 될 수 있었다. 나는 보비 조겐슨을 내가 받은 그대로 아프게 하고 싶었다. 그것은 몇 주 동안 다짐으로서 — **그 자식을 족칠 거야, 족쳐버릴 거야** — 내 속에 돌덩이처럼 들어앉았다. 장담하건대 나는 그를 더는 증오하지 않았고 이미 울화와 격정도 어느 정도 사라진 채였지만 복수에 대한 욕구는 나를 자꾸 잠식해갔다. 나는 가끔씩 만취한 밤을 보냈다. 나는 총에 맞아 위생병을 외치고서 기다리고 기다리고 기다리다 한 차례 기절한 다음 깨어나 마저 비명을 지르던 기억이 났고, 또 그 비명이 없던 고통도 안겨주나 싶던 일, 땀과 공포로 범벅된 나 자신의 지독한 악취, 마침내 나를 돌보러 온 보비 조겐슨의 서투른 손가락도 기억났다. 나는 그것 전부를, 모든 세부적인 것을 자꾸만 돌이켜보았다. 나는 부드럽게 흐르던 내 피의 열기가 기억났다. **쇼크**, 나는 생각했고 그것을 그에게 말하려고 했지만 혀가 말을 듣지 않았다. 나는 "이 멍청아, 쇼크라고 — **죽기** 직전이라고!" 하고 외치고 싶었지만 내가 할 수 있는 일은 힝힝 울면서 꽥꽥대는 게 다였다. 그랬던 기억에다 병원이 기억났고 간호사들이 기억났다. 나는 심지어 분노도 기억났다. 하지만 이제 그것은 느껴지지 않았다. 결국 내가 느낄 수 있는 건 가슴속에 들어앉은 냉혹함이 전부였다. 하나. 그 녀석은 나를 거의 죽일 뻔했다. 둘. 대가가 따라야 한다.

그날 오후 나는 미첼 샌더스에게 좀 거들어달라고 말했다.

"고통 주는 거 아니야," 내가 말했다. "기초 심리학, 그게 다야. 그놈 머릿속을 좀 어지럽힐 거야."

"거부," 샌더스가 말했다.

"그 새끼 좀 골려주자고."

샌더스가 고개를 설레설레 저었다. "있잖아, 너 이거 병이야."

"내가 바라는 건 단지 ―"

"병이라고."

샌더스는 나를 잠깐 말없이 쳐다보더니 자리를 떴다.

나는 아자를 끌어들여야 했다.

그는 미첼 샌더스 같은 지성은 없었지만 정의에 대한 감각은 더 예리했다. 내가 계획을 다 설명하자 아자는 하얀 이를 드러내며 긴 웃음을 지었다.

"오늘 밤?" 그가 말했다.

"너무 흥분하진 말고."

"내가?"

아자는 계속 웃음을 지은 채 눈썹을 들썩거리고 손가락을 튕겼다. 그건 그의 틱증이었다. 긴장이 감돌 때면, 전투의 기미가 있을 때면 그는 그 튕기는 버릇을 했다. 나를 포함해 누구도 거기에 아랑곳하지 않았다.

"알았지?" 나는 말했다.

아자가 윙크를 했다. "알았다, 오버. 그냥 장난이잖아, 맞지?"

우리는 적을 유령이라고 불렀다. "불길한 밤이야," 우리는 말하곤 했다. "유령 나오겠어." 낯선 언어 속에서 유령에 홀린다는 건 겁이 날 뿐 아니라 죽는다는 뜻이었다. "홀리지 마," 우리는 말하곤 했다. "침착해, 목숨 부지하라고." 혹은 이렇게 말하곤 했다. "어이, 조심해, 유령 되기 싫으면." 시골 자체가 유령 같았다 ― 그림자와 땅굴과 어둠 속에서 피어오르는 향냄새. 유령에 홀린 땅이었다. 우리는 20세기의 과학 법칙을 따르지 않는 전투부대였다. 밤늦게 경계를 서면 베트남이 죄다 살아나 일렁이는 것 같았다 — 논에서 흔들리는 이상한 형상, 샌들을 신은 부기맨, 오래된 사원에서 춤추는 혼령. 유령의 나라였고 찰리 콩*이 유령 중에서도 주역이었다. 그것이 밤에 출현하는 방식. 실제로는 못 보았는데도 어째서 봤다는 생각이 들었는지. 마술에 버금갔다 — 등장도 퇴장도 그랬다. 유령은 형태를 바꾸어, 나무와 풀이 되어 땅과 섞일 수 있었다. 공중에 부양할 수 있었다. 날 수 있었다. 가시철망을 통과해 얼음처럼 녹아 없어졌다가 소리도 발자국도 없이 슬그머니 다가올 수 있었다. 유령은 무서운 존재였다. 대낮에는, 어쩌면, 이런 허튼 것을 믿지 않았을 것이다. 웃어넘겼을 것이다. 농담으로 눙쳤을 것이다. 하지만 밤에는 신봉자로 변했다. 참호에 회의론자는 한 사람도 없었다.

아자는 바짝 긴장했다. 우리가 준비를 하던 오후 내내 그는 "핼러윈이요, 핼러윈" 하고 노래를 불렀다. 거기다 손가락 튕기기까지, 작전을 거의 취소해야 할 판이었다. 나는 순간 소름이 돋았다. 미첼 샌더스는 기분 좀 식히라는 의도로 말 걸지 않고 나를 내버려두었지만 그래도 나는 얼마 못 가 슬슬 이런저런 기억이 되살아나곤 했다. 그 결과 일종의 무감각이 찾아왔다. 시큰둥함도 열의도 없었다. 나는 그저 동작들을 어떤 기분이나 현실감 없이 구령대로 고지식하게

* Charlie Cong. 베트남 민족해방전선과 북베트남 군인을 구분 없이 일컫던 미군 은어.

해나갔다. 나는 특수 효과 장치를 급조하고 지세를 점검하고 거리를 측정하고 우리에게 필요한 물자와 장비를 공수했다. 그 점에서 나는 실수가 없는, 부족함 없는 전문가였지만 어찌 되었든 그건 마치 내가 누군가의 전쟁을 대신 치르느라 태세를 갖추는 느낌이었다. 나는 그런 애국적인 열성은 없었다.

만약 당당한 출구가 있었다면 나는 그 길을 택했을지 모른다. 실제로 저녁을 먹는 동안 나는 식당 저편의 보비 조겐슨을 빤히 쳐다보고 있었고 마침내 그가 눈을 들어 나를 보고 고개를 끄덕이다시피 했을 때 이로써 일단락을 지을 뻔했다. 어쩌면 나는 살가운 뭔가를 바라느라 애쓰던 중이었는지 모른다. 마지막으로 한 번만 사과를 — 모두 앞에서. 하지만 조겐슨은 그냥 빤한 눈길을 돌려보낼 뿐이었다. 그것은 낯선 동시에 정직하고 두려움 없는 눈길로 마치 이제는 사과가 필요 없다는 듯했다. 그는 데이브 젠슨과 미첼 샌더스 그리고 다른 몇몇과 거기 앉아 있었고 화기애애한 친목회처럼 아주 잘 어울려 보였다.

그게 아마 고삐를 당겼던 것 같다.

나는 내 막사로 돌아가 샤워를 하고 면도를 하고 벽에다 철모를 내던지고 잠시 누워 있다가 일어나서 어슬렁거리고 혼잣말을 하고 새로 연고를 바르고 나서 아자를 찾아 자리를 떴다.

곧 땅거미가 질 무렵 알파중대가 점호를 받느라 서 있었다. 나중에 대원들은 두 무리로 나뉘었다. 한쪽은 편지를 쓰거나 파티를 벌이거나 취침을 하러 떠났고 다른 쪽은 다음 열한 시간 동안 야간 경계 근무를 설 기지 방어선 쪽으로 척척 걸어갔다. 그게 운용 규정이었다 — 하룻밤 말뚝, 하룻밤 비번.

지금은 조겐슨이 말뚝을 설 차례였다. 물론 나는 이미 알고 있었다. 게다가 그가 배치받은 벙커도 알고 있었다. 6번 벙커, 방어선 남서쪽 구석에 쌓아 올린 모래주머니. 그날 아침 나는 그의 자리를 샅샅이 염탐해둔 참이었다. 나는 사각(死角)이며 드문드문 굴곡진 지세며 상황 발생 시 그가 엄폐할 장소를 알았다. 그래도 뜬금없는 실수로 일을 망치지 않으려고 아자와 나는 철책까지 그의 뒤를 밟았다. 우리는 그가 판초를 펼치고 클레이모어에 점화장치를 연결하는 모습을 지켜보았다. 그는 어린아이처럼 혼자서 부드러운 휘파람을 불었다. 그는 무전기를 시험하고 초콜릿 바 포장을 벗기더니 소총을 테디 베어처럼 가슴에 품고 뒤로 기대앉았다.

"비둘기로군," 아자가 속삭였다. "비둘기 꼬치구이. 지글지글하는 냄새가 나는걸."

"진짜가 아니란 점만 아니면."

아자가 어깨를 으쓱했다. 잠시 후 그가 팔을 뻗어 거칠지도 다정하지도 않은 손길로 내 어깨를 탁 쳤다. "진짜가 뭔데?" 그가 말했다. "환상의 나라에서 8개월을 보내면 경계가 모호해지는 경향이 있잖아. 솔직히 말하면 나는 가끔씩 **뭐가** 진짜인지 기억이 안 나."

심리학 — 그건 내가 아는 하나였다. 백주 대낮에는 누구를 겁주려고 하지 않는 법이다. 당신은 기다린다. 왜냐하면 어둠이 그를 내면으로 몰아 바깥세상과 차단하면 상상이 장악을 하기 때문이다. 그게 기초 심리학이다. 나는 당신이 말을 나눌 사람도 소일거리도 없이 매시간 거기 죽치고 앉아 자신의 안쓰러운 영혼 한가운데에 있는 커다란 블랙홀을 하릴없이 응시하는 동안 공포 요소가 어떻게 증식

하는지 알 만큼 충분히 야간 경계를 서보았다. 시간이 지나면 당신은 당신의 자이로스코프를 잃어버린다. 넋이 배회하기 시작한다. 당신은 캄캄한 벽장, 미치광이, 침대 밑의 살인마 같은 어릴 적의 모든 무서운 것을 떠올린다. 그렘린과 트롤*과 거인. 당신은 그것을 떨치려 하지만 불가능하다. 당신은 유령을 본다. 당신은 눈을 깜빡거리고 고개를 흔든다. 헛것이야, 당신은 혼잣말을 한다. 하지만 그 순간 당신은 죽은 동료들이 떠오른다. 커트 레몬, 카이오와, 테드 라벤더, 그 밖에 이제는 선명하게 떠올릴 수 없는 여섯 명의 얼굴. 이윽고 당신은 찰리의 마술에 관해 들었던 이야기들을 곰곰이 곱씹기 시작한다. 대원 몇 명이 출구 없는 막다른 땅굴에서 베트콩 둘을 궁지로 몬 다음 수류탄으로 땅굴을 날리고 수색해보니 웬일로 죽은 쥐 말곤 아무것도 없더란 이야기. 100가지는 될 이야기. 해병대 일개 분대를 단 20초 만에 쓸어버린 유령들. 죽었다가 되살아난 유령들. 당신의 등 뒤와 정면과 내면에 있는 유령들. 얼마 뒤 밤이 깊으면 당신 귓속에는 수상쩍은 중얼거림이 맴돈다. 작은 소리가 고조되고 일그러진다. 귀뚜라미들이 알아듣지 못할 이야기를 한다. 밤은 전기같이 저릿한 느낌을 띤다. 당신은 숨을 죽인다. 당신은 몸을 말고 근육을 긴장한 채 손가락 관절이 굳는 소리, 머릿속의 맥박 뛰는 소리에 귀 기울인다. 당신은 유령들의 웃음소리를 듣는다. 젠장맞을 **웃음소리**. 당신은 고개를 홱 들고 꼼짝도 않은 채 가는눈으로 어둠을 일별한다. 하지만 아무것도 없다. 당신은 소총을 자동 격발로 조정한다. 당신

* 그렘린은 비행기 등 여느 탈것과 기계에 고장을 일으킨다는 영미 민간전승 속의 마귀. 트롤은 북유럽신화 등에 등장하는 무서운 괴물의 총칭.

은 몸을 좀 더 웅크리고 수류탄 개수를 세고 바로 던질 수 있게 안전핀을 펴두었는지 확인하고 깊은 숨을 들이마시고 귀를 기울이고 태연하려 애쓴다. 그러고 나서 나중에, 충분한 시간이 지나고 나면 상황은 걷잡을 수 없이 돌변한다.

“어서,” 아자가 말했다. “**해치우자고.**” 하지만 나는 그에게 인내심을 갖자고 말했다. 기다림이 요령이었다. 그래서 우리는 8일 연속 상영 중이던 영화 <바버렐라>를 다시 보러 갔다. 나는 시끄러운 영화라는 생각이 들었지만 아자는 푹 빠져 있었다. 그는 제인 폰다에게 미쳐 있었다. “깜찍한 제이니,” 그는 자꾸 말했다. “남자의 사기를 북돋우는 깜찍한 제이니.” 그러고 나서 그는 신체 어느 부위의 사기가 올랐는지 내게 손으로 가리켜 보였다. 상투적인 농지거리였다. 모든 게 상투적이었다. 영화, 열기, 술판, 전쟁. 나는 두 번째 필름릴이 돌아가는 동안 곯아떨어졌고 — 덥고 화나는 잠이었다 — 40분 뒤 엉덩이 염증과 울화통으로 잠에서 깼다.

아직 자정 전이었다.

우리는 사병 클럽으로 슬슬 넘어가 여섯 캔들이 맥주를 끈지게 비웠다. 미첼 샌더스가 거기 다른 테이블에 있었지만 나를 못 본 체했다.

폐관할 무렵 나는 아자에게 고개를 끄덕였다.

“이야, 눈물 나게 기다리던 시간,” 그가 말했다.

우리 둘은 내 막사로 건너가 장비를 챙긴 다음 밤을 뚫고 철책으로 내려갔다. 나는 다시 군인이 된 느낌이었다. 숲으로 돌아간 것 같았다. 우리는 군기가 바짝 든 모습을 말없이, 그늘에 꼭 숨어서, 어둠과 한패가 되어서 관찰했다. 6번 벙커에 이르자 아자가 엄지를 치켜세우더니 나한테서 떨어져 나가 남쪽으로 선회하기 시작했다. 얼마 만인지, 나는 생각했다. 이런 흥분, 이런 두려움.

나는 조용히 장비를 어깨에 짊어지고 조겐슨의 위치가 내려다보이는 돌무더기 쪽으로 넘어갔다. 나는 그의 바로 등 뒤에 있었다. 정확히는 32미터 떨어져 있었다. 아직 달도 뜨지 않은 칠흑 같은 어둠 속에서도 나는 애송이의 윤곽을 분간할 수 있었다. 철모, 양쪽 어깨, 총열. 그는 내게 등을 털렸다. 그는 철책과 그 너머 위험이 도사리는 논을 바라보았다.

나는 무릎을 대고 앉아 조명탄 열 발을 꺼내어 마개를 돌려 따고 내 앞에 죽 정렬해놓은 다음 손목시계를 확인했다. 아직 5분이 더 지나야 했다. 나는 왼쪽으로 조금씩 이동하면서 그날 오후 내가 미리 설치해둔 밧줄을 더듬거리며 찾았다. 4분. 머리카락이 나부끼는 동시에 쭈뼛하는 게 머릿속이 가벼워지는 느낌이었다. 오지에서부터 그런 느낌이 있었다. 어지럼과 불확실함과 경외감, 그 모든 느낌에 100만 가지를 더한 느낌. 마치 영화 속에 있는 듯한 느낌. 카메라가 비추므로 당신은 연기를 시작하고 다른 사람이 된다. 당신은 오디 머피와 게리 쿠퍼와 시스코 키드를, 이제껏 보아온 모든 영화 속의 온갖 영웅을 떠올리고 별수 없이 그들의 행동거지를 적절한 본보기로 삼는다. 당신은 매복을 나가 어둠 속에 웅크려 자제력과 싸운다. 너무 많이 마음 졸이지 않으려 한다. 당신은 자세를 가다듬는다. 호흡을 줄인다. 눈을 열고 경계를 한다 — 상투적인 엄숙함, 상투적인 영화. 모든 게 다 같이 소용돌이치면서 당신 자신의 감정이 클리셰와 뒤섞이고, 마침내 당신은 그 둘을 구별하지 못한다.

내 안에는 냉혹함이 있었다. 나는 내가 아니었다. 나 자신이 속이 텅 빈 위험한 존재로 느껴졌다.

나는 한 차례 호흡을 하고 첫 번째 밧줄을 손가락으로 더듬은 다음 날렵하게 탁 흔들었다. 그 즉시 철책 밖에서 덜걱거리는 소리가 났다. 예상했던 데다 심지어 바짝 긴장하고 들은 소리인데도 심장이 쿵닥거렸다.

지금이야, 나는 생각했다. 지금부터다.

밧줄은 다 해서 여덟 개였다. 내가 네 개, 아자가 네 개. 각각의 밧줄은 내가 손수 만든 방울을 달고 조겐슨의 벙커 앞에 멀찍이 놓여 있었다——탄피로 채운 탄약통이 방울이었다. 단순한 장치였지만 효과가 좋았다. 나는 잠시 기다렸고, 그러고 나서 내가 맡은 밧줄 네 개 모두를 아주 살살 잡아당겼다. 세심하게, 시끄럽지 않게. 열심히 귀담아듣지 않으면 놓칠 수 있는 소리였다. 하지만 조겐슨은 듣고 있었다. 달그락하는 나직한 첫 소리가 나자 그의 윤곽은 얼어붙은 듯했다.

또 한 번 달그락. 이번 것은 아자였다. 우리는 10분 내내 그 일을 하면서 박자를 바꾸고——소음, 정적, 소음——점점 긴장을 더했다.

나는 가는눈으로 조겐슨의 위치를 내려다보면서 엄청난 힘이 부풀어 오르는 걸 느꼈다. 틀림없이 베트콩이 느꼈을 감정이었다. 인형술사 같았다. 밧줄에 매달린 양키가, 장난감 같은 목각 병사가 뛰어오르고 잡아채이고 하는 걸 지켜보는. 내가 각각의 밧줄을 하나씩 차례로 잡아당기자 부드럽고 막연한 무정형의 소리가 내게 되돌아왔다. 어쩌면 방울뱀 소리, 아니 지하실 문이 삐걱대는 소리 아니면 다락에서 울리는 발소리——뭐든 판단하기 나름이었다.

나는 어느 정도 나를 말리고 싶었다. 가혹한 짓임을 나도 알았지만, 그래도 옳고 그름은 별개의 문제였다.

나는 내 낄낄거리는 소리가 들렸다.

그러고서 나는 곧 자연계에서 떨어져 나왔다. 경첩이 풀리는 느낌이 들었다. 눈을 감으니 내가 몸뚱이에서 이탈해 어둠을 가르고 조겐슨의 위치로 유유히 떠내려가는 듯했다. 나는 투명이었다. 나는 형체도 없었고 물질도 아니었다. 나는 무(無)보다도 질량이 덜 나갔다. 나는 그냥 떠다녔다. 그것은 물론 상상이었지만 나는 거기서 오랫동안 보비 조겐슨의 벙커 위를 맴돌았다. 원형으로 쌓은 모래주머니 안쪽에 납작 엎드린, 겁에 질려 말이 없는, 주변을 귀담아듣는, 이건 다 어둠의 장난이라고 혼잣말하는 그의 모습이 어둠을 뚫고 보이는 듯했다. 잔뜩 긴장한 근육, 쫑긋한 귀 — 내게는 **보였다**. 지금 이 순간 그는 하늘을 힐끗 올려다보며 달이나 별 몇 개가 떠 있기를 바랄 것이다. 하지만 달도 별도 없다. 그는 혼잣말하기 시작할 것이다. 그는 힘겹게 밤의 초점을 조정하지만, 초점이 맞기를 바라지만, 노력할수록 상은 왜곡될 것이다. 철책 너머 멀리서 논이 빙글빙글 돌고 흔들릴 것이다. 나무들이 사람의 형태로 보일 것이다. 풀숲이 공병(工兵)처럼 밤을 가르고 활주해 올 것이다. 유령의 집 같은 나라. 도깨비 거울과 굴절이 있고 괴물들이 튀어나오는 나라. "진정해," 그는 중얼거릴 것이다. "진정, 진정, 진정," 그는 말하지만 더 진정될 리는 없을 것이다.

실제로 나는 그 모습을 볼 수 있었다.

나는 거기서 그와 함께, 그의 안에 있었다. 나는 밤의 일부였다. 나는 땅 자체였다 — 모든 것, 모든 곳이었다 — 반딧불이와 논, 한

밤중의 바스락거림, 불길함을 띤 서늘한 인광이었다 — 나는 극악무도함이었다 — 나는 정글의 불길, 정글의 타악기 소리였다 — 나는 천치같이 불쌍하게 죽어버린, 내 친구였던 자들의 눈에 서린 장님 같은 눈길이었다 — 모든 창백한 어린 시체의, 리 스트렁크와 카이오와와 커트 레몬의 눈길이었다 — 나는 그들의 입술에 내려앉은 야수였다 — 나는 베트남이었다 — 공포요, 전쟁이었다.

"오싹하겠어," 아자가 말했다. "소름 끼쳐서 팬티 좀 적시겠는데." 그가 맥주를 내밀었지만 나는 고개를 가로저었다.

우리는 내 막사의 희미한 불빛 아래 군화를 벗고 앉아 내 테이프 덱에서 흘러나오는 메리 홉킨의 음악을 들었다.

"다음은 뭐야?"

"기다려봐," 나는 말했다.

"그래, 하지만 내 말은 — "

"닥치고 좀 **듣자고**."

그 높고 우아한 목소리. 언젠가 전쟁이 끝나면 나는 런던에 가서 메리 홉킨에게 청혼할 생각이었다. 그건 베트남이 베풀어주는 또 한 가지다. 베트남은 당신을 감상적이게 만든다. 메리 홉킨 같은 여자아이들과 어울리고 싶게 만든다. 당신은 자신이 죽으리란 걸 마침내 깨닫게 되고, 그래서 한때는 순하고 천진한 아이였던 자신의 삶을 붙잡으려고 안간힘을 내지만 얼마쯤 지나면 감상이, 그러다 슬픔이 자리를 꿰차는데, 왜냐하면 당신은 이제 어느 것 하나 되돌릴 수 없음을 사실로 인정하기 때문이다. 당신은 어쩔 도리가 없다. 그때가 좋았죠, 그녀는 노래했다.

아자가 테이프를 껐다.

“이런 젠장,” 그가 말했다. “음악 좀 들어?”

이제 마침내 달이 떠올랐다. 우리는 슬그머니 각자의 위치로 돌아가 밧줄 작업을 속개했다. 이제는 더 시끄럽고 집요하게. 철책에 별빛이 비쳐 반짝거렸고, 그림자가 겹겹이 묘하게 드리워 있었고, 크고 하얀 달이 울림을 더했다. 아무것도 도덕적이지 않은 세상이었다. 밤은 순수했다. 우리는 보비 조겐슨의 벙커에 더 가까워지도록 탄약통을 천천히 끌어당겼고, 여기에 달이 가세해 위기가 임박한 느낌, 악마가 바닥에 배를 대고 천천히 기어오는 느낌을 주었다.

03시 정각에 아자가 첫 조명탄을 터뜨렸다.

작은 폭발음이 들리더니 6번 벙커 앞에서 지글거리는 소리가 났다. 밤이 제 허리를 부러뜨린 것 같았다. 벙커로부터 열 보 밖에서 하얀 불꽃이 타올랐다.

내가 조명탄을 세 개 더 쏘아 올리자 즉각 대낮이 되었다.

그러자 조겐슨이 움직였다. 그는 짧고 낮은 소리로 울었고—실제로는 울음소리가 아니라 단지 폐와 목에서 끌어 올린 짧은 짖음이었다—그가 모로 돌진해 모래주머니를 쌓아둔 쪽으로 구른 다음 거기 웅크려 소총을 안고 대기하는 일련의 일들이 희미한 상으로 눈에 들어왔다.

“저기군,” 내가 속삭였다. “이제 너도 알겠지.”

나는 그의 마음을 읽을 수 있었다. 나는 그와 거기 있었다. 우리는 공포가 무엇인지 함께 깨달았다. 너는 이제 사람이 아니야. 너는 그림자야. 너는 허물을 벗듯 네 살갗을 빠져나와 너의 지난날과 미래를 벗고 평생 너였던 모든 것 혹은 네가 바랐거나 믿었던 모든 것을 뒤로하지. 너는 네가 곧 죽으리란 걸 알아. 이건 영화가 아니고 너는 영웅이 아니며 네가 할 수 있는 일은 오직 흐느끼며 기다리는 것뿐이야.

이것이 지금 우리가 공유하는 것이었다.

나는 그와 가까워졌다고 느꼈다. 연민이 아니라 말 그대로 거리상의 가까움이었다. 타오르는 불꽃을 바탕에 둔 그의 검은 윤곽이 마치 모양대로 오려낸 보드지 같았다.

내 주둔지 밖의 어둠 속, 나는 아자 쪽으로 거의 코와 코가 맞닿을 만큼 몸을 기울이고 있었지만 내 눈에 보이는 건 광이 나는 그의 흰자위뿐이었다.

"이제 됐어," 내가 말했다.

"오, 설마."

"진지해."

아자는 내게 슬쩍 엷은 웃음을 지어 보였다.

"진지?" 그가 말했다. "나로서는 못 견디게 진지한걸—난 방금 입대한 개구쟁이거든."

그가 다시 웃음을 지었을 때 나는 말릴 수 없단 걸 알았지만 어쨌든 노력을 했다. 나는 비겼다고 그에게 말했다. 우리가 점수를 땄다고, 이제 들먹일 필요 없다고 말했다.

아자가 나를 빤히 쳐다보았다.

"딱하고 가엾은 친구네," 그가 말했다. 남은 말은 억양과 하얀 두 눈이 대신했다.

• • •

동트기 한 시간 전 우리는 마지막 국면에 접어들었다. 이제 아자가 지휘를 했다. 나는 어쩌면 내가 말릴 수 있을지 모른다는 생각으로 아자의 꽁무니를 따랐다.

"이건 너만의 일이 아니야," 아자가 들떠서 말했다. "그게 내 성격적인 결함이지. 끝장을 봐야 맘이 풀리는 거."

나는 그를 쳐다보지 않았다. 철책에 다다르자 아자는 내 어깨에 손을 얹고 돌무더기 쪽으로 건너가도록 안내했다. 그는 무릎을 꿇고 앉아 밧줄과 조명탄을 검사하고 저 혼자 고개를 끄덕인 다음 조겐슨의 벙커를 내려다보고 또 한 번 끄덕이더니 제 철모를 벗어서 깔고 앉았다.

그는 다시 웃음을 짓고 있었다.

"그거 알아?" 그가 말했다. 그의 목소리가 수심에 잠긴 듯했다. "밤에 여기 나와 있으니까 다시 어린애가 된 느낌이야. 베트남이니까 가능한 일이지. 내 말은, 우아, 난 이 짓거리가 **너무 좋아**."

"이제 그만——"

"쉬."

아자가 손가락을 제 입술에 갖다 댔다. 그는 아직도 내게 친절하다 싶을 만큼 웃음을 짓고 있었다.

"여기서 이러는 게 네가 원했던 거잖아," 그가 말했다. "너 전쟁 하면 뻑 가잖아, 안 그래? **이게** 다 그거라고. 아기자기한 뒷마당 전쟁놀이. 옛날 생각 나겠어, 암——행복했던 군인 시절 말이야. 지금 넌 퇴물이지만. 왜, 재향군인회 같은 인간들 있잖아, 근사한 군복 걸치고 나가서 전쟁놀이하는 인간들. 안쓰럽지. 나였으면 차라리 진짜로 내 엉덩이를 갈겨버렸을 텐데."

내 입술이 비눗돌처럼 매끈하게 느껴졌다.

"그만해," 내가 말했다. "이걸로 끝내자고."

"안쓰럽군."

"아자, 제발."

그는 내 뺨을 토닥였다. "안쓰러워 죽겠어," 그가 말했다.

우리는 다시 10분을 기다렸다. 이젠 날이 쌀쌀한 데다 습했다. 쪼그리고 앉아 있자니 어떤 덧없는 기분, 공허한 느낌이 밀려들었고 마치 누군가 나를 크리스마스트리 장식처럼 손으로 으깨버릴 수 있을 것 같았다. 뜨라봉강에서와 똑같은 느낌이었다. 나 자신을 잃고 모든 걸 엎지르던 때와. 나는 내 속에 박힌 총알이 내던 연기 소리가 기억났다. 나는 오랫동안 거기 누워 강물 소리, 총소리 그리고 여러 목소리에 귀 기울이던 기억, 계속해서 위생병을 외쳐도 아무도 오지 않아 결국 엉덩이로 손을 뻗어 구멍을 만져보던 기억이 났다. 피는 설거지물처럼 따뜻했다. 나는 바지가 피로 차오르는 걸 느꼈다. 피가 다 빠져나가면, 나는 생각했다 — 나는 **공허**해지겠지. 그러고 나서 덧없는 기분이 덮쳤다. 나는 잠시 기절했고, 깨어나서 보니 전선은 강 하류로 밀려나 있었다. 아직도 피가 새고 있었다. 나는 랫 카일리가 어디 있는지 의아했지만 랫 카일리는 일본에 있었다. 내 오른쪽 멀리 어디선가 소총이 격발되고 사람들이 소리를 지르는데도 이젠 아무것도 현실 같지 않았다. 내가 죽어가는 냄새가 났다. 가파른 각도로 파고든 총알이 엉덩이부터 대장을 작살내고 있었다. 나는 악취 때문에 좌로 우로 진저리를 쳤다. 나는 몸을 비틀어 손으로 상처를 꽉 쥐고 안간힘으로 틀어막았다. 피가 새다 죽을 거라는 생각이 들었다. 소용돌이치며 램프를 나오는 요정같이 — 가스 연기 같이 — 나는 육신을 빠져나와 공중을 떠다니고 있었다. 반은 남고 반은 나간 상태였다. 내 일부분, 즉 시체 부분은 아직 거기 누워 있었지만 나는 또한 요정으로서 구경꾼이 되어 "괜찮아, 괜찮아" 말하고 있었고 그 때문에 비명을 지르기 시작했다. 그러지 않을 수 없었다. 보비 조겐슨이 내게 왔을 때 나는 쇼크로 죽기 일보 직전이었다. 내가 할 수 있는 일은 비명을 지르는 것뿐이었다. 나는 지혈을 하려고 단단히 힘을 주어 압박했지만 그 때문에 부상은 악화될 뿐이었고, 그러자 조겐슨은 상처를 스테이플러로 찍으며 내게 집어치우라고 말했다. 쇼크, 나는 생각했다. 그에게 그걸 일러두려고 했다. "쇼크" 하고 그에게 말하려고 안간힘을 냈지만 말이 나오지 않았다. 조겐슨은 나를 뒤집더니 한쪽 무릎으로 내 등을 눌러 그대로 고정시켰고 나는 이 말을 하려고 계속 안간힘을 냈다. "야, 쇼크, 쇼크 막으라고." 나는 정신이 말짱했지만 — 주변이 또렷했다 — 혀가 단어 주변을 겉돌았다. 그러고 나서 나는 얼마간 실신했다. 정신이 돌아왔을 때 조겐슨은 칼로 내 바지를 가르고 있었다. 그는 모르핀을 투여했고, 그것 때문에 겁에 질린 나는 무슨 말인가 내지르며 움찔움찔 빠져나가려고 했지만 그는 아랑곳하지 않고 내 등을 내리눌렀다. 다만 이제 그는 조겐슨이 아니었다 — 그 요정이었다 — 그는 웃음을 띤 채 나를 내려다보며 윙크했고 나는 그를 떨쳐낼 수 없었다. 그다음 일들은 슬로모션으로 흘렀다. 모르핀 탓이었는지 모른다. 나는 조겐슨의 새 군화, 그다음엔 조약돌, 그다음엔 내 위에서 높이 떠다니는 나 자신의 얼굴에 초점이 맞추어졌다 — 내가 살아생전 마지막으로 볼 것들이었다. 나는 눈길을 돌릴 수 없었다. 내가 졸처럼 보기 힘든 무언가의 목격자라는 생각이 와락 들었다.

어둠 속에 있자니 아직도 영적인 세계의 기미가 느껴졌다.

아자가 말을 걸었다. "이봐, 깨어 있어?"

나는 고개를 끄덕였다.

저 아래 6번 벙커는 고요했다. 버려진 장소처럼 보였다.

아자는 씩 웃더니 밧줄 작업을 착수하러 갔다. 잔잔한 바람, 부드러운 한숨 소리처럼 일이 시작되었다. 나는 내 몸을 껴안았다. 나는 아자가 몸을 구부려 첫 번째 조명탄을 쏘아 올리는 모습을 지켜보았다. 나는 "제발" 하고 말할 뻔했지만 단어를 낚아채고서 고개를 들어 조겐슨의 벙커 위로 날아가는 불꽃을 눈으로 좇았다. 그것은 거의 소리 없이 터졌다. 은은한 붉은 섬광이었다.

어둠 속에서 흐느끼는 소리가 났다. 처음에 나는 그게 조겐슨인 줄 알았다.

"제발 그만하지 않을래?" 내가 말했다.

나는 이를 앙다물고 손을 꽉 쥐었다. 몸이 오들오들 떨렸다.

아자는 속도를 내어 붉은 조명탄을 두 번 더 쏘아 올렸다. 그는 어느 시점에 내 쪽으로 몸을 돌려 눈썹을 치켜들었다.

"티미, 티미," 그가 말했다. "이런 저질 같으니."

나는 수긍했다.

나는 무엇인가 하고 싶었지만, 어떻게든 그를 말리고 싶었지만 아자가 최루탄을 집어 안전핀을 뽑고 일어나서 던지는 모습을 등을 움츠리고 지켜만 보았다. 최루가스 연기가 엷게 피어올라 6번 벙커를 부분적으로 가렸다. 30미터 떨어져 있는 내게도 냄새와 맛이 느껴졌다.

"맙소사, **제발**," 내가 말했지만 아자는 쇠루탄을 또 하나 붕 띄우고 쉭 소리가 나기를 기다렸다가 우리가 아직 사용하지 않은 밧줄로 후다닥 넘어갔다.

그건 내 아이디어였다. 내가 되는대로 만든 것이었다. 하얗게 페인트칠한 모래주머니, 도르래 장치.

아자가 밧줄을 홱 잡아당기자 6번 벙커 앞 멀찍이서 하얀 모래주머니가 튀어 오르더니 부옇게 소용돌이치는 최루가스 속을 서성거렸다.

조겐슨이 사격을 시작했다. 처음은 딱 한 발, 붉은 단발 예광탄이 모래주머니에 턱 박히더니 타올랐다.

"우우!" 아자가 소곤거렸다.

아자는 저 혼자 말하면서 재빨리 마지막 최루탄을 던지고 조명탄을 또 하나 쏘아 올리더니 밧줄을 다시 낚아채 하얀 모래주머니를 춤추게 만들었다.

"우우!" 그는 노래를 부르고 있었다. "반짝반짝 작은 별!"

보비 조겐슨은 정신 줄을 놓지 않았다. 그는 조용히, 거의 위엄을 풍기며 일어나서 모래주머니를 조준하고 한 발 더 날렸다. 붉은 불꽃이 그의 옆모습을 비추었다. 그의 얼굴은 편안해 보였다. 그는 마치 무슨 결심을 하듯 몇 초 동안 어둠 속을 응시하더니 고개를 가로젓고는 철책 쪽으로 저벅저벅 걷기 시작했다. 허리를 곧게 편 자세였다. 그는 웅크리지도 머뭇거리지도 기지도 않았다. 그는 똑바로 서서 걸었다. 그는 일종의 우아함을 풍기며 이동했다. 모래주머니에 이르자 조겐슨은 걸음을 멈추고 몸을 돌려 내 이름을 크게 외쳤고, 그러고 나서 총구를 들어 하얀 모래주머니에 갖다 댔다.

"오브라이언!" 그가 소리치더니 방아쇠를 당겼다.

아자가 밧줄을 놓았다.

"이런," 그가 중얼거렸다. "쇼가 끝났군." 그는 경멸과 연민이 뒤섞인 눈길로 나를 내려다보았다. 잠시 후 그는 고개를 설레설레 저었다. "있잖아, 말할 게 있어. 너는 참 안타까운 경우야."

나는 몸을 떨고 있었다. 나는 들썩거리는 몸을 계속 껴안고 있었지만 요동을 떨쳐낼 수가 없었다.

"역겨워," 아자가 말했다. "내 평생 최고로 안타깝고 좆같은 저질이야."

그는 조겐슨을 건너다본 다음 나를 쳐다보았다. 그의 눈은 표면이 돌처럼 탁하고 영혼 없었다. 그는 나를 일으키려는 듯 앞으로 다가왔다. 그러고 멈추었다. 거의 나중에 생각난 일인데, 그는 내 머리를 걷어찼다.

"맘이 아프다고," 그는 속삭이더니 잠을 자러 떠났다.

"별거 아니야," 나는 조겐슨에게 말했다. "그냥 내버려둬."

하지만 그는 나를 벙커로 데려가더니 수건으로 찢어진 이마를 닦아주었다. 실제로 심한 상처는 아니었다. 나는 현기증이 좀 났지만 티를 내지 않으려고 했다.

이제 동이 트고 있었다. 우리는 한동안 말이 없었다.

"그러면," 그가 마침내 말을 꺼냈다.

"좋아."

우리는 악수를 했다. 둘 중 누구도 악수에 별 감정을 섞지 않았고 서로 눈을 마주치지도 않았다.

조겐슨이 총상 입은 모래주머니를 가리켰다.

“저거 연출 좋던걸,” 그가 말했다. “거의 죽다 살아났어—” 그는 잠시 말을 멈추고 이제 막 붉어지기 시작한 동쪽 하늘 아래 펼쳐진 논들을 가느다란 눈길로 바라보았다. “아무튼 훌륭하고 감동적인 연출이었어. 너 언젠가 영화 같은 걸 해보면 좋을 것 같아.”

나는 끄덕이며 말했다. “좋은 생각이야.”

“히치콕처럼 되려나. 〈새〉 있잖아—그 영화 본 적 있어?”

“그 영화 무섭지,” 내가 말했다.

우리는 좀 더 오랜 시간 앉아 있었고, 그러고 나서 나는 일어서려 했지만 아직도 머리가 어질어질했다. 조겐슨이 팔을 뻗어 나를 부축했다.

“이제 우리 비긴 거지?” 그가 말했다.

“이만하면.”

나는 또다시 가까움을 느꼈다. 전우에 가까웠다. 우리는 다시 한 번 악수를 나눌 뻔하다 그러지 않기로 했다. 조겐슨은 철모를 들어 먼지를 털고 하얀 모래주머니를 한 번 더 돌아보았다. 그의 얼굴은 지저분했다.

의무실로 올라가서 그는 내 이마를 소독한 뒤 붕대를 감아주었고, 그런 다음 함께 식사를 하러 갔다. 우리는 할 말이 많지 않았다. 나는 그에게 미안하다고 말했다. 그도 나와 똑같은 말을 했다. 나중에 어색한 순간이 찾아들었을 때 나는 말했다. “아자를 작살내자.”

조겐슨은 나를 보고 반쯤 활짝 웃었다. “죽을 만큼 까무러치게, 맞지?”

“맞아,” 내가 대답했다.

"작품 나오겠는데!"

나는 어깨를 으쓱했다. "물론이지. 안 나오면 진짜로 죽여버리고."

밤일

랫 카일리에 관해 몇 마디 해야겠다. 그가 다쳤을 때 나는 거기 없었지만 나중에 미첼 샌더스가 꼭 알아둬야 할 사실이라며 이야기를 들려주었다. 랫 카일리가 침착함을 잃은 건 명백했다.

소대는 꽝응아이 시 서쪽에 있는 구릉에서 작전지역을 산출하느라 그 지역 주둔 북베트남군의 전력에 관한 정보를 얼마 전부터 수신하던 중이었다. 말도 안 되는 소문들이 일상적으로 돌았다. 대대적인 포격과 러시아 탱크와 전 사단의 신규 병력화. 지미 크로스 중위를 포함해 누구도 심각하게 받아들이지 않았지만 혹시 모를 위험에 대비해 소대는 한길에서 벗어나 밤에만 이동했고 야전 운용 규정을 엄격히 준수했다. 그들은 거의 2주 동안 밤일을 했다고 샌더스는 말했다. 그건 모두의 관용어였다. 밤일. 언어유희. 그 말은 상황을 견딜 만해 보이게 만들었다. 베트남이 잘해주디? 누구 하나가 물으면 다른 누가 말했다. 어, 대단한 파티였지, 밤일도 막 하고.

예외 없이 다들 신경이 곤두서 있었다고 샌더스는 말했지만 랫 카일리로서는 끝내 일본행으로 귀결될 일이었다. 그로서는 감당하기 힘들 만큼의 중압감이 들었다. 그는 적응할 수 없었다.

그 2주 동안 기본적인 일과는 단순했다. 그들은 자면서 또는 자려고 뒤척이면서 낮 시간을 보냈고, 그러고 나서 해가 저물면 장비를 걸치고 일렬로 이동해 어둠 속으로 나아갔다. 항상 짙은 구름이 드리워 있었다. 달도 별도 뜨지 않았다. 샌더스가 말하길 상상할 수 있는 가장 순수한 암흑, 이를테면 하느님이 엉덩이를 붙이고 앉아 검정색을 발명할 때 머릿속으로 떠올렸을 게 분명한, 시간이 멎은 듯한 암흑이었다. 눈알이 아렸다. 고개를 가로흔들고 눈을 깜박거려도 눈을 깜박이는지조차 알 길 없는 불변의 어둠이었다. 그래서 신경과민이 되었다. 정신이 나가버렸다. 대열에서 이탈할까 봐 불안해지기 시작했고 — 혼자라는 생각이 들었고 — 그러자 진짜 공황이 엄습한 나머지 손을 뻗어 앞사람을 만지느라, 앞사람이 아직 거기 있게 해달라고 예수에게 빌면서 앞사람 상의를 더듬느라 안간힘을 냈다. 그것은 악몽을 꾸는 데에도 보탬이 되었다. 데이브 젠슨은 카로틴이 풍부한 특수 비타민을 복용했다. 크로스 중위는 노도스 흥분제를 복용했다. 심지어 헨리 도빈스와 노먼 보커는 둘 사이에 부랴부랴 안전 끈을 설치했는데, 한 가닥의 기다란 철사를 서로의 벨트에 묶은 것이었다. 소대 전체가 암흑에 충격을 받았다.

하지만 랫 카일리는 다른 경우였다. 어쩌면 시신낭이 너무 많았던 건지도 모른다. 너무 많은 피를 보았던 건지도 모른다.

처음에 랫은 자기 내면으로 가라앉아 말수가 없다가 대엿새가 지나고부터는 방향을 거꾸로 돌려버렸다. 그는 말을 멈추지 못했다. 내용도 터무니없었다. 예를 들어 벌레에 관한 이야기. 베트남의 최악은 어째서 벌레인가. 그의 말마따나 거대한 살인 벌레, DNA가 뒤죽박죽된 돌연변이 벌레, 네이팜탄과 고엽제와 DDT로 화학 변형이 일어난 벌레. 그는 그 벌레들이 개별적으로 그의 엉덩이만 노린다고 주장했다. 그는 그 망할 것들이 그에게 곧장 달려드는 소리가 들린다고 말했다. 여러 무리의 돌연변이 벌레가, 수십억 마리의 놈들이 그를 가두어버렸다. 그가 말하길 벌레들은 그의 이름을 — 그의 실제 이름을 — 밤새도록 — 속삭였고 그게 그를 미치게 몰아갔다.

괴상한 일이지, 샌더스는 말했는데 그냥 하는 말이 아니었다. 랫에게 특이한 버릇이 몇 개 생겼다. 쉴 틈 없이 제 몸 긁기. 벌레 물린 곳 할퀴기. 그는 커다란 딱지가 지도록 긁고는 딱지를 뜯어 열어젖힌 상처를 또 긁으며 끊임없이 제 살갗을 파냈다.

지켜보기 안쓰러운 모습이었다. 확실히 예전의 랫 카일리가 아니었다. 그의 전인격이 정상이 아닌 것 같았다.

하지만 그것은 어느 정도 다들 느끼던 것이었다. 긴 야간 행군은 그들의 정신을 뒤엎어버렸다. 모든 리듬이 틀어졌다. 늘 감각을 잃은 채였다. 그들은 닥치는 대로, 장소도 방향도 지각하지 못한 채 어둠 속을 터벅터벅 걸으며 아무한테도 보이지 않는 적을 찾아다녔다. 헛다리 잡기 같았어, 샌더스는 말했다. 유령을 뒤쫓는 한 무리의 멍청한 컵스카우트. 그들은 한동안 북쪽으로, 그러다 동쪽으로, 그러다 다시 북쪽으로 행군하며 마을들을 우회했고 속삭일 때 말고는 누구 하나 찍소리 없었다. 더욱이 땅도 험난했다. 산은 많지 않았지만 가파르게 치솟았고 협곡이며 깊숙한 덤불이며 죽을 수 있는 장소가 넘쳐났다. 자정께면 언제나 광란 상태가 되었다. 사방천지에서 시골의 모든 사악한 면이 활기를 띠었다. 이상한 웅성거림이 귓가에 들

노력했다고 그는 말했다. 그러고 나서 그는 다소 횡설수설하듯 지금은 사라진 녀석들 중 몇 사람, 커트 레몬과 카이오와와 테드 라벤더에 관한 이야기를 언뜻 꺼내더니 정말이지 사람들이 말도 안 되게 살아남고 말도 안 되게 죽는다는 게 얼마나 미칠 노릇이냐고 말했다.

그러고 나서 그는 거의 웃음을 터뜨렸다.

"이 전쟁 전부가 말이야," 그가 말했다. "너 그게 뭔 줄 알아? 그냥 하나의 거대한 만찬이야. 고기 만찬. 너랑 나. 전원 다. 벌레가 먹을 고기라고."

다음 날 아침 그는 스스로를 쏘았다.

그는 군화와 양말을 벗고 자신의 의료 용품을 펼쳐놓은 다음 진통제를 투여한 뒤 제 발에 총알 한 발을 관통시켰다.

아무도 비난하지 않았어, 샌더스는 말했다.

헬기가 오기 전에 작별의 시간이 있었다. 크로스 중위는 그에게 건너가 사고였음을 보증하겠다고 말했다. 헨리 도빈스와 아자는 병원에서 읽으라고 만화책 한 뭉텅이를 그에게 주었다. 다들 안쓰러운 감정을 느끼며 바짝 둘러서서는 일본에서 밤일 거하게 치르라는 헛소리로 그의 기분을 북돋우려 애썼다.

죽은 이들의 삶

하지만 이 또한 진실이다. 이야기는 우리를 구원할 수 있다. 나는 마흔세 살이고 이제는 작가고 지금도, 바로 여기서, 린다가 살아 있는 꿈을 계속 꾼다. 테드 라벤더도 마찬가지고 카이오와도, 커트 레몬도, 내가 죽인 야윈 청년도, 돼지우리 옆에 대자로 뻗어 있던 어느 노인도, 그리고 내가 한때 시신을 들어 트럭에 털썩 던져 넣은 다른 여러 사람도. 그들은 모두 죽었다. 하지만 이야기, 이를테면 꿈결 속에서는 죽은 이들이 웃음을 지으며 일어앉아 세상으로 돌아온다.

여기서 시작하자. 이름 없는 시신. 1969년 어느 오후 소대는 남중국해 변에 있는 작고 허름한 마을에서 날아든 저격병의 총격을 받았다. 겨우 1, 2분 지속된 총격에다 아무도 다치지 않았지만 그래도 지미 크로스 중위는 무전으로 공습을 요청했다. 우리는 그 뒤 반 시간 동안 그곳이 활활 타오르는 걸 지켜보았다. 초가을같이 선선하고 화창한 아침이었고 제트기들은 유광의 검정색으로 하늘에 대비되었다. 일이 끝나자 우리는 느슨하게 열을 지어 마을을 훑고 동쪽을 수

색했다. 잔해뿐이었다. 짚이 타던 냄새가 기억난다. 망가진 울타리와 갈가리 찢긴 나무와 여러 무더기로 쌓은 돌멩이와 벽돌과 도기가 기억난다. 그곳은 황폐했고—사람도 동물도 없었다—확인된 사망은 마을 한가운데 자리한 돼지우리 근처에서 얼굴을 위로 향하고 누워 있는 어느 노인뿐이었다. 그의 오른팔은 사라지고 없었다. 그의 얼굴에는 벌써 파리와 각다귀가 많이 꼬여 있었다.

데이브 젠슨이 건너가 노인의 손을 잡고 흔들었다. "괜찮으시죠," 그가 말했다.

다른 이들도 한 사람씩 따라 했다. 그들은 시체를 귀찮게 하지 않고 그저 노인의 손을 잡고서 몇 마디 건네고 떠났다.

랫 카일리가 시체 위로 허리를 수그렸다. "5분만 줘," 그가 말했다. "진짜로 조의를 표하게."

"기꺼이," 헨리 도빈스가 말했다.

나는 신참이었다. 전쟁에 온 지 나흘째였다. 아직 유머 감각을 익히지 못한 상태였다. 나는 즉각, 마치 무언가를 잘못 삼킨 듯 목구멍에서 축축하고 메스꺼운 게 치미는 느낌이 들었다. 나는 돼지우리 옆에 앉아 눈을 감고 머리를 두 무릎 사이에 파묻었다.

잠시 후 데이브 젠슨이 내 어깨를 건드렸다.

"지금은 예의 차려야지," 그가 말했다. "가서 네 소개 해. 겁낼 것 없어, 그냥 좋은 노인일 뿐이잖아. 어른한테 조금이나마 공경하는 모습을 보이라고."

"싫어."

"왜, 너무 진짜 같아서 그래?"

"맞아," 나는 말했다. "너무 진짜 같아."

젠슨이 나를 다그쳤지만 나는 시신에 가까이 가지 않았다. 심지어 우연히 말고는 쳐다보지도 않았다. 남은 하루 내내 나는 속에서 메스꺼움이 가시지 않았는데 그것은 노인의 시체 때문이라기보다 죽은 사람을 대하는 그 기가 막힌 행위 때문이었다. 기억하건대 어느 시점인가 그들은 시신을 울타리에 기대어 앉혔다. 그들은 노인의 다리를 꼬아놓고 말을 걸었다. "귀빈," 미첼 샌더스가 말하고는 노인의 무릎께 오렌지 슬라이스 통조림을 올려두었다. "비타민 C 드세요," 그가 살갑게 말했다. "남자는 건강, 그게 제일이지요."

그들은 건배를 제안했다. 그들은 각자 수통을 들고 노인의 가족과 조상, 노인의 많은 손주, 죽음 뒤에 새로 찾은 노인의 삶을 위해 건배했다. 그것은 조롱이라고 할 수 없었다. 거기에는 어떤 격식이 있었고, 마치 비통함 없는 장례식 같았다.

데이브 젠슨이 내게 눈총을 날렸다.

"야, 오브라이언," 그가 말했다. "너 속으로 건배했어? 지금이라도 예절 지켜."

나는 손으로 딴청을 피웠다. 눈길을 외면하고 애써 생각을 않으려 했다.

곧 땅거미가 지려는 늦은 오후 카이오와가 건너와 1분만 내 참호에 앉아도 되겠느냐고 물었다. 그는 아버지가 보내준 크리스마스 쿠키 봉지에서 하나를 꺼내 내게 권했다. 이미 2월이었지만 쿠키 맛은 좋았다.

카이오와는 잠시 하늘을 보았다.

"너 오늘 잘했어," 그가 말했다. "그 악수하는 짓거리, 그거 영 별로야. 녀석들이—특히 젠슨이—한동안 들볶아도 그냥 계속 싫다고 말해. 나도 그랬어야 했는데. 비위 상하는 일이지, 나도 알아."

"비위 때문이 아니야. 무서워서 그랬어."

카이오와가 어깨를 으쓱했다. "그게 그거야."

"아니, 나는 **할** 수가 없었어. 정신장애나 뭐 그런 건지……. 모르겠어, 그냥 섬뜩하더라고."

"자, 너는 여기 새로 왔잖아. 너도 익숙해질 거야." 그는 잠시 말을 멈추고 쿠키에 장식된 초록색과 빨강색을 유심히 살펴보았다. "오늘이 — 네가 첨으로 진짜 시신을 본 날 같은데?"

나는 고개를 가로저었다. 나는 온종일 린다의 얼굴, 그 아이가 웃음 짓던 모습을 떠올린 참이었다.

"그럴 리가," 내가 말했다. "하지만 그 불쌍한 노인 말이야, 그를 보니까 떠오르는 건데…… 그러니까 내가 알던 여자애가 있어. 극장에도 한 번 같이 갔었지. 내 첫 데이트였어."

카이오와는 나를 오랫동안 바라보았다. 그러더니 뒤로 기대어 웃음을 지었다.

"이야," 그가 말했다. "거 굉장한 데이트네."

린다는 그때 아홉 살, 나와 동갑이었지만 우리는 사랑에 빠졌다. 정말이었다. 30년이 지난 지금 그 아이에 관한 글을 쓰려니 그 감정을 사춘기의 열애, 어린 시절의 열병으로 일축하라는 유혹이 일지만, 나는 우리가 서로에게 느낀 것이 사랑만이 취할 수 있는 깊고 풍요로운 감정이었음을 진정 안다. 그것은 성숙한 어른의 사랑이 갖는 음영과 복잡다단함 그리고 어쩌면 그보다 더한 면이 있었는데, 왜냐하면 그걸 표현할 말이 아직 없었던 데다 여느 비교 대상이나 연표 또는 어른들이 그런 감정을 잴 때 사용하는 수단에 얽매여 있지 않았기 때문이다.

나는 그저 그 아이를 사랑했다.

그 아이는 차분했고 대단한 기품이 있었다. 기억하건대 그 아이의 눈은 머리카락과 똑같이 짙은 갈색이었고, 호리호리한 몸에 매우 조용하며 부서질 듯한 인상이었다.

고작 아홉 살이던 그때도 나는 그 아이의 몸속에 살고 싶었다. 그 아이의 뼛속에 녹아들고 싶었다 — 그런 종류의 사랑이었다.

그래서 1956년 봄, 우리가 4학년이 되었을 때 나는 그 아이를 데리고 난생처음 진짜 데이트를 나갔다 — 실은 어머니와 아버지를 동반한 더블데이트였다. 일련의 사정은 정확히 기억나지 않지만 어머니가 린다네 부모님과 미리 어찌어찌 합의를 보았고, 아빠는 그 눅눅하던 봄밤에 그 아이나 나나 뒷좌석에 앉아 각자의 창밖을 내다보며 별일 아닌 척하느라 애쓰는 동안 운전을 해주었다. 하지만 내게는 매우 별일이었다. 나는 마음속 깊숙한 곳에 그 아이에게 말할 중요한 것, 크고 심오한 것이 있었지만 도저히 말을 꺼낼 수 없었다. 숨이 잘 쉬어지지 않았다. 나는 간간이 그 아이를 힐끗거리며 정말 아름답다고 생각했다. 흰 살갗에 짙은 갈색 눈 그리고 그 아이가 세상을 보며 언제나 웃음 짓던 모습 — 언제나 웃는 듯했다 — 마치 그 아이의 얼굴이 처음부터 그렇게 도안된 것 같았다. 그 웃음은 결코 떠나지 않았다. 그날 밤 그 아이는 새 붉은 모자 썼는데 내게는 매우 멋지고 세련되어 보이는 게 평소와 아주 달랐던 기억이 난다. 기본적으로는 털모자였지만 고깔처럼 좁아드는 윗부분이 뒤로 늘어져도 너무 늘어져 마치 뒤통수에서 꼬리가 자라난 것처럼 보이는 점이 예외적이었다. 모양도 색도, 꼭대기에 하얗고 복슬복슬한 술이 달린 것도 꼭 산타의 요정들이 착용하는 모자를 연상시켰다.

그렇게 뒷좌석에 앉아서 나는 그 아이에게 내 감정을 어떻게 알릴지, 이를테면 칭찬을 해야 하는지 어떻게든 방법을 찾고 싶었지만 내가 용케 해낸 일이라곤 모자에 관해 바보 같은 말을 내뱉는 게 전부였다. "저런," 틀림없이 나는 말했다. "그 **모자** 끔찍하네."

린다는 창문에 대고 웃음을 지었지만 — 그 아이는 내 속마음을 알았다 — 어머니는 몸을 돌려 나를 째려보았다. 그 눈빛에 나는 식겁했다. 마치 내가 어떤 무시무시한 비밀을 누설한 것 같았다.

그 뒤 차에 앉아 있는 내내 나는 입을 다물었다. 우리는 벤 프랭클린 매장 앞에 주차를 하고 메인가를 따라 스테이트 극장 쪽으로 걸었다. 내 부모님이 나란히 앞서 걸었고 그 뒤가 새 붉은 모자를 쓴 린다, 그 뒤가 열 내지 스무 발자국 뒤에서 꼬리처럼 린다를 따르는 나. 나는 아홉 살이었다. 나는 아직 잡담에 재능이 없었다. 이따금 어머니가 뒤를 슬쩍 돌아보며 나더러 속도를 내라고 휘휘 손짓을 했다.

매표소에서 린다가 저만치 떨어져 있던 기억이 난다. 나는 매점으로 건너가 단것을 유심히 살펴보았는데, 우리 둘은 어색하게 눈을 마주치지 않으려고 매우 주의를 기울였다. 그것으로 우리는 서로가 사랑에 빠졌음을 알았다. 순수한 앎이었다. 우리 중 누구도 그 단어, 사랑이라는 단어를 쓸 생각 안 했을 테지만, 서로 보지 않고 대화 나누지 않는다는 사실로써 우리는 둘이서 거대하고 영속적인 무언가를 공유하고 있음을 언어를 떠나 투명하게 이해했다.

극장 안, 내 뒤에서 만화영화 음악이 들려왔다.

"저기요, 제대로 된 걸 틀어봐요," 내가 말했다. 나는 용기를 냈지만 그 아이를 똑바로 보지 못하고 말했다. "팝콘이나 뭐 먹을래?"

이야기에 관해 알아둘 점은 말하는 동안 꿈을 꾼다는 것, 그러면서 다른 이들이 함께 꿈꿔주길 바란다는 것이고, 이러다 보면 기억과 상상과 언어가 결합해 머릿속에서 영혼들이 만들어진다는 것이다. 살아 있다는 착각이 든다. 예를 들어 베트남에서 테드 라벤더는 매일 아침 네댓 개의 진정제를 삼키는 버릇이 있었다. 그것은 그가 현실을 버티는, 어떻게든 현실에 대처하는 방법이었고 약물은 그가 하루하루 마음을 누그리는 데 도움이 되었다. 내 기억에 그의 눈은 매우 평온했다. 난감한 상황에서도 그는 온화하고 꿈꾸는 듯한 표정이었는데 그것은 그가 바라던 것으로서 일종의 탈출이었다. "오늘 전쟁 어땠어?" 누군가 물으면 테드 라벤더는 하늘에 대고 살며시 웃음을 띠며 말했다. "여유로웠지 — 오늘 전쟁 순탄하고 좋았어." 그러던 4월에 그는 탄케 마을 외곽에서 머리에 총알을 맞았다. 카이오와랑 나랑 그 밖에 두어 명이 후송 헬기에 시신 실을 준비를 하도록 지시받았다. 우리가 쪼그려 앉아 보고 싶지 않은 모습을 보고 있던 기억이 난다. 라벤더의 왼쪽 광대뼈는 사라진 채였다. 그의 눈두덩은 까맣게 부어 있었다. 우리는 아무 느낌도 받지 않으려고 애쓰며 재빨리 그 아이의 주머니를 살폈다. 나한테 장갑이 있었으면 하고 바랐던 기억이 난다. 내가 싫은 건 피가 아니었다. 죽었다는 사실이었다. 우리는 그 아이의 소지품을 비닐봉지에 담아 팔에 묶어주었다. 우리는 수통과 탄약, 무거운 것을 죄다 벗겨내고 그의 판초로 그를 둘둘 만 다음 마른논까지 들고 가 내려놓았다.

다들 한동안 별말이 없었다. 그러다 미첼 샌더스가 웃음을 터뜨리면서 녹색 합성수지 판초를 넘어다보았다.

"야, 라벤더," 그가 말했다. "오늘 전쟁 어때?"

짧은 정적이 흘렀다.

"여유로워," 누군가 말했다.

"이야, 거 잘됐네," 샌더스가 중얼거렸다. "진짜진짜 잘됐어. 이제 좀 침착해져."

"어이, 걱정 붙들어 매, 난 여유로우니까."

"그럼 그냥 등 붙이고 쉬어. 약 먹을 필요도 없어. 우리가 죽이는 헬기 불렀으니까 이번에는 일생에 한 번 혼이 빠지게 취해봐."

"이야— 여유로운데!"

미첼 샌더스가 웃음을 지었다. "아무렴, 이 친구야, 헬기가 높고 침착한 데로 데려다줄 거야. 편안하게 해줄 거라고. 아주아주 유감스러운 이 똥 같은 일에 대해서 관점을 싹 바꿔줄 거라고."

우리는 테드 라벤더의 꿈꾸는 듯한 파란 눈이 보이는 듯했다. 우리는 그의 목소리가 들리는 듯했다.

"알았다, 오버," 누군가 말했다. "나 이륙 준비 됐어."

바람 소리, 새소리가 들리는 조용한 오후, 그게 우리가 속한 세상이었다.

그것이 이야기가 하는 일이다. 시신들이 생명을 얻는다. 죽은 이가 말하게 만들 수 있다. 그들은 때로 "알았다, 오버" 같은 말을 한다. 아니면 "티미, 울지 마"라고도 하는데 그건 린다가 죽은 뒤 내게 해주었던 말이다.

• • •

지금도 나는 미네소타주 워딩턴의 낡은 스테이트 극장 통로를 걸어 내려가는 그녀의 모습을 볼 수 있다. 내 곁에 앉은 그녀의 옆얼굴, 예고편의 불빛이 은은하게 비치던 양쪽 볼을 볼 수 있다.

그날 밤 영화는 〈존재한 적 없는 사나이〉였다. 나는 그 플롯, 아니 최소한 그 설정을 분명하게 기억하는데, 왜냐하면 주인공이 시체였기 때문이다. 유일하게 그 사실이 내게 인상 깊었음을 나는 안다. 제2차 세계대전 영화였다. 연합군이 곧 있을 유럽 상륙에 관한 잘못된 정보로 독일군을 교란할 계획을 세우는 내용이었다. 그들은 시신을 손에 넣는다 — 영국 군인이었던 것 같다. 그들은 그에게 장교복을 말끔히 입히고 주머니에 가짜 문서를 심어둔 다음 바다에 던져 해류가 그를 나치 해안으로 실어 가도록 내버려둔다. 독일군이 문서를 발견한다. 속임수가 승리를 가져다준다. 지금도 나는 시체가 떨어질 때 튀던 무시무시한 바닷물을 떠올릴 수 있다. 기억하건대 린다에게는 버거운 장면일지 모른다는 생각에 나는 옆을 힐끗했지만 그녀는 어둑한 회색 불빛 속에서 스크린을 보며 웃고 있었다. 그녀의 눈은 살짝 잔주름이 져 있었고 입술은 벌어졌으며 입꼬리는 살며시 곡선을 이루었다. 나는 이해할 수 없었다. 웃을 부분이라고는 없었다. 솔직히 말해 나로서는 한두 차례 눈을 감아야 했지만 그래도 별로 소용없었다. 눈을 감았을 때조차 나는 물속으로 굴러떨어지며 격하게 물방울을 튀기는 그 군인의 시신이 계속 보였는데, 어찌나 무기력하고 무겁던지, 어찌나 철저하게 죽어 있던지.

마침내 영화가 끝나자 안도감이 들었다.

그 뒤 우리는 마을 변두리에 있는 데어리 퀸*까지 차를 몰고 나갔다. 그날 밤은 부담이 되었는지 두꺼운 누비이불처럼 묵직하게 내리누르는 특징이 있었고, 우리 주위로는 온통 옥수수와 대두가 길고 반복적인 물결을 이루는, 하나같이 단조로운, 하나같이 똑같은 미네소타 대평원이 뻗어 있었다. 뷰익 뒷좌석에서 아이스크림을 먹고 어둠 속을 한참 무미건조하게 달린 뒤 린다네 집 앞에 차가 선 기억이 난다. 틀림없이 말해진 것들이 있을 테지만 지금은 모두 사라졌고 다만 몇 개의 인상만 남아 있다. 그 아이와 현관문까지 함께 걸은 기억이 난다. 노란 불빛이 격렬하게 이글거리던 황동 현관등, 내 발, 입구 계단을 따라 늘어선 노간주나무 덤불, 촉촉한 잔디, 내 곁에 바짝 서 있는 린다가 기억난다. 우리는 사랑에 빠져 있었다. 그렇다, 아홉 살이었지만 그것은 진짜 사랑이었고 이제 그 계단 위에는 우리 둘뿐이었다. 우리는 마침내 서로를 쳐다보았다.

"잘 가," 내가 말했다.

린다가 고개를 끄덕이며 말했다. "잘 가."

그 뒤 몇 주 동안 린다는 매일같이 새 붉은 모자를 쓰고 등교했다. 교실에서조차 결코 모자를 벗는 법이 없어서 그 때문에 어느 정도 괴롭힘을 당하는 건 불가피했다. 괴롭히는 것은 대개 닉 빈호프라는 아이였다. 쉬는 시간에 운동장에 나가면 닉은 린다 뒤로 슬금슬금 다가가 모자를 움켜쥐고 홱 벗기려다가 줄행랑을 치곤 했다. 그런 일이 몇 주나 지속되었다. 여자아이들은 키득거렸고 남자아이들은 그를 부추겼다. 당연히 나는 무슨 일이든 나서고 싶었지만 그냥 불가능한 일이었다. 나도 고려해야 할 체면이 있었다. 자존심이 있었

* 1940년 설립된 아이스크림 및 패스트푸드 체인.

다. 거기다 닉 빈호프라서 문제였다. 그래서 나는 단지 관중으로서 옆으로 물러나 내가 못 하는 일을 할 수 있기를 소망했다. 나는 린다가 손바닥으로 모자를 꽉 누르고 손을 그대로 고정한 채 정말 별일 아니라는 듯 닉 쪽으로 웃음을 지어 보이는 모습을 지켜보았다.

하지만 내게는 정말 별일이었다. 아직도 그렇다. 나는 나섰어야 했다. 4학년이었다는 건 핑계가 못 된다. 게다가 시간이 흘러도 그 일은 편해지지 않고, 12년 뒤 베트남이 훨씬 어려운 선택지를 내밀었을 때, 용기를 내보았던 어느 연습이 조금은 도움이 되었을지 모른다.

또 나는 뒤이어 일어난 일을 막을 수 있었을지 모른다. 어쩌면 아니었을지 모르지만 어쨌든 가능성은 있는 일이다.

세세한 일은 대부분 잊었지만, 아니 차단되었는지 모르지만 어느 늦봄 오후였다는 확신이 드는데, 우리가 철자 시험을 치르던 중 시험이 중반에 접어들자 닉 빈호프가 손을 들어 연필깎이를 사용해도 되는지 물었다. 곧바로 두어 명의 아이가 키득거렸다. 그가 연필을 일부러 부러뜨린 건 의심할 여지가 없었지만 증명할 수 없는 일이었고, 그래서 선생님은 고개를 끄덕이며 서두르라고 말했다. 그게 실수였다. 닉은 난데없이 끔찍스럽게 절름발이 시늉을 했다. 그는 온통 슬로모션으로 연필깎이까지 몸을 질질 끌고 가 조심스럽게 연필을 꽂더니 손잡이를 끝도 없이 돌렸다. 그때까지는 웃겼던 것 같다. 하지만 자리로 돌아갈 때 닉은 슬쩍 딴 길로 빠졌다. 그는 두 책상을 비집고 들어가 냉큼 오른쪽으로 꺾더니 통로를 따라 린다 쪽으로 이동했다.

나는 그가 제 친구 하나에게 씩 웃는 모습을 보았다. 나는 앞으로 벌어질 일을 이미 어느 정도 알고 있었다.

린다의 책상을 지나갈 때 그는 연필을 떨어뜨리고는 줍느라 쪼그려 앉았다. 그러고 일어설 때 그의 왼손이 린다의 등으로 슬쩍 빠졌다. 0.5초의 망설임이 있었다. 어쩌면 그는 저 자신을 말리느라 애쓰고 있었을 것이다. 어쩌면 그때, 아주 잠깐, 일말의 죄책감에 가까운 무언가를 느꼈을 것이다. 하지만 충분할 만큼은 아니었다. 그는 하얀 술을 잡았고, 일어섰고, 그녀의 모자를 점잖게 들어 올렸다.

누군가 웃었던 게 틀림없다. 쉿소리처럼 짧은 메아리가 울린 기억이 난다. 웃으려고 애쓰던 닉 빈호프가 기억난다. 뒤쪽 어디선가 한 여자아이가 "어"라는 말 혹은 그 비슷한 소리를 냈다.

린다는 꼼짝하지 않았다.

지금도 나는 그 일을 돌이킬 때면 하얀색으로 광이 나던 린다의 두피가 눈에 선하다. 헐벗은 머리는 아니었다. 아주는. 완전히는. 몇 움큼의 머리카락, 여러 개로 작게작게 무리를 이룬 잿빛의 갈색 솜털이 있었다. 하지만 그때 내 눈에 보인 건, 그리고 지금도 보이는 건 오로지 그 하얀색이다. 매끄럽고 창백하고 맑은 하얀색. 나는 머리뼈와 핏줄을 알아볼 수 있었다. 그녀의 두개골 구조를 정확히 알아볼 수 있었다. 뒤통수에는 넓은 반창고, 한 줄로 뜬 검은 바늘땀, 왼쪽 귀 위에는 테이프로 붙인 거즈 조각이 있었다.

닉 빈호프는 한 발짝 뒤로 물러섰다. 그는 아직 웃고 있었지만 그 웃음은 낯선 기능을 했다.

그러는 내내 린다는 눈은 칠판에 가두고 손은 무릎 위에 느슨하게 쥔 채 정면을 똑바로 바라보고 있었다. 그녀는 아무 말도 하지 않았다. 하지만 얼마 뒤 그녀는 몸을 돌리고 교실을 가로질러 나를 쳐다보았다. 겨우 한순간 지속된 일이지만 나는 우리 둘 사이에 모든 대화가 오가는 느낌이 들었다. **괜찮니?** 그녀는 말하고 있었고 나는 답하고 있었다. **물론이지, 괜찮아.**

그 뒤 그녀는 한동안 울음을 터뜨렸다. 선생님이 그녀를 도와 모자를 다시 씌우고 나서 우리는 철자 시험을 끝낸 뒤 손가락 그림을 조금 그렸고, 그날 방과 후 닉 빈호프와 나는 그녀를 집까지 바래다 주었다.

지금은 1990년이다. 나는 마흔세 살, 4학년 아이에게는 불가능해 보였을 나이이지만 1956년에 머물러 있는 사진 속 내 모습을 보면 중요한 면들은 전혀 바뀌지 않았음을 깨닫는다. 그때 나는 티미였다. 지금은 팀이다. 하지만 본질은 똑같이 남아 있다. 나는 헐렁한 바지나 스포츠머리나 행복한 웃음에 속아 넘어가지 않는다—나는 내 눈을 잘 안다—카메라를 보고 웃는 티미는 여지없이 지금의 팀이다. 몸 안에 또는 몸을 뛰어넘어 무언가 절대적이고 변하지 않는 게 있다. 인간의 삶은 전체가 한 덩어리이며 마치 스케이트 날이 빙판 위에 그리는 고리(loop) 같다. 어린아이, 스물세 살의 보병 병장, 죄책감과 슬픔을 아는 중년 작가.

나는 이제 작가로서 린다의 삶을 구원하고 싶다. 그녀의 몸이 아니라—그녀의 삶.

그녀는 물론 죽었다. 아홉 해를 살고 죽었다. 뇌종양이었다. 그녀는 여름을 견디고 9월의 첫 장을 열더니 그러고 나서 죽어버렸다.

하지만 이야기 속에서 나는 그녀의 영혼을 훔칠 수 있다. 절대적이고 변하지 않는 것을 잠시나마 되살릴 수 있다. 이야기 속에서는

는, 절대로 지속하는 빛과 똑같은 아린 것.

"죽었잖아," 나는 말했다.

린다는 웃음을 지었다. 비밀스러운 웃음, 영영 아무도 모를 거라는 걸 아는 듯한 웃음이었고, 그녀는 손을 뻗어 내 손목을 만지며 말했다. "티미, 울지 마. **별일** 아니야."

베트남에서도 우리는 죽은 이를 완전히 죽지는 않은 것처럼 만드는 방법이 여럿 있었다. 악수, 그게 하나였다. 우리는 죽음을 소홀히 대함으로써, 연기를 함으로써 그게 실은 끔찍한 일이 아닌 척했다. 우리는 딱딱하면서도 수심에 잠긴 언어를 사용해 시신들을 쓰레기 더미로 둔갑시켰다. 그래서 누군가 죽으면, 커트 레몬의 경우처럼, 그의 시신은 사실상 시신이라기보다 훨씬 광범한 폐기물 한가운데 끼어 있는 작은 쓰레기 조각에 지나지 않았다. 나는 말하기에 따라 큰 차이가 생겨난다고 배웠다. 시체보다는 걷어찬 양동이가 처리하기 쉽다. 죽는 게 사람이 아니라면 죽어도 별일 아닐 것이다. 그래서 네이팜탄에 튀겨진 베트콩 간호사는 바삭바삭한 가축이었다. 근처에 누워 있던 베트남 아기는 구운 땅콩이었다. "딱 안줏거리네," 시체를 넘던 랫 카일리는 말했다.

우리는 이야기로 죽은 이를 계속 살아 있게 했다. 테드 라벤더가 머리에 총알을 맞았을 때 대원들은 그가 그렇게 여유 부리는 모습을 본 적이 없다고, 그가 얼마나 진정되었느냐고, 총알이 아니라 진정제 때문에 녀석이 뻗은 거 아니냐고 이야기들을 했다. 그는 죽은 게 아니라 그저 태평한 거였다. 우리 중에는 카이오와처럼 신약성경에 적힌 사후 세계를 믿는 기독교도들이 있었다. 또 어떤 이야기들은 고참에게서 신참에게로 전설처럼 물림되었다. 하지만 대개는 우리 스스로 지어내야 했다. 그들은 자주 과장을 하거나 노골적으로 거짓말을 늘어놓았지만 그건 몸과 영혼을 되돌리는 방식 혹은 영혼이 들어앉을 새 몸을 마련하는 방식이었다. 예를 들어 핼러윈 날 커트 레몬이 어떤 식으로 사탕을 요구했는지 알려주는 이야기가 하나 있다. 캄캄하고 으스스한 밤, 거기에 동한 커트 레몬은 유령 가면을 쓰고 몸을 온갖 색깔로 뒤집어쓴 채 논을 살금살금 가로질러 잠든 마을로 갔고 — 오직 군화와 불알과 M-16만 걸치고 홀딱 발가벗은 채였다는 이야기가 있다 — 그러고 어둠 속에서 이 집 저 집을 돌았고 — 그의 말대로라면 초인종을 울렸고 — 몇 시간 뒤 방어선으로 슬그머니 돌아왔을 때에는 친구들과 나눌 반가운 수확물이 부대에 한가득 담겨 있었다. 초와 선향과 파자마 한 벌과 작은 염화미소 불상. 어쨌거나 이야기는 그랬다. 다른 판본의 이야기들은 묘사와 인용한 대사로 꽉 차 훨씬 정교했다. 랫 카일리는 세세한 여담으로 양념 치길 좋아했다. 이를테면 이렇다. "봐, 무슨 일이 일어나느냐, 새벽 4시쯤 되었을까, 레몬이 그 괴상한 유령 가면을 쓰고 초가집에 몰래 기어드는 거야. 다들 자는 중이고, 알았어? 그래서 녀석이 이렇게 앙증맞은 마마상을 깨우지. 발을 간지럽혀서. '이봐요, 마마상' 하고 녀석이 말해, 아주 나긋하게. '이봐요, 마마상 — 사탕을 안 주면 장난을 치겠다!' 그 여자 표정을 봤어야 돼. 기겁을 하는 거지. 생각해봐, 총각 유령이 이런 알몸으로 거기 서 있는데 귀에다 M-16까지 갖다 대고 속삭이는 거야. '이봐요, 마마상, 사탕을 안 주면 좆같은 장난을 치겠다!' 그러고서 녀석이 그 여자의 파자마를 벗기는 거지. 홀딱 벗겨. 파자마를 건져서 부대에 넣고 그 여자를 잠자리에 눕힌 뒤에

다음 초가집으로 이동하는 거야."

랫 카일리는 잠시 말을 끊고 씩 웃으며 고개를 설레설레 젓곤 했다. "맹세코," 그가 중얼거렸다. "사탕을 안 주면 장난을 치겠대. 레몬 녀석이 — 둘도 없을 위인이지."

이야기를 듣고 있으면, 특히 랫 카일리의 말로 듣고 있으면 커트 레몬이 죽었는지 절대 알 수 없었다. 그는 아직도 저 멀리 어둠 속에서 알몸으로 색깔들을 뒤집어쓴 채, 사탕을 안 주면 장난을 치겠다면서, 정신 나간 흰색 유령 가면을 걸치고 이 집 저 집을 돌았다. 하지만 그는 죽어 있었다.

9월, 린다가 죽은 다음 날 나는 시신을 살펴보게 벤슨 장례식장에 데려가달라고 아버지한테 부탁했다. 나는 그때 5학년이었다. 호기심이 있었다. 아버지는 시내로 차를 모는 내내 정면을 주시했다. 어느 시점인가 아버지가 목을 가다듬는 소리를 낸 기억이 난다. 아버지가 담뱃불을 붙이는 데에는 오랜 시간이 걸렸다.

"티미," 아버지가 말했다. "정말 괜찮겠니?"

나는 아버지를 보고 끄덕였다. 물론 마음 깊숙한 곳에서는 괜찮지 않았지만 나는 그녀를 한 번 더 봐야만 했다. 어떤 최종적인 확증이, 그녀가 죽은 뒤 내가 가지고 다닐 무엇이 필요했던 것 같다.

장례식장 앞에 주차를 하자 아버지는 몸을 돌려 나를 쳐다보았다. "만약에 여기 있기가 괴로우면," 아버지가 말했다. "그냥 그렇다고 말해. 얼른 도망갈 테니까. 알았지?"

"알았어요," 내가 말했다.

"혹시 몸이 좀 이상하거나 그래도 — "

"그럴 일 없어요," 나는 아버지한테 얘기했다.

안에 들어가서 제일 먼저 알아차린 건 냄새였는데 진하고 달달한 게 뭔가 통조림을 엎은 것 같았다. 대면실은 린다와 아버지와 나를 빼곤 텅 비어 있었다. 나는 복도를 걸어 들어가는 동안 공황이 엄습하는 느낌이 났다. 냄새 때문에 현기증이 났다. 나는 걸음을 늦추고 입으로 짧고 얕은 호흡을 하면서 떨쳐내려고 애썼다. 하지만 그와 동시에 묘한 흥분도 느껴졌다. 기대, 어느 정도는 그랬다—우리가 처음 데이트하던 날 그녀의 집 초인종을 누르러 인도를 걸어 올라가던 때와 똑같은 어색한 느낌. 나는 그녀에게 강한 인상을 주고 싶었다. 나는 우리 사이에 무언가 특별한 것, 어떤 비밀스러운 신호가 있기를 바랐다. 대면실은 어둡다 싶을 정도로 조명이 흐렸지만 복도 맞은편 끝에서는 린다의 하얀 관이 천장에 죽 매달린 집중 조명을 받고 있었다. 사방이 조용했다. 아버지는 내 어깨에 손을 올리고 무언가 소곤대더니 뒤로 물러섰다. 잠시 후 나는 몇 발짝 앞으로 슬그머니 다가가 더 잘 들여다보려고 뒤꿈치를 들었다.

진짜 같지 않았다. 나는 실수라고 생각했다. 하얀 관에 누워 있는 여자아이는 린다가 아니었다. 어쩌면 닮았는지는 몰라도 린다는 항상 깡말랐다 싶을 만큼 호리호리하다 못해 부서질 듯했는데 저 관에 든 시신은 뚱뚱하게 부풀어 있었다. 잠깐 동안 나는 누군가 끔찍한 실수를 저지른 게 아닐까 의심했다. 기술적인 실수. 이를테면 포름알데히드나 방부제 혹은 그들이 사용하는 무언가를 과도하게 주입하는. 그녀의 팔과 얼굴이 부어 있었다. 양쪽 볼의 살갗이 터지기 직전의 고무풍선처럼 팽팽하게 당겨져 있었다. 손가락조차 부어 있었다. 나는 몸을 돌려 내 뒤에 서 있는 아버지를 보았고, 어쩌면 이건

아니나 다를까 린다가 모습을 드러냈고, 그러면 우리는 꿈속에서 많은 대화 없이 서로를 바라보았는데, 왜냐하면 둘 다 수줍기는 해도 이따가는 내가 그녀를 집에 바래다주고 단둘이 입구 계단에 앉아 어둠을 응시하며 꼭 붙어 있을 것이었기 때문이다.

그녀는 때로 놀라운 얘기를 했다. “한번 숨이 붙은 건,” 그녀는 말했다. “영원히 죽지 않아.”

아니, 그녀는 말했다. “내가 죽은 것처럼 **보여?**”

그것은 일종의 자기최면이었다. 부분적으로는 의지력, 부분적으로는 믿음, 그것이 이야기가 도래하는 방식이다.

하지만 당시에는 그것이 기적처럼 느껴졌다. 내 꿈속은 비밀스러운 만남의 장소가 되었고, 그녀가 죽고 나서 몇 주 동안 나는 밤이 되면 얼른 잠들고 싶어 기다릴 수 없을 지경이었다. 나는 나날이 취침 시간을 앞당기다 못해 가끔은 환한 대낮에도 잠들러 갔다. 마침내 어머니가 어느 날 아침 식사 자리에서 사정을 물었던 기억이 난다. “티미, 무슨 **안 좋은 일** 있니?” 어머니가 물었지만 나는 별수 없이 어깨를 으쓱하고 말했다. “전혀요. 그냥 잠이 부족해서요, 그게 다예요.” 나는 사실을 말할 엄두가 안 났다. 쪽팔리기도 했을 테지만 그것은 마술의 요령처럼 소중한 비밀이기도 했고, 내가 설명하려고 하면, 아니 말을 꺼내는 것만으로도 흥분과 신비가 사라질 터였다. 나는 린다를 잃고 싶지 않았다.

그녀는 죽었다. 나는 그렇다는 걸 잘 알았다. 어쨌거나 나는 그녀의 시신을 본 상태였다. 하지만 아홉 살에 지나지 않았어도 나는 이야기 마술을 연습하기 시작한 참이었다. 어떤 것들은 생각에 그치고 말았다. 어떤 것들은 글로 옮겼다—장면과 대화. 밤이면 나는 린다가 거기서 나를 기다리고 있단 걸 알고 잠으로 미끄러져 들어갔다. 기억하건대 딱 한 번, 우리는 밤늦게 스케이트를 타러 가서 노란 투광조명 아래서 고리와 원을 그리며 미끄러져 나아갔다. 나중에 우리는 휴게실 장작 난로 곁에 단둘이 앉았고, 그러다 잠시 후 나는 그녀에게 죽은 게 어떤 느낌인지 물었다. 린다는 바보 같은 질문이라고 생각하는 게 분명했다. 그녀는 웃으며 말했다. "내가 죽은 것처럼 보여?"

나는 그녀에게 아니라고 말했고, 그녀는 더없이 훌륭해 보였다. 내가 잠시 기다렸다가 다시 묻자 린다는 부드럽고 옅은 한숨을 내쉬었다. 울로 만든 우리의 벙어리장갑이 난롯불에 말라가는 냄새가 났다.

그녀는 몇 초 동안 말이 없었다.

"음, 지금 당장은," 그녀가 말했다. "죽지 않았어. 하지만 죽는다면 뭐랄까…… 모르겠어, 아무도 읽지 않는 책 속에 갇힌 느낌일 것 같아."

"책?" 내가 말했다.

"낡은 책. 도서관 책장 위에 놓여 있어서 안전하긴 하지만 긴긴 시간 빌린 사람이 없는 책 말이야. 마냥 기다릴 수밖에 없는 거지. 누군가 집어 읽어주기만 바라면서."

린다는 나를 보며 웃었다.

"어쨌든 그것도 아주 나쁘진 않아," 그녀가 말했다. "그러니까 내 말은, 죽으면 그냥 네 자신이 되어야만 한다는 얘기야." 그녀는 일어서서 붉은 털모자를 썼다. "이러는 거 바보 같아. 스케이트나 더 타러 가자."

그래서 나는 그녀를 따라 꽁꽁 언 연못으로 내려갔다. 늦은 시각이라 거기엔 아무도 없었고 우리는 노란 조명 아래서 손을 붙잡고 거의 밤새도록 스케이트를 탔다.

그러고 1990년으로 접어든다. 나는 마흔세 살이고 이제는 작가고 아직도 꼭 같은 방식으로 린다가 살아 있는 꿈을 꾼다. 그녀는 린다의 구현이 아니다. 그녀는 존재한 적 없는 사나이처럼 새 정체성과 새 이름을 지닌, 대부분 지어낸 사람이다. 그녀의 진짜 이름은 중요하지 않다. 그녀는 아홉 살이었다. 나는 그녀를 사랑했고 그 뒤 그녀는 죽었다. 하지만 아직도 나는 바로 여기서, 기억과 상상의 주문(呪文) 속에서, 얼음 안쪽을 들여다보듯, 뇌종양도 장례식장도 없는, 시체가 하나도 없는 다른 어떤 세상을 들여다보듯 그녀를 볼 수 있다. 나는 카이오와도 볼 수 있고 테드 라벤더와 커트 레몬도, 또 때로는 노란 투광조명 아래서 린다와 함께 스케이트 타는 티미도 볼 수 있다. 나는 어리고 행복하다. 나는 결코 죽지 않을 것이다. 나는 내 역사의 표면을 지치며 빠르게 나아가는 중이고, 스케이트 날 밑이 녹을세라 고리를 그리고 회전을 돌며, 그러다 어둠 속으로 높이 뛰어올라 30년 뒤 내려와서는, 팀이 이야기를 통해 티미의 삶을 구원하려고 안간힘 내고 있었음을 깨닫는다.

감사

에릭 핸슨, 러스트 힐스, 카밀 하이크스, 시모어 로런스, 앤디 매킬로프, 이반 나보코프, 레스 라미레스, 그리고 무엇보다 앤 오브라이언에게 고마움을 전한다.

이 책에 실린 이야기 중 「그들이 가지고 다닌 것들」「진실한 전쟁 이야기를 들려주는 법」「뜨라봉강의 연인」「유령 군인」「죽은 이들의 삶」은 〈에스콰이어〉에 먼저 실렸다. 「용기에 관해 말하기」는 〈매사추세츠 리뷰Massachusetts Review〉에 먼저 실렸고 그 뒤 〈그란타Granta〉에 개정판이 실렸다. 「들판에서」는 〈GQ〉에 먼저 실렸다. 「스타일」「회전」「내가 죽인 남자」는 다른 형식으로 〈쿼털리The Quarterly〉에 먼저 실렸다. 「그들이 가지고 다닌 것들」은 매년 발행되는 『최고의 미국 단편소설The Best American Short Stories』 1987년판에 포함되었다. 「용기에 관해 말하기」와 「유령 군인」은 1978년과 1982년 『오헨리문학상 수상집Prize Stories: The O. Henry Awards』에 포함되었다. 「레이니강에서」는 〈플레이보이〉에 먼저 실렸다. 저자는 출판에 관여한 편집자들에게 고마움을, 미국예술기금(National Endowment for the Arts)의 후원에 감사를 표한다.

옮긴이의 말

중학교 때 <샌프란시스코에서 하룻밤Dogfight>이라는 영화를 우연히 보았다. 꽃다운 나이에 죽은 리버 피닉스의 더없이 꽃다운 모습이 담긴 베트남전쟁 영화로 줄거리도 장면도 세세한 기억은 남아 있지 않지만 두 가지, 전쟁 영화답지 않게 전투 신이 소박하다 싶을 만큼 간단했다는 것과 마지막 신에서 제대한 주인공이 군복을 입고 다리를 절며 걸어갈 때 더러 살인자라는 야유가 들려왔다는 점은 25년여의 시간이 지난 지금도 깊은 인상으로 남아 있다. 영화를 구할 수 없어 뒤늦게 줄거리만 찾아보았다. 베트남 출정 하루 전날 기념 파티에서 가장 못생긴 짝을 데려오는 사람이 판돈을 다 갖는 '개싸움' 내기가 벌어지고, 주인공이 데려온 짝이 우승을 했는지는 모르지만, 이것이 내기라는 사실을 안 그녀는 수치심에 자리를 뜬다. 죄책감 때문에 그녀를 따라 나간 주인공은 둘만 있게 된 자리에서 그녀의 진실한 모습에 진심으로 빠져들고, 전쟁에 나간 뒤 많은 일을 겪고 돌아와 늘 생각나던 한 사람, 그녀를 찾아간다. 영화 초반 애송이의 얼굴을 하고 있던 리버 피닉스는 마지막 신에서 그녀를 안고는 나이답지 않은 깊이로 울먹이는데, 어쩌면 처음과 끝의 이런 대비가 그때의 나로선 낯설고 버거웠던 것 같다. 한참이 지난 이제야 조각난 유튜브 영상을 보면서 주인공과 함께 입꼬리를 내리고 있다.

그러고 보면 베트남전쟁을 다룬 영화가 대개 그런 것 같다. 당장 여러 영화가 떠오르는데 모두 어둡거나 공포스럽거나 악이라든가 인간의 우울한 내면을 고찰하는 영화뿐이다. 그 이전의 전쟁, 즉 세계대전을 다룬 영화들이 지금도 종종 영웅심을 부추기고 심지어 승리의 카타르시스를 전하는 데 반해 베트남전쟁 영화들은 짓다 만 건물처럼 한 번의 영광도 없이 쉽게 파국으로 치닫는다. 그럴 것이, 애초 냉전 시대 진영 논리의 제스처일 뿐 명분이 부족한 전쟁이었기 때문이다. 거기엔 히틀러 같은 절대 악이 없었다. 흑백논리에 기댄 프로파간다가 있을 뿐 실제 눈앞의 악을 응징한다는 실감 내지 애국심에 고취될 만한 요소가 없었고, 그래서 싸움을 기피하는 사람 아니면 그걸 비난하는 사람으로 갈렸고, 전보다 현명해진 사람들은 전쟁을 원점부터 비판했고, 결국 누구 하나 득을 보지 못한 애꿎은 싸움이 되었다. 반성을 하거나 말을 않을밖에.

베트남전쟁은 나설 때도 돌아올 때도 떳떳하지 못한 게 되었지만 그런 불명예 하나로 콘크리트 치듯 한 번에 덮어질 일은 아니었다. 전쟁은 치르는 사람에겐 지극히 개인적인 일이고, 거대한 일이고, 평생 트라우마가 남는 일이기 때문이다. 짐을 짊어진 건 개개인이었다. 그래서 예컨대 이 책에 나오는 어떤 등장인물은 멀쩡히 돌아왔지만 스스로 목을 매었다. 그에겐 이야기를 들어줄 사람이 없었다.

『그들이 가지고 다닌 것들』은 전쟁을 소재로 많은 걸 담고 있지만 굳이 하나를 짚고 넘어가야 한다면 '이야기하기'다. 팀 오브라이언은 지금껏 아홉 권의 책을 냈고 모든 책이 많게든 적게든 전쟁과 연관되는데, 내가 아는 한 그가 외상후스트레스장애를 직접 언급한 적은 없지만 어쨌든 동료와 적 가릴 것 없이 죽음을 가까이 두고 지낸다는 건 정상적인 환경은 아니고, 즉 마음을 달랠 필요가 있는 일이고, 그를 달래주었던 건 이 책에서 계속 언급되는 이야기하기다. 그가 말하길 기억을 글로 옮기는 건 일종의 다시 겪기인데, 다시 겪어야만 마음이 달래진다는 건 난감한 아이러니지만 어쩌면 다시 겪는 일보다 아무것도 아니었던 것처럼 잊히는 일이 더 두려웠는지 모르겠다. 그래서 뒤돌면 잊을 반성이나 위로 말고 진득한 공감이 더 필요했는지 모르겠다. 그러자면 역사 속 전쟁이 아니라 일기 속 전쟁처럼 그려도 되는, 덜 비장하고 덜 극적이고 가끔은 밝게 윤색도 가능하며 죽은 사람도 되살아나는 이야기라는 형식, 얼마나 고마운가.

1990년 출간된 이래 지금껏 3000개에 가까운 아마존 평이 달리고 전 세계 200만 부 이상이 팔린, 미국에서 대학뿐 아니라 중·고등학교 읽기 목록에 끊임없이 오르며 클래식이라 극찬되는 이 소설을 옮기면서 나로선 모든 게 좋았다는 생각뿐이지만, 특히 이 소설의 후일담 같은 측면이 좋았다. 치열하게 부풀었다 가라앉고 나서야 마음을 가다듬고 이야기할 수 있는 것들. 하지만 언제까지나 현재형일 것들. 무를 수 없는 지독한 기억이지만 함께 짊어졌던 기억이고, 함께여서 지나올 수 있었고, 그 기억에 위로받아 전쟁 이후가 살아진달까. 어떤 이들은 살날이 지난날보다 창창하던 때에도 자꾸 뒤를 보느라 앞길을 머뭇거렸던 것이다. 고쳐 말해야겠다. 나는 이 점이 좋았다기보다 마음이 무너졌다. 이 책에 나오는 인물과 에피소드가 모두 사실일까 봐 조마조마하다. 차라리 이 작품이 완전한 허구였으면 싶으나 이 작품은 자전적이며 또 소설이다.

전쟁문학의 범주는 이 책을 가두기에 너무 좁다. 옮긴이의 욕심이 허용된다면 그보다는 삶과 죽음, 기억과 글쓰기, 상처와 치유에 관한 넓은 이야기임을 우선 염두에 두어주면 좋겠다. 이것은 나만의 욕심이 아니라 이 책에 대한 세간의 평가다. 실제로 위키피디아에 NPR과 나눈 짤막한 인터뷰 답변이 올라와 있다. 이 책이 어린 학생들에게도 주요 텍스트로 쓰인다는 얘기에 작가는 이런 말을 했다. "열네 살, 열여덟 살, 심지어 20대 초반에도 아이들이 이 책을 실제로 자기 삶에 대입해서 그토록 열띠게 읽을 줄은 상상도 못했습니다. 이 책이 불우한 유년이나 결손가정에도 유효하다는 얘긴데, 그게 그 아이들이 가지고 다니는 것들이지요. 어떤 면에선 아주 으쓱해지는 일이지만 또 어떤 면에선 우울할 수도 있는 일이에요." 말하자면 이 책이 전쟁이 아닌 다른 상처에도 위로가 된다는 것이다.

『그들이 가지고 다닌 것들』은 장마다 에피소드가 다르고 어떤 꼭지는 그 자체로 최고의 단편으로 대접받지만 엄연히 전체가 하나의 짜임을 띠는 장편이다. 또 사실과 허구의 경계가 모호한 메타소설로서 각 장 인물과 기억과 사색을 수시로 포개어 내용뿐 아니라 형식에서도 글쓰기의 한 전형으로 꾸준히 언급된다. 하지만 모든 찬사를 떠나 내게는 손꼽을 만큼 진정성 있는 소설로 기억될 것이다. 우리말로 옮기고 교정을 보느라 몇 번을 읽었지만 번번이 다음번 일독이 기다려지는 체험이었다. 이야기를 통해 먼저 간 사람들과 재회하며 기억의 무게를 나누었을 이 책 작가와 비슷한 감정일 것이다.

2020년 4월

이승학

이 책에 쏟아진 찬사

전쟁에 관한 최고의 소설 목록에서 상위에 속한다. 베트남의 경험을 모든 사람에게 구체적으로 안겨주고 모든 전쟁 이야기의 본질을 밝힌다.

뉴욕 타임스, 「20세기의 책」 선정의 말

신중하고 조용하게 기억을 불러일으키며, 베트남에서 벌인 미국의 전쟁을 다룬 창의적인 문학들 가운데서도 압권이다. 마치 투키디데스가 거대한 정치 전략을 다 논하고 내려와 매일의 힘겨운 전쟁의 절개면을 어루만져 주는 느낌이다. 오브라이언은 그 일을 제대로 해낸다.

워싱턴 포스트

신중하고 경이로운 스토리텔링. 헤밍웨이식의 선명하고 감상에 빠지지 않는 어조에다 더 다정하고 더 서정적인 묘사를 결합한 산문 속에서 오브라이언은 20파운드의 보급품, 14파운드의 탄약 말고도 무전기, 기관총, 돌격소총과 수류탄을 짊어지고 부비트랩이 즐비한 정글을 저벅저벅 걸어나가는 게 어떤 느낌인지 충격적인 내장감각을 전달한다. 나아가 전쟁—이 전쟁, 여타 전쟁, 형언하기 불가능한 공포, 그리고 종이에 문장을 옮김으로써 그 공포를 이해하려는 강력한 욕구—에 관한 글을 쓸 때의 어려움과 위안을 독자들에게 이해시키는 더더욱 힘든 일을 용케 해낸다. 반드시 필요하고 중요한 책이다. 베트남에 관심 있는 독자뿐 아니라 글쓰기에 관심 있는 독자에게도 중요하다.

뉴욕 타임스

굉장히 아름답다. 『그들이 가지고 다닌 것들』은 상상의 힘에 관한 책이다. 나는 오브라이언의 전 작품을 때로는 경외감으로 이어질 만큼의 감탄 속에서 읽었다. 다른 누구도 저 전쟁의 실상을 이렇게 직접 겪은 듯 느끼게 해주지 못한다.

USA 투데이

강렬하다. 『그들이 가지고 다닌 것들』은 그의 전작들처럼 지방질 없고 박력 있는 문체로 베트남에 간 보병 중대의 경험을 매혹적으로 기술한다. 날것 같은 고백의 힘 때문에 좀처럼 잊히지 않고 자꾸 아른거린다.

월스트리트 저널

오브라이언은 너무 직관적이고 또 독자를 너무 달아오르게 만들다 못해 뒤에서 헬기 소리가 들리는 듯한 책을 써버렸다. 아이러니, 그리고 네이팜탄의 수수께끼 같은 아지랑이에 흠뻑 젖은 베트남 내러티브로 보건대 마지못해 전에 없던 종류의 전쟁문학을 쓴 것 같다. 『그들이 가지고 다닌 것들』은 그런 부류의 문학에 대한 엄청난 기여다. 이 책은 3도 화상을 남긴다. 이 산문은 탁월한 어조와 절묘하게 연주되는 기억 사이로 베트남이었던 것의 신경중추를 파고든다.

보스턴 글로브

이 책에 실린 이야기들의 정수는—끝을 날카롭게 벼린 통찰로 쓰이지 않은 글이 하나도 없다—예언으로서의 기억이라는 점이다. 모든 이야기가 우리가 어디 있었는지가 아니라 우리가 어디 있는지 그리고 어디 있게 될지 말해준다. 우리 시대 그리고 다가올 시대에 벌어질 전쟁의 궁극적인 상, 지울 수 없는 상을 보여준다.

로스앤젤레스 타임스

오브라이언은 그의 소설을 베트남에 관한 필수 소설 목록의 최종 후보로 두 번이나 등재했다. 공포를 극복하고 나아가며 그 싸움을 민감하게 살피고 용기와 두려움의 본질을 통찰함으로써, 상상이 각자의 기억과 각자의 진실을 형성하는 데 어떤 도움을 주는지 그 역할을 물음으로써 그는 『그들이 가지고 다닌 것들』을 여느 전쟁에 관한 최고의 소설 목록에 높디높게 자리매김했다. 놀랍도록 아름다운 성과다. 이 고유한 이야기들의 종합적인 영향력은 엄청나게 인상적이다.

뉴욕 타임스 북리뷰

완전무결한 장편소설이자 직관적인 자서전. 진실의 가변성과 기억의 춤사위를 깊은 감각으로 전한다.

뉴요커

오브라이언의 장편 『카차토를 쫓아서』가 난데없이 나타나 1979년 전미도서상을 수상했을 때 나를 포함한 많은 사람이, 당시로서는, 20세기의 절반을 마감하는 소설로 이보다 훌륭한 작품은 없다고 보았다—혹은 여생 내내 없을 것 같았다. 『그들이 가지고 다닌 것들』은 그 예측을 무르게 한다. 오브라이언은 당대 최고의 미국 작가다.

샌프란시스코 이그재미너

이것은 최상급의 문학작품이다. 이 책은 이런 소재에 대한 완벽한 접근법을 갖추었고 오브라이언은 굉장하고 우아한 솜씨로 그것을 부린다. 절제되었으면서도 격렬하고, 깊으면서 거칠고, 예민한 지각에 기민한 결단을 갖추었다. 이 책을 쓴 남자에게 경의를 표한다.

시카고 선타임스

너무 강력해서 숨이 멎을 것 같은 글쓰기. 베트남전쟁의 유산인 도덕적 혼란을 완벽하게 포착한다. 『그들이 가지고 다닌 것들』은 당연히 전쟁에 관한 이야기 이상이다. 이 책은 인간의 마음과 감정의 짐 꾸러미와 의리와 사랑에 관한 것이다. 이 책은 '진실'과 '사실'의 차이에 관한 것이다. 이 책은 죽음에 관한 것이다—그리고 삶에 관한 것이다. 모든 층위에서 성공적인 작품이다.

밀워키 저널

나는 당신에게 이 책을 읽혀야만 한다. 어떤 두려움이 내 안에서 샘솟는다. 팀 오브라이언의 『그들이 가지고 다닌 것들』이라는 귀하디귀한 책을 서평하려니 말실수를 할까 봐—이 책의 경이로움을 당신에게 제대로 전하지 못할까 봐—그리고 단지 열렬하고 광신적인 소리로 기각될까 봐—끔찍한 두려움이 인다. 만약 내가 당신이 밖에 나가 이 책을 사도록 만들지 못한다면 나는 당신을 망친 것이다. 너무 쉽게 무뎌지는, 혹은 너무 쉽게 가치가 변하는 세상 속에서 이 책의 이야기들은 저 맞은편 낯선 방향에서 반짝이며 흐름을 거스르고, 삶의 경이로움, 삶의 덧없음, 삶의 소중함을 비춘다.

댈러스 모닝 뉴스

극상의 예술적 기교. 단일한, 불가사의한, 백발백중의 돌멩이 같은 일련의 관찰들이 서로 다른 국면을 보여줌으로써 강하게 통일체를 이루는 책. 오브라이언은 갖가지 사건, 목소리, 장르를 뒤섞어 악몽 같은 베트남 경험을 지울 수 없이 만든다.

필라델피아 인콰이어러

단적으로 말해 경이롭다. 제각각 몸을 꼬고 돌고 튀어 오르는 이야기들이 인상적으로 연작을 이룬다. 전쟁이 훌륭한 단편소설을 낳는 일은 매우 드문데, 이 책에 실린 두세 꼭지는 전쟁에 관해 쓴 어떤 훌륭한 단편소설 못지않다. 매우 감동적이다.

뉴스위크

오브라이언은 예외적인 문학작품을 우리에게 안겨주었다. 물리적 관찰에 따른, 사실주의자의 예술로 보게끔 만드는 세목들에 의해 이야기들이 구체성을 띤다.

마이애미 헤럴드

『카차토를 쫓아서』보다 훨씬 더, 『그들이 가지고 다닌 것들』은 사실상 관습적인 용어로는 간추려 말하기가 불가능하다. 어느 쪽인가 하면, 그보다 나은 책이다. 이 장편소설은 두 가지로 지탱된다. 오브라이언 산문의 잊을 수 없는 명료함, 그리고 그 치열한 초점. 오브라이언의 이야기는 누구의 것과도 닮지 않았다. 그의 시적인 사실주의와 코믹한 상상이 혼합된 독보적인 이야기다. 그의 베트남 이야기들은 사실 평화에 대한 갈망을 다룬 것이다—전쟁에 대한 어떤 '최종적'인 이해가 아니라 인간적인 이해를 겨냥한다. 오브라이언은 그 일을 모두 되돌릴 수 있다. 그는 공포와 슬픔과 얼빠진 짓, 거친 웃음을 느낄 수 있다. 그는 죽은 이들을 되돌릴 수 있다. 그리고 꿈 또한 되돌릴 수 있다.

엔터테인먼트 위클리

오브라이언이 전쟁으로부터 샘솟는 가장 설득력 있는 작품 가운데 하나를 창조했다는 사실에는 틀림이 없다.

하트퍼드 커런트

오브라이언은 자유낙하하는 느낌의 공포와 초현실적인 전투를 전하는 데 어느 작가만큼이나 성공을 거두었다.

타임

으슬으슬할 만큼 경이로운 책이며 뭔가 전적으로 다른 소설이다. 어쩌면 그 자체가 소설의 극적인 재정의랄 수 있다. 이 책은 아마 베스트셀러에 올라 영화화될 것이고 응당 그래야 한다. 이 책은 여러 상의 후보로 오를 테지만 나는 그 상들이 하나라도 올바른 평가를 할지 의문이다. 어쩌면 결코 일어나지 않은 진실을 열정적으로, 우아하게 말한 대가로 은성 훈장이 어울릴까.

샬럿 옵서버

『그들이 가지고 다닌 것들』은 군인들의—비탄, 공포, 사랑, 갈망 같은—무형의 짐뿐 아니라 기억의 무게, 엄청난 중압감을 지닌 죄책감을 짊어 나른다. 하지만 다정하고 마음을 뒤흔드는 우아함으로 짊어 나르는데, 이 책이 베트남에 관한 것일뿐더러 이야기가 지닌 구원의 힘에 관한 것이기도 하기 때문이다.

올랜도 센티널

대가의 붓놀림 같은 형식과 이미지. 오브라이언은 이야기를 해야 하기 때문에 이야기한다. 그는 그 이야기가 전에는 이야기되지 않았기 때문에 이야기한다. 『카차토를 쫓아서』가 베트남에 관한 책이라면 『그들이 가지고 다닌 것들』은 그 뒤 살아남는 일에 관한 책이다.

리치먼드 타임스 디스패치

지독한 책. 앞으로 이만한 진짜는 만나기 어려울 것이다.

세인트루이스 포스트 디스패치

읽는 내내 믿을 수 없을 정도로 평범한, 인간적인 이야기다—이 책이 비범한 이유다. 이야기마다 앞의 이야기와 공명하면서도 독자적으로 존재한다.

휴스턴 크로니클

눈부신 작품. 『그들이 가지고 다닌 것들』은 풍부한 짜임

새에 전쟁의 역설로 가득 차 두 번, 아니 세 번 읽어도 보상이 될 것이다. 오브라이언의 야심차고 현대적인 『카차토를 좇아서』가 미국의 전쟁소설을 새로운 예술의 경지로 끌어올린 바 있다. 『그들이 가지고 다닌 것들』 또한 눈이 부시다—모든 면에서.

보스턴 선데이 헤럴드

감명 깊은 작품. 오브라이언은 능숙하게 예광탄을 날려 공포와 매혹이 섞인 온갖 복잡다단함 속에서 전쟁술을 조명하고, 평범한 것과 미친 것을 상세하게 기술한다. 『그들이 가지고 다닌 것들』은 위대한 전쟁문학으로서 스티븐 크레인과 어니스트 헤밍웨이와 노먼 메일러의 작품 대열에 합류한다.

탐파 트리뷴 앤 타임스

『그들이 가지고 다닌 것들』은 참신함과 복잡다단함 면에서 두각을 드러낸다. 오브라이언은 초일류의 산문 문장가고 베트남전쟁 작가들 중에서는 최고일 것이다. 풍부한 상상력으로 다시 들려주는 전쟁 이야기는 전쟁만큼, 아니 그보다 더 현실적이고, 이 내러티브를 경험하는 일은 작가에게나 독자에게나 대동소이하게 강력한 카타르시스를 안겨줄 것이다.

애틀랜타 저널 앤드 컨스티튜션

위대한 미국 소설을 찾는 일은 끝나지 않을 테지만, 『그들이 가지고 다닌 것들』로 그 일의 실현이 한발 가까워졌다.

디트로이트 프리 프레스

그의 미네소타 북부 호수들만큼이나 맑은 글쓰기. 반드시 읽어야 할 책 중 하나다. 또한 읽고 나서 반가울 책 중 하나다. 이 책—그리고 이 책에 실린 삶들—은 오래오래 살아남을 것이다.

밀워키 센티널

그동안 영화들이 있었다. 연극들이 있었다. 책들이 있었다. 하지만 팀 오브라이언의 『그들이 가지고 다닌 것들』 같은 것은 결코 없었다. 우리 모두, 손에 오브라이언의 이야기를 듦으로써, 베트남과 진실에 다가갈 수 있다.

샌디에이고 유니언

그의 인물과 상황은 독창적이고 눈물 날 정도로 진실하게 들린다. 그의 산문은 두말할 것 없이 고결하다. 잊지 못할 작품.

미니애폴리스 스타 트리뷴

강력하면서도 서정적인 소설.

AP

오브라이언의 새 걸작. 나가서 이 책을 구해 읽으라. 천천히 읽으면서 오브라이언의 대가다운 스토리텔링, 그리고 전쟁의 본질에 관한 그의 감명 깊은 철학적 사색이 당신에게 밀려들도록 내버려두라. 『그들이 가지고 다닌 것들』은 문학적 상상이 빚은 주요한 작품이다.

베테랑

필적할 책이 없는 『그들이 가지고 다닌 것들』에서 오브라이언은 최소한의 가식도 드리우지 않고 마음으로부터 곧장 글을 쓴다. 『그들이 가지고 다닌 것들』은 완숙하고 다정하며 사랑스러운 책이다.

캔자스시티 스타

가슴 찢어지는, 치유가 되는 걸작. 세월이 이 작품을 고전으로 만들어줄 것이다.

마이클 헤어(Michael Herr), 『디스패치』 작가

오브라이언의—전쟁과 기억, 빛과 어둠에 관한—사색이 일종의 시적 형식으로 작품 전체를 채움으로써 고도로 독창적이고 완전히 깨달은 소설이 되도록 기여하고 있다. 아름다울 만큼 정직하다. 이 책은 이야기가 우리를 구원하리라는 필사적인 희망으로 설득력을 지닌다.

퍼블리셔스 위클리

찬란하다. 오브라이언은 또다시 그의 문학을 선보였다. 몹시 고통스러운 독서 경험으로서, 이 책은 통째로 읽어야지 그저 단편들의 모음으로 읽어서는 안 된다. 커트 보니것의 『제5도살장』 이래 미국 군인이 이토록 가슴 아프고 솔직하게 그려진 적은 없었다.

라이브러리 저널

전미도서상을 수상한 『카차토를 쫓아서』의 작가가 우리에게 건네는 고유한 형식의 소설. 연작 이야기 모음으로 제시되지만 통일체인 장편소설의 누적 효과를 띠는 일종의 '팩션'. 베트남의 경험에 관해 더는 말할 게 없다는 생각이 드는 순간…… 못다 한 많은 말을 들려준다.

북리스트